Irgendwo im Pazifischen Ozean befindet sich die japanische Insel Aburi, ein aus der Zeit gefallenes Fleckchen Erde. Auf der Insel bestimmen die Natur, die Witterung und das Meer das Leben – und die strikten Traditionen der Einheimischen. Der junge Ryosuke, der seine Stelle als Koch in einem Restaurant in Tokio verloren hat, nimmt hier einen Job als Bauarbeiter an. Nicht ganz ohne Hintergedanken: Hashi, ein Freund seines toten Vaters, lebt auf Aburi. Doch bevor er sich auf die Suche nach ihm macht, gilt es, sich auf der Insel einzugewöhnen. Was nicht eben einfach ist: Die Arbeit ist hart, die Einheimischen beäugen ihn skeptisch und einzig die Freundschaft zu zwei seiner Kollegen stellt einen Lichtblick dar.

Als Ryosuke den alten Hashi schließlich trifft, ist dies eine Begegnung mit der Vergangenheit und einer möglichen Zukunft zugleich. Hashi besitzt eine kleine Ziegenherde, stellt selbst Käse her und verdingt sich als Fischer. Ryosuke bekommt eine Ahnung davon, wie ein anderes Leben aussehen könnte, eines, das ihn erfüllt: ein Leben mit einer Aufgabe, im Einklang mit der Natur und ohne das stetige Hadern mit sich. Aber ein Neuanfang ist nicht leicht, wenn die Verletzungen der Vergangenheit noch nachwirken ...

Durian
Sukegawa

Die Insel der Freundschaft

Roman

Aus dem Japanischen
von Luise Steggewentz

DUMONT

Wenn du nicht stirbst, lebst du.
Auch wenn du stirbst, lebst du.
Überstürz es nicht.
Die Breitfußschnecke am Meeresgrund,
ein leuchtend bunter Regenschirm.

Ein Harlekin
von einer weit entfernten Insel

I

Als es aufhörte zu regnen und die Wolkendecke aufbrach, wurde der Abend in ein klares Licht getaucht. Die Möwen flogen über der Mole hin und her und die Männer gingen im Schein der Abendsonne auf dem Containerplatz ihrer Arbeit nach. Das Fährschiff, das von R. zu den Aburi-Inseln unterwegs war, hatte soeben vom Kai abgelegt und verließ langsam die Bucht.

Von seinem Platz im Speiseraum des Schiffes aus sah Ryosuke das Hafenbecken vorüberziehen und konnte auch einen Teil des Decks und den Gang an der Reling betrachten. Dort hatte sich eine Wasserpfütze gebildet, die so intensiv schimmerte, als wäre ein Stück der Sonne hineingefallen. Lichtreflexe wanderten über die Kommandobrücke, ein flimmerndes Muster aus vielen sich überlappenden Kreisen, das sich im Takt der schwankenden Fähre beständig auflöste und wieder zusammenfügte. Ryosuke verfolgte diesen Rhythmus aus den Augenwinkeln. Während er die unsteten Lichtkreise besah, drifteten seine Gedanken ab.

»Hören Sie mir eigentlich zu?«

Der Mann mit der Brille, der schräg gegenüber auf der anderen Seite des Tisches saß, blickte Ryosuke in die Augen. Er war Bauleiter und überwachte die Arbeiten auf der Insel, die sie ansteuerten.

»Ich muss Sie wirklich bitten, mir zuzuhören. Auf dem Bau können Sie auch nicht vor sich hin träumen.«

Der Aufseher, der ungefähr Mitte vierzig sein musste, fasste sich an die Brille und strich dann über seinen äußerst spärlichen Bart. Die Fähre hatte gerade erst abgelegt, und bisher hielt sich nicht mehr als eine Handvoll Gäste im Speiseraum auf. Ein Mann, wahrscheinlich ein Fischer, nippte an einem Becher Shochu, und eine Gruppe älterer Damen unterhielt sich im Dialekt der Insel miteinander. Ansonsten befanden sich nur Ryosuke und der Bauleiter im Restaurant.

»Ryosuke Kikuchi, achtundzwanzig Jahre alt ...«

Die Vibration des Motors ließ den Tisch mitsamt Ryosukes Lebenslauf erbeben. Der Bauleiter fixierte das Papier und verfolgte jede einzelne Zeile mit dem Finger.

»Studium abgebrochen. PKW-Führerschein. Zuletzt Anstellung als Koch. Ach ja, das wollte ich Sie bei unserem Telefonat noch fragen. Wo haben Sie denn gearbeitet? In einem chinesischen Restaurant?«

»Nein ... in einem Restaurant mit westlicher Küche.«

»Können Sie Spaghetti mit Seelachsrogen kochen? Das ist mein Lieblingsgericht.«

»Ja.«

»Und Reis mit Omelette?«

»Ja.«

»Aha. Und wie sieht es mit französischer Küche aus? Nicht, dass ich mich da groß auskennen würde. Aber was ist mit ... sagen wir ... Escargots?«

»Dafür braucht man besondere Schnecken aus Frankreich.«

»Kann man nicht auch die Schnecken von der Insel nehmen? Es gibt dort so ganz kleine.«

Der Bauleiter krümmte Daumen und Zeigefinger, um zu demonstrieren, wie winzig die Schnecken waren, murmelte dann aber wie zu sich selbst: »Na ja, hier am Meer schmecken Muscheln bestimmt sowieso besser.«

Er wandte sich erneut Ryosukes Lebenslauf zu.

»Da noch nicht abzusehen ist, wann die Bauarbeiten beendet sein werden, können Sie möglicherweise für eine ganze Weile nicht nach Hause fahren. Weiß Ihre Familie Bescheid?«

»Nein …«

»Wie bitte?«

»Ich … habe keine Familie.«

Der Bauleiter nahm das Blatt mit dem Lebenslauf in die Hand. Seine Augen bewegten sich hinter den Brillengläsern rasch hin und her.

»Und was ist mit dieser Notfallnummer?«

»Das war die Nummer meiner Mutter.«

»Ist sie gestorben?«

»Ja.«

»Und Ihr Vater?«

»Der ist schon vor sehr langer Zeit …«

»Und Ihre Geschwister?«

»Hab ich nicht.«

Der Bauleiter blickte hinauf zur Decke und seufzte. Ryosuke sah wieder aus dem Fenster. Das flimmernde Licht hüpfte immer noch an derselben Stelle der Kommandobrücke hin und her. Auf der Reling spreizten zwei Möwen gleichzeitig ihre Flügel und flogen aufs offene Meer hinaus. Ein Mann mit einem khakifarbenen Seesack ging hinter der Scheibe vorbei, sein langes Haar wehte im Wind.

»Herr Kikuchi, gibt es denn vielleicht sonst jemanden in Ihrem Leben?«

»Bitte?«

Verdutzt sah Ryosuke den Bauleiter an, der ihm vertraulich zuzwinkerte.

»Na ja, eine Freundin.«

»Nein«, entgegnete Ryosuke mit einem Kopfschütteln. Der Bauleiter verschränkte seine Arme vor der Brust.

»Dann müssen Sie ja ganz schön einsam sein.«

Ryosuke stritt diese Aussage weder ab, noch bejahte er sie, er lächelte lediglich etwas unbeholfen. Vielleicht hatte der Bauleiter keine Lust, nach einem neuen Gesprächsthema zu suchen, jedenfalls blinzelte er noch mehrere Male und blickte Ryosuke schweigend an. In diesem Moment betrat der langhaarige Mann, der soeben noch auf dem Deck vorbeigegangen war, den Speiseraum. Er schaute sich um und ging dann geradewegs auf Ryosuke und den Bauleiter zu.

»Bin ich hier richtig?«, fragte er und deutete sich mit dem Finger auf die Brust.

»Moment mal.«

Halb im Stehen öffnete der Bauleiter seinen Ordner mit den Lebensläufen.

»Ähm ... Herr Tachikawa? Sie sind wegen des Jobs auf der Insel hier?«

»Genau.«

Der Mann ließ seinen Seesack auf den Boden fallen und rief dann mit polternder Stimme, so laut, dass es jeder im Speiseraum hören konnte: »Hallo zusammen!«

»Moment mal ... Einen Moment ...«

Der Bauleiter legte den Kopf schief und verglich den Mann, der vor ihm stand, mit dem Foto auf dem Lebenslauf.

»Herr Tachikawa, nun, Sie sehen ganz anders aus als auf dem Bild, das Sie mir geschickt haben. Ihre Haare sind viel länger.«

»Das Foto ist ja auch schon vier Jahre alt.«

»Wie bitte? In der Anzeige stand doch ausdrücklich, dass die Aufnahme nicht älter als drei Monate sein sollte.«

»Tschuldigung, aber ich bin trotzdem noch der gleiche Mensch.«

»Sie sind nicht der Mensch auf dem Bild! Was werden die Leute auf der Insel nur zu Ihnen sagen? Könnten Sie sich die Haare vielleicht vor der Ankunft noch abschneiden?«

»Was? Meine Haare abschneiden?«

Tachikawas Miene verfinsterte sich, als würde er denken: Will der Alte mir etwa Vorschriften machen?

Der Bauleiter zögerte einen Moment lang, dann schüttelte er nervös den Kopf.

»Nein, also, das ist eigentlich in Ordnung. Ist schon in Ordnung ... Nur ...«

»Nur was?«

Der Bauleiter sah aus, als wollte er noch etwas sagen, doch er gab auf, als Tachikawa einen Stuhl zu sich heranzog und ihn angriffslustig taxierte.

Tachikawa ließ von ihm ab und streckte Ryosuke seine Hand entgegen. »Hallo, ich bin Jimmy«, sagte er. Einen Moment lang ließ Ryosuke die forsche Begrüßung des Neuankömmlings stocken, doch dann erwiderte er den Händedruck.

»Ryosuke Kikuchi.«

Erneut sah der Bauleiter auf Tachikawas Lebenslauf.

»Jimmy?«

»Ich habe früher in einem Host-Club gearbeitet, und das war mein Künstlername. Mein richtiger Name ist einfach nur langweilig.«

»Herr Ichizo Tachikawa.«

Tachikawa lachte etwas beschämt und zog dann die Stirn kraus, als hätte er nicht damit gerechnet, dass der Bauleiter seinen wahren Namen preisgeben würde.

»Stinknormal, wenn nicht sogar lächerlich. Ichizo ... Klingt wie der Name von 'nem Clown«, sagte Tachikawa und wandte sich dann noch einmal an Ryosuke. »Komischer Name, oder?«

»Also, Herr Tachikawa, Sie sind dreiundzwanzig Jahre alt. Schule abgebrochen. Na, da haben Sie beide ja was gemeinsam! Und als Zusatzqualifikation sehe ich hier einen Englischtest, den Sie ganz knapp bestanden haben ...«

»Hey, das müssen Sie doch hier nicht so ausposaunen!«

Mit einer schnellen Bewegung packte Tachikawa den Bauleiter an der Schulter. Er lachte nun nicht mehr. »Tut mir leid«, presste der Bauleiter hervor.

»Man muss doch nicht alles gleich jedem unter die Nase reiben, kapiert?«

»Es tut mir wirklich leid.«

Entschuldigend senkte der Bauleiter seinen Kopf, doch gleich darauf, warum auch immer, beugte er sich wieder über Tachikawas Lebenslauf und murmelte:

»Hachioji Boys-Bar, Host-Club Mondscheinschloss …«

»Was fällt Ihnen ein?«, knurrte Tachikawa und zog eine Augenbraue hoch.

»Oh, entschuldigen Sie! Das ist mir so herausgerutscht. Was ich sagen will: Sie beide haben Ihre Ausbildung abgebrochen und mehrmals die Arbeit gewechselt …«

Ryosuke und Tachikawa sahen sich an.

»Ich hoffe, Sie bleiben diesmal so lange, bis die Arbeiten beendet sind. Allerdings fährt die Fähre ohnehin nur ein Mal pro Woche. Sie kommen also gar nicht so einfach weg, selbst wenn Sie wollen.«

Der Bauleiter lachte laut auf, wobei er sein Zahnfleisch zeigte. Dann erhob er sich unvermittelt.

»Es wird übrigens noch jemand zu Ihrem Zweierbund dazustoßen. Seltsam … Am Telefon wurde mir gesagt, das Fährticket sei angekommen.«

»Wir sind also zu dritt?«

Tachikawa richtete die Frage nicht an den Bauleiter, sondern an Ryosuke. »Sieht so aus«, erwiderte dieser.

»Vielleicht macht Nummer drei ja ein Nickerchen in der Schiffskabine«, schaltete sich der Bauleiter ein. »Ist jetzt nicht zu ändern, dann gehe ich doch erst einmal etwas zu trinken holen! Aber es bringt wirklich alles durcheinander, wenn sich die Leute nicht an Abmachungen halten …«

Der Seufzer des Bauleiters kam Ryosuke ziemlich affektiert vor, gerade so, als wollte er dem abwesenden Dritten die Schuld für die verkrampfte Stimmung geben, die von Beginn an das Gespräch bestimmt hatte.

»Wie ist der denn drauf?«

Tachikawa sah dem Bauleiter missmutig nach, als dieser auf den Schalter zuging, an dem Marken für Speisen und Getränke verkauft wurden. Ryosuke blickte wieder aus dem Fenster. Der Hafen war nun nicht mehr zu sehen, nur noch das weite, blauschwarze Meer und die lang gezogene Silhouette der Landzunge. Das Licht begann zu verblassen, und die orangerote Färbung des Himmels ging in eine Mischung aus Grau und Indigoblau über. Auch das flimmernde Lichtspiel auf der Kommandobrücke hatte sich aufgelöst.

»Vielleicht sollte ich den Job gleich an den Nagel hängen. Bei so einem Chef ...«

Ryosuke verspürte keinerlei Lust, darauf einzugehen, deshalb schaute er weiter nach draußen und quittierte Tachikawas Aussage nur mit einem knappen: »Ja?«

»Der Stundenlohn ist ein Witz.«

»Stimmt, hoch ist er nicht«, entgegnete Ryosuke ruhig, als auch schon der Bauleiter mit einem Tablett voller Dosenbier zurückkam.

»Na, dann wollen wir mal!«

Er stellte noch ein paar Snacks auf den Tisch, dann prosteten sich die drei Männer zu, wie es sich in solch einer Situation gehörte. Tachikawa stellte noch immer unverhohlen seine Ablehnung zur Schau, sodass dem Bauleiter nichts anderes übrig blieb, als ein Gespräch mit Ryosuke anzufangen. Doch auch der war nicht gerade mitteilsam. Nach und nach füllte sich der Speiseraum mit Gästen und die Stimmung wurde zusehends heiterer, nicht so an ihrem Tisch.

»Langsam kommt mir das wirklich komisch vor. Vielleicht ist das Ticket ja doch nicht angekommen?«

Nervös rutschte der Bauleiter auf seinem Stuhl herum und schaute immer wieder auf die Armbanduhr. Unterdessen zog Tachikawa sein Handy hervor und begann auf dem Display herumzutippen, während Ryosuke weiter auf den Horizont starrte. Die Konversation kam endgültig zum Erliegen. Plötzlich sprang der Bauleiter auf.

»Da sind Sie ja endlich!«

Bei diesen Worten sahen Ryosuke und Tachikawa auf.

»Entschuldigung! Es tut mir wirklich leid!«

Eine junge Frau mit Kurzhaarschnitt und Lederjacke kam auf die Männer zu.

»Der Sonnenuntergang war so schön, dass ich ihn vom Deck aus beobachten wollte.«

»Und ich hatte schon Angst, Sie hätten die Fähre verpasst.«

Sichtlich erleichtert reichte der Bauleiter ihr ein Bier.

»Muss ich das jetzt zur Strafe austrinken?« Sie lachte und griff nach der Dose.

»Wie?«

Tachikawa wirkte vollkommen geschockt.

»Wie ... Wie ...«, stammelte er und erinnerte dabei an einen Goldfisch, der an der Wasseroberfläche nach Luft schnappt.

»Wie jetzt? Der Dritte ist eine Frau?«

Ryosuke hatte es vor Überraschung komplett die Sprache verschlagen. Er begrüßte die Frau mit einem knappen

Nicken, das diese mit einem Lächeln erwiderte. Ihre Gesichtszüge waren auffallend ebenmäßig, doch in ihren Ohren und ihrer wohlgeformten Nase prangten derart viele Piercings, dass es geradezu grotesk wirkte.

»Ich bin Kaoru Motomiya.«

»Hallo, Kaoru! Ganz schön viele Nasenpiercings, die du da hast. Bist du in einer Rockband oder so?«, fragte Tachikawa. Er fuhr sich mit der Hand durchs Haar, wobei er sich zu Kaoru drehte. Diese schüttelte den Kopf.

»Freut mich, euch kennenzulernen«, entgegnete sie.

»Damit sind wir also endlich vollzählig!«, sagte der Bauleiter, sichtlich erleichtert.

»Mann, das ist ja ein Ding! Arbeitet Kaoru mit uns auf dem Bau? Ich meine, so richtig auf'm Bau?«

Tachikawas schlechte Laune schien wie weggeblasen und er grinste den Bauleiter ungeniert an.

»Ich habe verschiedene Aufgaben für sie, auch außerhalb der eigentlichen Bauarbeiten.«

»Ach ja, danach wollte ich Sie noch fragen«, mischte sich Kaoru ein.

»Immer mit der Ruhe, das erzähle ich Ihnen später. Alles zu seiner Zeit«, antwortete der Bauleiter betont gelassen, als hätten sie tatsächlich alle Zeit der Welt. Dann schob er Kaoru einen Teller mit frittiertem Hähnchen zu. Sie bedankte sich, rührte das Essen aber nicht an. Stattdessen setzte sie sich an den benachbarten Tisch und trank ihr Bier.

»Komm doch zu uns!« Tachikawa machte eine einladende Geste, aber Kaoru setzte bloß ein gezwungenes Lächeln auf und rümpfte die Nase.

»Alles zu seiner Zeit«, ahmte sie den Bauleiter nach, der sich an seinen dünnen Bart fasste und in schallendes Gelächter ausbrach.

»Was für ein Irrenhaus«, murmelte Tachikawa mit einem flüchtigen Blick auf seinen Chef, der in diesem Moment, als folgte er einer plötzlichen Eingebung, ein Blatt aus seinem Ordner hervorzog, wahrscheinlich Kaorus Lebenslauf. Als er jedoch Ryosuke und Tachikawas Blicke bemerkte, schob er das Dokument hastig wieder zurück.

»Ich empfehle Ihnen, sich mit dem Essen und Trinken zu beeilen und heute frühzeitig ins Bett zu gehen.«

»Warum?«, fragte Kaoru.

Der Bauleiter machte eine Kopfbewegung Richtung Meer, das eine dunkle Farbe angenommen hatte.

»Heute Nacht soll es hohen Seegang geben. Sobald wir die Bucht hinter uns gelassen haben, werden uns die Wellen wohl ziemlich durchschütteln.«

Ryosuke, Tachikawa und Kaoru sahen sich an.

»Ähm ... Ehrlich gesagt ist mir jetzt schon übel«, meinte Kaoru.

»Soll ich dir später den Rücken massieren? Vielleicht fühlst du dich dann etwas wohler.«

Tachikawa grinste anzüglich.

»Wirklich schade, aber da wird nichts draus. Wir sind nämlich gar nicht in derselben Kabine.«

Hier schaltete sich der Bauleiter wieder in das Gespräch ein.

»Es tut mir leid, Herr Kikuchi, Herr Tachikawa, aber Sie sind in einer Gruppenkabine in der zweiten Klasse untergebracht, wo die Matratzen nebeneinander auf dem Boden liegen. Frau Motomiya hat selbstverständlich eine Einzelkabine in der ersten Klasse.«

Kaoru sah sie triumphierend an, woraufhin Tachikawa missmutig mit der Zunge schnalzte. Er zuckte übertrieben schwungvoll die Schultern.

»Mann, mit euch ist echt nichts anzufangen.«

Ryosuke trank sein Bier aus und sein Blick glitt erneut zu der Landzunge, die in immer weitere Ferne rückte. Nach und nach gingen dort die Lichter an, während die Fähre unter dem tiefblauen Märzhimmel zielstrebig auf die südwestlich gelegenen Aburi-Inseln zusteuerte.

2

Obwohl die Kabine der zweiten Klasse mit Teppichboden ausgelegt war, war die Vibration des Motors deutlich zu spüren. Eingewickelt in eine Decke lag Ryosuke auf der Matratze und fühlte im Rücken das Hämmern des Motors, der auf Hochtouren lief, während sich das Schiff durch die Wellen kämpfte.

Das Schiff schaukelte von rechts nach links. Auch die Jacken der Fahrgäste pendelten an ihren Wandhaken im Gleichtakt hin und her. Neben der Garderobe hing eine einfache Seekarte, auf der die Aburi-Inseln abgebildet waren, und der Ärmel eines Anoraks schwang beständig über der Inselkette vor und zurück.

Auf der Karte konnte man erkennen, dass die Insel Aburi-jima dem Festland am nächsten lag. Danach folgten die Inseln Kegara-jima, Kisaki-jima und Nearai-jima, deren Häfen das Fährschiff der Reihe nach anlief.

Die Fahrzeit vom Hafen in R. bis Aburi-jima betrug elf Stunden. Zu den übrigen Inseln gelangte man laut der Seekarte in jeweils weiteren zwei bis drei Stunden.

»Wie kann man nur so am Ende der Welt leben?«

Tachikawa, der neben Ryosuke lag, lugte unter seiner Decke hervor. In einer Ecke der Kabine saßen noch einige

Männer im Kreis und tranken, die meisten Fahrgäste lagen aber bereits auf ihren Matratzen, weshalb Tachikawa mit gedämpfter Stimme sprach.

Die Vorhersage des Bauleiters bezüglich des Seegangs war eingetroffen. Kaoru hatte sich vorzeitig mit den Worten: »Ich glaube, mir wird schlecht«, in ihre Kabine verabschiedet. Ryosuke, Tachikawa und der Bauleiter hatten noch Curry und Schnitzel bestellt, doch bereits während des Essens hatte das Schiff stark zu schwanken begonnen. Es hatte da die Mündung der Bucht erreicht und war dem starken Wellengang des ostchinesischen Meers ausgesetzt. Selbst den Passagieren, die mit Sicherheit an Schiffsfahrten gewöhnt waren, schien mulmig zumute zu sein. Mit einer Hand fest an den Tisch geklammert, hatten die drei Männer schnell ihre Mahlzeit beendet. Kurz darauf hatte die Küche den Betrieb eingestellt und der Bauleiter war in seiner Einzelkabine verschwunden. Gischt war auf den Gang und das Deck gespritzt. Tachikawa hatte sehen wollen, wie stürmisch das Meer wirklich war, doch vor der Tür zum Deck war ein Schild mit der Aufschrift »Durchgang verboten« aufgestellt worden. So gingen sie schließlich in ihre Kabine, während das Schiff ununterbrochen weiterschwankte.

Und hier waren sie nun. Die Männer in der Ecke der Kabine lachten jedes Mal, wenn Shochu verschüttet wurde. Einem älteren Herrn, der neben Ryosuke lag, ging es jedoch sichtlich schlecht. Auch Ryosuke bekam das wiederholte plötzliche Absinken des Schiffes nicht gut. Ihm war es, als drehte sich sein Magen wieder und wieder um, und die Übelkeit wollte einfach nicht verschwinden.

»Sag mal, Kollege.«

Tachikawa sah Ryosuke stirnrunzelnd an.

»Bist du auf normalem Weg hierhergekommen?«

Ryosuke, der seine Lippen fest aufeinandergepresst hatte, um den Brechreiz zu unterdrücken, wusste nicht, worauf Tachikawa hinauswollte.

»Normal?«

»Ich meine, hast du diesen Job im Netz gefunden oder so?«

»Nein, über eine Arbeitsvermittlung in Shinjuku.«

Als Ryosuke den Namen der Zeitarbeitsfirma nannte, nickte Tachikawa, als hätte er es bereits geahnt.

»Also doch. Ich habe ihn auch darüber. Findest du nicht, dass diese Firma ziemlich dubiose Jobs vermittelt? Die haben sonst noch Aufräumarbeiten im Atomkraftwerk oder Medikamententests im Angebot. Jobs, die man nicht einfach öffentlich ausschreiben kann. Die nehmen's auch nicht so genau mit den Personalien. Sogar dieser eine Mörder aus der Zeitung hat von denen einen Job gekriegt, habe ich gehört.«

Tachikawa nannte den Namen eines Mannes, dessen Fall lange für Schlagzeilen gesorgt hatte.

»Ach, wirklich?«, erwiderte Ryosuke, ohne weiter darauf einzugehen.

»Vielleicht bilde ich mir das nur ein, aber ... ich habe so ein Gefühl, dass hier irgendetwas nicht stimmt.«

»Wie meinst du das?«

Tachikawa hob den Kopf und sah Ryosuke an.

»Ich meine, es geht um Bauarbeiten auf einer Insel im Nirgendwo. Warum lassen sie dafür extra Leute aus Tokio kommen? Die könnten doch auch Studenten, die aus der Gegend kommen, einstellen.«

»Stimmt.«

»Allein der Flug von Tokio muss ein Vermögen gekostet haben. Und dann ist da noch diese Kaoru. Was macht denn so 'ne Rockerbraut hier? Ich find's einfach komisch, dass man gar keine Referenzen vorweisen musste und dass die sogar einer Frau so einen Knochenjob geben. Da ist doch was faul.«

»Faul?«

»Vielleicht wollen die uns nur auf die Insel locken und haben eigentlich was ganz anderes mit uns vor. Menschenversuche oder so. Vielleicht ist das eine Falle.«

Ryosuke lächelte unwillkürlich.

»Darüber freust du dich auch noch?«

»Ich dachte nur, wenn das stimmt, dann bin ich umso gespannter auf die Insel.«

»Du bist ja drauf!«

Tachikawa sank in sein Kissen zurück und stieß einen leisen Seufzer aus.

»Ah, mir ist speiübel. Diese Seekrankheit macht einen wirklich fertig. Und es gibt kein Entkommen ... Von dieser Insel bestimmt auch nicht so schnell.«

»Da hast du wohl recht.«

»Sag mal, Kollege, du warst doch vorher Koch, oder?«

»Ja.«

»Warum hast du denn aufgehört und so einen komischen Job angenommen? Hast du etwa Mist gebaut?«

»Ja ...«

»Echt?«

Tachikawa hob wieder den Kopf, er wirkte jetzt hellwach.

»Was hast du denn angestellt?«

Ryosuke sah Tachikawa in die Augen und überlegte kurz.

»Alles zu seiner Zeit«, antwortete er dann.

»Jetzt fängst du auch schon damit an!«

Die Männer in der Ecke standen auf und richteten ihre Schlafplätze her. Ryosuke zog sich die Decke bis unters Kinn und wünschte Tachikawa eine gute Nacht, doch der schien das Gespräch noch nicht beenden zu wollen.

»Was hast du angestellt?«, flüsterte er noch einmal.

Aber Ryosuke blieb die Antwort schuldig und so gab er auf.

Bald war bis auf das kleine Licht, das den Notausgang markierte, die Beleuchtung in der Kabine erloschen und Finsternis hüllte die dicht aneinanderliegenden Männer ein. Mit der fortwährenden Vibration des Motors im Rücken schaukelten die Liegenden heftig im Rhythmus des Seegangs. Dennoch war schon bald aus verschiedenen Richtungen das Schnarchen einiger Männer zu vernehmen. Auch Tachikawas Atem wurde ruhiger und gleichmäßiger. Ryosuke sah zur dunklen Decke hinauf.

»Was hast du angestellt?«

Der Klang dieser Worte hallte noch in seinem Inneren wider. Langsam ließ er die Hand über dem Hemd bis zu der Stelle etwas unterhalb seiner linken Brust gleiten. Eine gerade Linie von ungefähr zehn Zentimetern Länge, eine leicht wulstige Erhebung war als Narbe zurückgeblieben. Die Wunde war inzwischen vollständig verheilt, aber den

Schmerz und den Schock, als das Messer in seinen Körper eingedrungen war, konnte Ryosuke nicht vergessen.

Nachdem Ryosuke sein Studium abgebrochen hatte, nahm er eine Stelle in der Küche einer Bar an, in der auch Speisen serviert wurden. Er hegte keine besondere Leidenschaft fürs Kochen, doch ehe er sichs versah, war er in die Fußstapfen seines verstorbenen Vaters getreten und stand wie dieser mit Kochschürze in der Küche. Da er keinerlei Erfahrungen vorzuweisen hatte, wurde er anfangs nur für den Abwasch eingesetzt. Es dauerte jedoch nicht lange, bis ihm mehr Verantwortung übertragen wurde, denn er hatte diese besondere Eigenschaft, sich voll und ganz in die Arbeit zu stürzen und dabei scheinbar alle Gefühle auszublenden. Vorgesetzte und Kollegen hatten ihn allerdings immer wieder dafür kritisiert, dass er so schweigsam war und man nie wusste, was er gerade dachte. Ryosuke war dennoch Koch geblieben. Zwar hatte er es nie in eine Hotelküche oder ein erstklassiges Restaurant geschafft, doch um sich fortzubilden, hatte er sich für zu Hause professionelle Kochmesser angeschafft.

Warum hatte er sich eines dieser Messer in die eigene Brust gestoßen?

Todessehnsucht. Ein Verlangen, das ihn seit seiner Jugend verfolgte und die Ursache für sein stetes Bemühen war, Gefühle nicht zuzulassen. Nur indem er so tat, als könnten Schmerz und Einsamkeit ihm nichts anhaben, und indem er sich durch eine unsichtbare Mauer von der Umwelt abschottete, schaffte er es, die Tage zu überstehen. Sein ausgeprägter Drang zu sterben war der Grund dafür, dass er sich anderen gegenüber unnahbar geben musste. Es war eine Überlebensstrategie, die er sich mit der Zeit angeeignet hatte.

In jener Nacht hatte er sein wirkliches Ich jedoch nicht unterdrücken können. Dass er etwas zu viel getrunken hatte, war lediglich einer der Auslöser gewesen. Auch dass ihm sein Chef vorgeworfen hatte, er würde die Stimmung in der Küche trüben, zählte zu den Gründen. Die Frau, die ihn verlassen hatte, und das Handy, das fast nie klingelte, hatten wohl auch ihren Teil dazu beigetragen.

Doch die gewichtigsten Gründe waren gewesen, dass die Welt ihn einfach nicht zu akzeptieren schien und dass er einen tiefen Hass gegen sich selbst verspürte.

Ryosuke hatte sein Hemd auf den Küchenboden fallen lassen und sich dann, im Schneidersitz, die Spitze des Messers in die linke Brust gestoßen. Er hatte das Messer nach rechts bewegt und sofort quoll Blut hervor, das ihn von der Hand, die das Messer noch immer hielt, bis hinunter zu den Knien besudelte. Im Licht der Neonlampe glänzte es wie Lackierfarbe. Rot. Das nahm Ryosuke noch wahr. Dann durchfuhr ihn ein Schmerz, der ihn aufstöhnen ließ. Das Messer glitt ihm aus der Hand und er versuchte, die Wunde mit den Händen verschlossen zu halten, aber es war bereits zu spät. Die Blutlache breitete sich immer weiter aus. Sein Tod, den er selbst herbeigesehnt hatte, rückte immer näher. Doch plötzlich wurde Ryosuke von einem so starken Lebenswunsch überwältigt, dass sogar der bohrende Schmerz in seiner Brust dahinter zurücktrat. Mit der einen Hand hielt er sich die Wunde und mit den blutbeschmierten Fingern der anderen griff er zum Telefon, um den Notarzt zu rufen. Ryosukes Geist bäumte sich auf und seine Gedanken flackerten wild wie eine Kerze im Wind.

Wieso hatte ihn auf einmal ein so starker Überlebenswunsch heimgesucht, wo er sich den Tod doch gewünscht hatte? Ob sein Vater auch diese Zweifel verspürt hatte, als er seinem Leben ein Ende gesetzt hatte?

Ryosuke versuchte vergeblich einzuschlafen. Während sich die Schnarchgeräusche der Männer im Raum miteinander vermischten, starrte er unentwegt an die Decke. Sein Rücken und seine Achseln waren schweißnass. Der für Schiffe typische Ölgestank in der Kabine trug dazu bei, dass er bald meinte, den aufsteigenden Brechreiz nicht mehr unterdrücken zu können.

Leise stand er auf und verließ die Schiffskabine vorsichtigen Schrittes, um nicht versehentlich gegen einen der Schlafenden zu stoßen. Er hastete zur Toilette und übergab sich mehrmals hintereinander.

Der Spiegel über dem Waschbecken war gesprungen, und als Ryosuke sich den Mund ausspülte, sah er sein Bild in Fragmente zerteilt. Ryosuke fuhr mit dem Finger an seinen Augen entlang, die tief in den Höhlen lagen. Vor und hinter den Ohren waren seine Haare bereits vollständig ergraut, und er fand selbst, dass er nicht wie achtundzwanzig aussah.

Die Übelkeit hatte nachgelassen, doch er wollte noch nicht in die Schiffskabine zurückkehren, in der so laut geschnarcht wurde, dass er weiterhin nicht hätte einschlafen können. Stattdessen stieg er die schwankende Treppe zum

Deck hinauf. Er klammerte sich ans Geländer und setzte vorsichtig einen Fuß vor den anderen. Immer noch stand dort das Schild mit der Aufschrift »Durchgang verboten«, doch Ryosuke stieß die Tür trotzdem auf.

Sogleich fegte ihm eine starke Windböe entgegen. Gischt spritzte ihm ins Gesicht und sein Haar und seine Wangen wurden nass. Der Wind peitschte erbarmungslos.

Ryosuke hielt sich an der Reling fest und bewegte sich in Richtung des Bugs. Wohin er auch blickte, überall war es stockfinster. Das Meer war kaum zu erkennen. Nur die Wogen direkt unter dem Schiff wurden von Lampen an der Längsseite beleuchtet. Immer wieder schwoll dort das schwarze Wasser zu einer Welle an, die sich dann brach und wieder in der Dunkelheit verschwand.

Während Ryosuke gebannt das stetige Kommen und Gehen der Wellen beobachtete, brach ihm erneut der Schweiß aus.

Tief in ihm schlummerte noch immer das Verlangen, sich einfach fallen zu lassen, in das Wasser, in die Dunkelheit. Ein Körper, der im reißenden Strudel wild zappelt und dann vom Meer verschluckt wird. Ryosuke hatte das Gefühl, als wäre es jeden Moment so weit. Das Licht des Schiffes würde sich entfernen und keiner der Passagiere ahnen, dass ein Mann über Bord gegangen war.

Sogar das Pfeifen des Windes, der am Lüftungsrohr auf dem Deck vorbeifegte, machte Ryosuke jetzt Angst. Er hatte das Gefühl, wenn er hier weiterhin still ausharrte, würden böse Stimmen ihn übermannen.

Fest an die Reling geklammert, tastete Ryosuke sich

langsam, Schritt für Schritt, zurück. Selbst als sich der riesige Schiffsbug seitwärts hob und die Gischt spritzte, hetzte er sich nicht. Er trat durch die Tür. Als er jedoch versuchte die Treppen hinabzusteigen, verließen ihn seine Kräfte und er musste sich auf die Stufen setzen.

Ryosuke atmete flach und dachte an die Insel.

Ob die Person, nach der er suchte, immer noch auf Aburi-jima lebte? Ob er es schaffen würde, ihr das zu überreichen, was er ganz unten in seinem Rucksack verstaut hatte? Und würde es ihm gelingen, die Welt mit anderen Augen zu sehen, wenn er das Geheimnis seiner Kindheit gelüftet hätte?

3

Das Schiffshorn ertönte, während Ryosuke sich im Traum noch durch dichten Nebel kämpfte. Er hatte das Gefühl, jemanden zu verfolgen und gleichzeitig verfolgt zu werden. Der grelle Ton ging durch Mark und Bein und löste den Nebel auf. Ryosuke wachte auf und spürte wieder die Vibration des Motors im Rücken.

Hinter den runden Fenstern wurde es bereits hell. Im einfallenden Licht sah Ryosuke, wie sich die Männer unter ihren Decken räkelten. Auch Tachikawa rieb sich die Augen. Einige Männer schnarchten noch immer, andere hörte man bereits flüstern: »Sind wir da?« Oder: »Wie spät ist es?«

Ein Mann, der direkt neben der Wand lag, sah auf seine Armbanduhr. Ryosuke schlug die Decke zurück und stand leise auf. Er holte sein Waschzeug aus dem Rucksack und trat auf den Gang. Das Schwanken hatte nachgelassen und man musste die Oberschenkel beim Gehen kaum noch anspannen.

»Guten Morgen. Die Fähre wird in etwa dreißig Minuten Aburi-jima erreichen. Aufgrund des starken Seegangs haben wir eine leichte Verspätung. Um kurz nach sechs werden wir am Südhafen der Insel, Minamigasaki-ko, anlegen.«

Noch während der ersten Ansage des Tages verließ Ryosuke das Bad wieder. Auf dem Gang winkte ihm Tachikawa zu. Er fuhr sich mit einer Hand durch das lange Haar und verzog dabei sein Gesicht.

»Mir ist so schlecht, ich würd mich am liebsten übergeben. Bei dir alles klar, Kollege?«

»Auch nicht wirklich«, antwortete Ryosuke mit einem gequälten Lächeln.

»Lass uns an Deck gehen! Vielleicht sieht man schon die Insel.«

Tachikawa deutete zur Treppe. Einen Moment lang zögerte Ryosuke, doch dann folgte er ihm. Das Schild mit der Aufschrift »Durchgang verboten« stand nicht mehr da. Mit der Schulter stieß Tachikawa die Tür zum Deck auf und sofort wurde Ryosuke vom Sonnenlicht geblendet.

»Wow! Abgefahren!«, rief Tachikawa. Er stand an der Reling und sein Haar wehte im Wind.

Die Insel war in Sicht.

Unter dem graublauen Himmel breiteten sich unzählige Wogen und weiß schäumende Wellen bis ins Unendliche aus. Inmitten der gewaltigen Wassermassen erhob sich ein schroffer Berg.

Ryosuke hatte sich die Insel ganz anders vorgestellt, nicht so steil und spitz. Rings um den Berg herum ragten weitere Felsen auf, und es wirkte fast so, als stritten sie sich um den höchsten Punkt. Der Berg war grün, doch die Klippe bestand zur Hälfte aus nacktem Stein. Sie fiel steil bis zu einer rauen Felsenküste ab, an der sich die Wellen brachen und ins Meer zurückgeschleudert wurden.

Würden sie wirklich hier an Land gehen?

Ryosuke hielt nach so etwas wie einer Siedlung Ausschau, doch mit Ausnahme eines Sendemastes auf dem Berggipfel deutete nichts auf die Anwesenheit von Menschen hin. Er sah weder Häuser noch Straßen noch einen Hafen.

»Das Riff ist beeindruckend, oder?«

Der Bauleiter hatte sich unbemerkt hinter sie gestellt. Mit gekrümmtem Rücken rauchte er den letzten Rest seiner Zigarette.

»Ist das wirklich unsere Insel?«, fragte Tachikawa, ohne dem Bauleiter einen guten Morgen zu wünschen.

»Ja, das ist Aburi-jima.«

»Aber da sieht's ja total unbewohnt aus.«

»Es gab mal eine Zeit, als es wichtig war, dass die Insel für unbewohnt gehalten wurde.«

»Während des Krieges?«, fragte jetzt Ryosuke.

»Nein, noch früher. Es sollen hier schon vor sehr langer Zeit Menschen gelebt haben, aber das weiß ich auch nur aus Erzählungen. Sie werden während Ihres Aufenthalts bestimmt noch einige Geschichten über die Insel zu hören bekommen. Auf den ersten Blick wirkt sie nicht besonders einladend, aber sie hat auch viele gute Seiten.«

»Gute Seiten? Welche denn zum Beispiel?«, fragte Tachikawa hoffnungsvoll.

»Tja ... Zum Beispiel gibt es hier keine Giftschlangen.«

»Das gehört für Sie schon zu den guten Seiten?«

»Es bedeutet, dass Sie beruhigt Ihrer Arbeit nachgehen können. Das ist doch wohl etwas Gutes. Ich muss Sie im Übrigen auch darauf hinweisen, dass es kein Krankenhaus auf der Insel gibt.«

Tachikawas Miene verfinsterte sich.

»Wie bitte? Und was ist, wenn wir uns verletzen?«

»Es gibt auch keine Polizeistation und keine Geschäfte. Außerdem können Sie Ihre Handys dort nicht benutzen.«

»Was?«

»Ich fordere Sie also auf, sich bloß nicht zu verletzen«, ermahnte sie der Bauleiter und verließ das Deck.

Ryosuke fragte sich, wo auf dieser schroffen Insel die Person wohnte, die er suchte.

Er stellte sich neben Tachikawa und betrachtete die raue Landschaft. Offenbar fuhr das Schiff um das aufragende Kap mit der steilen Klippe herum und steuerte auf den südlichen Teil der Insel zu. Die Bäume wogten im Wind und ihre grünen Blätter schimmerten im Licht der Morgensonne. Am Himmel zog eine Schar Vögel vorbei. Im unteren Bereich der Klippe klafften zwei schwarze Löcher, wahrscheinlich Höhlen, die aussahen, als führten sie in eine andere Welt.

»Vielleicht wohnt da ja ein Monster«, raunte Tachikawa. Im selben Moment meinte Ryosuke, ungefähr in der Mitte des Steilhangs eine Bewegung ausgemacht zu haben. Er kniff die Augen etwas zusammen. Ein schwarzer Punkt, der im Gestrüpp fast unterging, tauchte auf und verschwand wieder.

»Komisch«, sagte Ryosuke.

»Was ist denn da? Das Monster?«

Tachikawa folgte Ryosukes ausgestrecktem Finger mit den Augen.

»Nein ... Gerade ist ...«, setzte Ryosuke an und versuchte,

Tachikawa die Stelle an der Felswand zu zeigen, an der er den schwarzen Punkt gesehen hatte, doch da war nichts mehr.

»Was meinst du? Die Insel?«

Ryosuke legte den Kopf zur Seite. Er war sich sicher, dass es genau an dieser Stelle gewesen war, aber der Punkt erschien nicht mehr, egal, wie konzentriert er die Klippe beobachtete.

»Was für ein Ausblick!«

Kaoru hatte sich zu ihnen gestellt. Sie trug eine Lederjacke zu zerschlissenen Jeans und hielt sich an der Reling fest.

»Diese Insel ist total abgefahren, Kaoru!«, sagte Tachikawa. Selbstbewusst warf er sein Haar zurück und machte aus unerfindlichen Gründen eine Siegerpose. Kaoru ahmte die Pose halbherzig nach und wandte sich dann mit einem Lächeln Ryosuke zu.

»Morgen!«

»Guten Morgen«, erwiderte dieser leise und blickte wieder zur Insel hinüber. Kaoru stellte sich neben ihn.

»Ob hier wirklich jemand wohnt?«

Sie schien dieselben Zweifel wie Ryosuke und Tachikawa zu hegen. »Wo sind wir hier nur gelandet?«, fügte sie hinzu und man konnte nicht sagen, ob sie damit Verwunderung oder Verzweiflung zum Ausdruck bringen wollte.

»Es gibt hier nicht mal Handy-Empfang«, erklärte Tachikawa.

»Wirklich?«

»Ja! Und Geschäfte gibt's auch nicht.«

Kaoru stöhnte auf, lachte dabei aber. Plötzlich ertönte

direkt über ihren Köpfen das Schiffshorn und sie hielten sich überrascht die Ohren zu. Dann rief Tachikawa so laut, als wollte er gegen das Schiffshorn anschreien: »Inseeeel!«

Von den Wellen geschaukelt passierte die Fähre das Kap und augenblicklich veränderte sich der Ausblick. Eine lange Mole, an der Gischt hochspritzte, kam in Sicht, und am Hang des Berges waren nun verstreut Häuser und Ackerland zu sehen.

4

Aburi-jima, Minamigasaki-ko.

Hinter der lang gezogenen Mole befand sich ein gemütlicher kleiner Hafen. Während sich das Schiff der Anlegestelle näherte, kamen nach und nach die anderen Fahrgäste, offensichtlich Inselbewohner, aus ihren Kabinen und versammelten sich an Deck. Sie waren mit so viel Gepäck beladen, dass sie selbst darunter zu verschwinden schienen. Sie erinnerten an mit Waren bepackte Hausierer.

Vom Deck aus war der Kai zu erkennen. Dort standen mehrere Kleintransporter. Männer in blauer Arbeitskleidung mit gelben Helmen zogen am Tau des Schiffes.

Ryosuke, Kaoru und Tachikawa, die auf dem Deck warteten, wurden von den anderen Fahrgästen neugierig beäugt.

»So was mag ich gar nicht«, seufzte Tachikawa und schüttelte den Kopf.

»Ich komme mir vor wie eine Schülerin in einer neuen Klasse«, meinte Kaoru und lächelte verlegen.

Ryosuke ließ flüchtig den Blick über die Gesichter der Wartenden schweifen. Vielleicht war auch die Person, nach der er suchte, zum Einkaufen auf das Festland gefahren und befand sich jetzt auf dieser Fähre. Er hatte jedoch keine Möglichkeit, es herauszufinden, denn Ryosuke wusste überhaupt nicht, wie die Person mittlerweile aussah.

Drei Männer kamen verspätet an Deck und lachten unverhohlen, als sie die jungen Leute vom Festland sahen. Das Lachen klang verächtlich. Sie wirkten, als hätten sie in der letzten Nacht zu viel Alkohol gehabt und wären noch nicht wieder ganz nüchtern. Einer von ihnen, ein großer, kräftiger Mann, sprach den Bauleiter an.

»Wo kriegst du nur immer diese Typen her?«, fragte er.

Tachikawa drehte sich ruckartig um und wechselte einen Blick mit Ryosuke. Der Bauleiter sah zu Boden und antwortete etwas, woraufhin der Große laut auflachte und ihm fest auf die Schulter schlug. Der Bauleiter zuckte zusammen und fasste sich an die Schulter, lächelte die Männer dann aber schmeichlerisch an. Ryosuke konnte den Anblick nicht ertragen und sah weg.

»Das wird doch sowieso wieder nichts«, bemerkte der Große. Tachikawa zog die Augenbrauen hoch und starrte die Männer angriffslustig an, was diese sehr wohl bemerkten.

»Lass dich nicht von denen provozieren«, flüsterte Ryosuke, der einen Schritt auf Tachikawa zugegangen war.

»Genau, das ist doch albern. Lass es einfach!«, pflichtete ihm Kaoru bei. Tachikawa wandte daraufhin den Blick ab und sah missmutig zum Hafen hinüber.

Die Fähre legte an und es wurde eine Laufplanke heruntergelassen, über die der Reihe nach alle Passagiere an Land gingen, auch Ryosuke und seine Kollegen. Die meisten der anderen Fahrgäste unterhielten sich kurz mit den Männern, die am Hafen arbeiteten, bevor sie in die Kleintransporter stiegen. Die drei Männer, die sich den Neulingen gegenüber so feindselig gezeigt hatten, verließen das Schiff ganz zum Schluss und verschwanden, voll beladen mit Gepäck, im hinteren Teil des Hafens.

Ryosuke, Kaoru, Tachikawa und der Bauleiter warteten in einiger Entfernung zum Schiff auf die Fracht für die Bauarbeiten, die noch ausgeladen werden musste.

Ab und zu wehte der Wind vom Meer zu ihnen hinüber, der für diese Jahreszeit noch recht warm war. Am Ende der Mole gab es eine Anlegestelle, an der etwa zehn kleine Fischerboote vertäut lagen. Dahinter konnte man eine Straße sehen, die sich einen grünen Hang hinaufwand. Sie führte wahrscheinlich zu der Siedlung.

»Wohnen diese Leute auch auf der Insel?«, fragte Kaoru und deutete auf die Männer, die das Gepäck ausluden. Der Bauleiter wirkte niedergeschlagen, vielleicht hatten ihm die drei Männer auf dem Schiff noch irgendetwas anderes an den Kopf geworfen. Er rauchte geistesabwesend eine Zigarette und schien erst nicht zu verstehen, dass die Frage an ihn gerichtet war.

»Wie?«, entgegnete er zerstreut, fügte kurz darauf aber hinzu: »Ja, genau ... Wenn die Fähre ankommt, helfen alle mit. Es ist die Aufgabe der Männer der Insel, die Ware nach Haushalten aufzuteilen und auf die Autos zu laden.«

»Müssen wir das auch machen?«, fragte Tachikawa.

»Nein, Sie sind nur Aushilfskräfte. Wenn Sie aber richtig hier leben würden, sähe das Ganze natürlich anders aus.«

Ryosuke musterte jeden einzelnen der Arbeiter. Alle hatten sonnenverbrannte Haut, ihre Gesichter und Hälse waren dunkelbraun. Ryosuke konnte keinen einzigen jungen Mann unter ihnen entdecken. Er schätzte sie alle auf mindestens vierzig.

Das Interesse der Neuankömmlinge an den Männern schien auf Gegenseitigkeit zu beruhen, denn letztere nutzten jede noch so kleine Unterbrechung ihrer Arbeit, um zu ihnen hinüberzuspähen. Als die Fracht für die Bauarbeiten mit einem Kran vom Schiff gehoben wurde und die drei Aushilfskräfte begannen, sie in die Kleintransporter zu verladen, wurden sie unverhohlen angestarrt. Es ging schließlich so weit, dass die Männer ihre Arbeit unterbrachen, um ihnen beim Tragen eines Bündels Abdeckplane zuzusehen. Sobald jedoch ihre Blicke erwidert zu werden drohten, senkten sie hastig ihre Köpfe.

Kaoru wurde am aufmerksamsten gemustert, und das wunderte Ryosuke kaum. Während der Arbeit hatte sie nämlich, weil sie meinte, ihr sei zu heiß, die Lederjacke ausgezogen. Darunter trug sie lediglich ein T-Shirt, das ihre nackten Arme entblößte. Mit ihrer blassen Haut und der auf dem Oberarm eintätowierten kleinen Rose war sie auf diesem Hafengelände ein echtes Kuriosum. Wenn Kaoru sich bewegte, blitzte die Rose mal unter dem Ärmel hervor, mal wurde sie vom Stoff verdeckt.

Es war abgemacht, dass der Transporter erst die Fracht ins Dorf fahren und sie danach abholen kommen würde. Der Bauleiter war vorgefahren und hatte die drei am Hafen zurückgelassen. Nach einer Weile des Wartens schlenderte Kaoru allein den Kai entlang. Sie sah sich die Boote an, beobachtete die Hafenarbeiten und näherte sich dabei unwillkürlich den Männern. Ein dicklicher Mann lief auf sie zu und sprach sie an. Kaoru erwiderte etwas, drehte sich um und marschierte mit düsterer Miene zurück zu Ryosuke und Tachikawa. Der dickliche Mann folgte ihr.

»Was ist da los?«, flüsterte Tachikawa Ryosuke ins Ohr, als auch schon Kaoru und ihr Verfolger vor ihnen standen.

»Ähm, ähm, ähm ... Wer seid ihr? Die Neuen?«, fragte der Mann und grinste breit unter dem Helm. Seine Wangen waren rund und seine Augen bewegten sich unruhig hin und her. Er hatte eine große Stofftasche um die Schulter gehängt, auf der in schwarzen Buchstaben »Post« geschrieben stand.

»Ähm, ähm ... Und bist du eine Frau?«

Der Mann machte Anstalten, sich Kaoru zu nähern, doch diese hatte sich bereits hinter Ryosuke und Tachikawa gestellt.

»Ja, und? Hast du was dagegen?«, entgegnete sie kämpferisch.

Daraufhin ließ der Mann seine Pupillen zur Nase hin wandern und rief unvermittelt: »Bäh!«, wobei er die Zunge herausstreckte.

»Toshio!«, donnerte einer der Männer. »Komm sofort zurück!«

Auch die anderen bedeuteten ihm zurückzugehen, doch Toshio ließ sich nicht beirren.

»Bäh!«, rief er noch einmal.

»Was willst du?«, fragte Tachikawa und ging zusammen mit Ryosuke einen Schritt auf Toshio zu, der die beiden abwechselnd ansah. In dem Moment kam der Kleintransporter zurück.

»Toshio!«, rief der Bauleiter vom Beifahrersitz aus durch das offene Fenster. Toshio grinste schelmisch, drehte sich mit einer tänzelnden Bewegung um und rannte zu seinen Kollegen zurück.

»Was sollte das denn?«

Tachikawa warf den Männern einen bösen Blick zu.

»Ach, ist doch egal«, sagte Kaoru. Dann fasste sie sich in ihr Haar und streckte die Zunge heraus. »Bäh!«, sagte sie leise.

Auf dem Fahrersitz des Transporters saß der Betreiber der einzigen Herberge der Insel. Er war im frühen Seniorenalter und erwiderte Tachikawas schwungvolle Begrüßung mit einem kühlen Nicken. Die drei Aushilfskräfte sollten auf der Ladefläche Platz nehmen. Auch der Bauleiter setzte sich zu ihnen, vielleicht wollte er sich ungezwungen geben.

Die Straße, die vom Hafen in die Siedlung führte, war gepflastert, doch an vielen Stellen wuchs Gras durch den Asphalt und der Teer bröckelte an den äußeren Rändern. Sie fuhren los und der Wagen ratterte unsanft über die holprige Straße. Die vier mussten sich am Geländer der Ladefläche festhalten. »Es tut mir leid. Auf dieser Insel gibt es keine flachen Ebenen und alle Straßen sind wie diese«, entschuldigte sich der Bauleiter. Er deutete auf den Berg, der sich vor ihnen erhob.

»Die Insel ist klein, aber der Aburidake ist ein sechshundertsechzig Meter hoher Berg. Von hier aus sieht man nur Wald, aber die Ostseite, die Sie vom Schiff aus sehen konnten, fällt steil ab. Zu Fuß kann man die Insel jedenfalls nicht umrunden.«

»Wie viele Menschen leben hier?«, wollte Kaoru wissen.

Der Bauleiter runzelte die Stirn und überlegte kurz.

»Tja ... Ich kenne keine genauen Zahlen, aber ich schätze, es sind nicht mehr als dreihundert. Die Lehrer vom Festland, die zum Arbeiten hergekommen sind, miteingerechnet.«

»Hier gibt's also eine Schule?«, fragte Tachikawa.

»Ja ... Aber die wird vielleicht bald geschlossen.«

»Es ziehen doch sicher auch Menschen vom Festland hierher?«, erkundigte sich Ryosuke.

»Das stimmt, aber die jungen Leute bleiben meist nicht lange.«

»Es scheint ja auch einige Menschen auf dieser Insel zu geben, die etwas schwierig sind«, warf Kaoru ein.

»Wie bitte?«

Der Bauleiter schien verdutzt.

»Na, die Männer vorhin auf der Fähre«, entgegnete sie.

»Die haben uns ausgelacht! ›Wo kriegst du nur immer diese Typen her?‹, meinte der eine!«

Tachikawas Miene war finster.

»Ach das ...«, sagte der Bauleiter, als hätte er endlich verstanden, worum es ging. »Machen Sie sich bitte nichts daraus! Der große Kerl, das war Mutsu. Er ist Fischer und seine Muskeln sind größer als sein Gehirn. Er weiß einfach nicht, was sich gehört und was nicht.«

»Aber er hat gesagt, dass das dieses Mal sowieso wieder nichts wird!«, erwiderte Kaoru mit Nachdruck.

Der Bauleiter winkte energisch ab.

»Nein, nein, nein! Sie dürfen sich wirklich keine Gedanken darüber machen! Also ... um ehrlich zu sein, liegt das alles daran, dass die vorherigen Aushilfskräfte einfach schlimm waren. Die Arbeit an der Grube für den Wasserspeicher haben sie zu unserer Zufriedenheit erledigt, aber sie haben irgendwelche Drogen auf die Insel geschmuggelt und ein riesiges Theater veranstaltet. Deshalb habe ich sie weggeschickt, bevor noch etwas Schlimmeres passieren konnte. Und nun sind Sie hier. Die Insel hat hohe Erwartungen an Sie, in Bezug auf die Bauarbeiten, aber auch, was alles andere angeht. Bitte bereiten Sie mir auf keinen Fall Schwierigkeiten! Es gibt schon zu viele Probleme, für die ich verantwortlich gemacht wurde. Beschränken Sie sich auf Alkohol! Es gibt hier sehr guten Shochu.«

Der Bauleiter sah Ryosuke prüfend an.

»Da Sie der Älteste in der Gruppe sind, Herr Kikuchi, würde ich Sie gern darum bitten, ein Auge auf alles zu haben und die Zusammenarbeit zu koordinieren. Sie scheinen mir allerdings nicht sehr gesprächig zu sein. Sind Sie vielleicht schüchtern?«

»Ähm ... nein, also«, setzte Ryosuke an, wusste aber nicht, wie er den Satz beenden sollte, und kratzte sich verlegen am Kopf.

»Hast du wirklich als Koch gearbeitet?«, fragte Kaoru, um die Stille zu überbrücken, und lehnte sich dabei ein Stück nach vorne. Im selben Moment fuhr der Wagen um eine scharfe Kurve. Da es keine Leitplanke gab, fühlten sich die vier, als würden sie jeden Moment den Abhang hinunterstürzen. Hastig klammerten sich alle wieder an das Geländer.

»Wie dem auch sei, das mit der Koordination können wir auch noch zu gegebener Zeit klären. Wenn Sie sich an das Leben auf der Insel anpassen, ist es wohl auch nicht nötig, dass jemand Sie kontrolliert. Ach ja, worüber ich noch mit Ihnen sprechen wollte … Vorhin hat Sie doch so ein seltsamer Mann angesprochen, richtig?«

»Was?«, fragte Kaoru und streckte diesmal nur ihren Kopf zur Seite, ohne das Geländer loszulassen.

»Der Mann mit dem großen Kopf. Er heißt Toshio«, sagte der Bauleiter.

»Der Typ mit dem ›Ähm, ähm, ähm‹? Was ist denn mit dem los?«, fragte Tachikawa.

»Was mit ihm los ist? Nun ja …«

Der Bauleiter zog eine Zigarette aus der Brusttasche seines Hemdes und rollte sie zwischen den Fingerspitzen hin und her.

»Er ist jedenfalls kein schlechter Kerl. Bitte seien Sie nachsichtig mit ihm. Sie werden sich mit der Zeit an ihn gewöhnen, und anders als mit Mutsu könnten Sie sich vielleicht sogar mit ihm anfreunden.«

Die drei nickten knapp, gingen aber nicht weiter auf das Thema ein. Der Bauleiter zündete seine Zigarette an. Es folgte eine Kurve auf die nächste und der Transporter schwankte stark nach rechts und links. Um nicht herunterzufallen, kauerten sich Ryosuke und seine Mitstreiter auf den Boden der Ladefläche. Der Bauleiter rauchte seine Zigarette und fing dann aus irgendeinem Grund laut zu lachen an, wobei er sein Zahnfleisch zeigte.

»Wissen Sie, Toshio ist sehr wichtig für diese Insel. Er ist unser Postbote!«

5

Von den Lattenzäunen und Häuserwänden war, wahrscheinlich durch den Seewind, die Farbe abgeblättert. Die Gebäude waren sichtlich alt. Ryosuke war, als betrachtete er eine Siedlung von Kolonisten in einem fremden Land. Auf brachliegenden Flächen waren Kühe angebunden, dunkelbraune Mastrinder.

Als das kaum mehr erkennbare Straßenpflaster endete, fuhr der Herbergsvater das Auto auf einen engen Schotterweg. Dann hielt er an. Er stieg aus und zeigte, unverändert grimmig, auf ein zweistöckiges Wellblechhaus.

»Gleich gibt es Sashimi zum Frühstück«, sagte er.

Für sich selbst hatte der Bauleiter anscheinend kein Zimmer angemietet. Während sie das Gepäck ausluden, verschwand er irgendwohin. Es fanden sich schließlich also nur Ryosuke, Tachikawa und Kaoru im Speiseraum ein. Das Frühstück wurde ihnen von einer grauhaarigen Frau mittleren Alters serviert. Es wurde zunächst Omelette, Misosuppe mit Grünalgen, eingelegtes Gemüse und Reis gereicht. In der Mitte des Tisches stand ein großer Teller mit zartrosafarbenem Sashimi.

»Das ist Sashimi von einer Regenbogenmakrele, die wir gestern frisch gefangen haben«, erklärte die Frau.

Ryosuke hatte sich zwar noch immer nicht ganz von der Seefahrt erholt, doch das süßliche, leicht bekömmliche Fischfleisch hatte eine angenehme Konsistenz und regte seinen Appetit an. Tachikawa schien es ähnlich zu ergehen. Er wandte sich, nachdem er probiert hatte, zu der Herbergsmutter und sagte mit erhobenen Stäbchen: »Da kann man ja gar nicht mehr aufhören!«

Der einzige Wermutstropfen war der Gestank des Kuhdungs, der mit jedem Windstoß ins Zimmer geweht wurde. Kaoru blickte immer wieder zum Fenster.

»Ist das Kuhmist?«, fragte sie mit gerümpfter Nase. Die Herbergsmutter lachte spöttisch.

»Daran müsst ihr euch auf der Insel gewöhnen!«

Obwohl sie es offensichtlich für überflüssig hielt, schloss sie das Fenster zur Hälfte. Dann musterte sie Kaoru.

»Was hast du da eigentlich alles im Gesicht? Haben deine Eltern dir das erlaubt?«

»Sprechen Sie hiervon?«

Kaoru fasste einen ihrer Nasenringe an.

»Warum hast du dir etwas so Furchtbares angetan?«

Die Herbergsmutter stemmte ihre Hände in die Hüften und wartete auf eine Antwort, doch als Kaoru ihre Frage lediglich mit einem Lächeln quittierte, ging sie zurück in die Küche. Ohne eine Gefühlsregung zu zeigen, sah Kaoru erst Tachikawa und dann Ryosuke an. Tachikawa strich sich mit einer Hand das Haar seitlich zurück und präsentierte Kaoru wortlos sein Ohr, in dem ein roter, glänzender Ohrring steckte.

»Brav«, flüsterte Kaoru und kicherte leise. Gleichzeitig wandten sich die beiden zu Ryosuke und blickten ihn erwartungsvoll an. Ryosuke deutete mit dem Zeigefinger auf sein eigenes Ohr, das ungepierct war, und grinste verlegen. Tachikawa nahm mit den Stäbchen ein Stück Sashimi vom Teller und hielt es Ryosuke ans Ohrläppchen. Kaoru prustete laut los.

»Ich hoffe nur, der Vorsitzende findet Gefallen an euch.«

Die Herbergsmutter war mit einem Teetablett zurück an ihren Tisch gekommen. Die drei nickten, ohne zu verstehen, wovon sie sprach.

»Was für ein Vorsitzender?«, fragte Tachikawa schließlich doch.

»Wenn ich ›Vorsitzender‹ sage, meine ich natürlich den Vorsitzenden des Einwohnervereins unserer Insel, der euch herbestellt hat.«

»Hat er das?«, entgegnete Tachikawa.

Die drei sahen sich an. Durch das halb geöffnete Fenster kam ein Luftzug herein. Wieder breitete sich der strenge Geruch von Kuhdung im Zimmer aus und Kaoru hielt sich die Nase zu.

Zwischen Häusern und Gestrüpp wanden sich schmale Pfade, die immer nur entweder steil bergauf oder bergab zu führen schienen. Dort begegneten sie niemandem. Ryosuke, Tachikawa und Kaoru hatten die schweren Sicherheitsschuhe angezogen, die der Bauleiter für sie bereitgestellt hatte, und stampften damit lautstark einen dieser Wege entlang.

»Unglaublich, hier gibt's echt keinen Empfang!«, rief Tachikawa und wedelte mit seinem Handy in alle Himmelsrichtungen. »Ich fass es nicht!«

»Es tut mir leid. Nächstes Jahr wird ein Handynetz eingerichtet«, sagte der Bauleiter.

»Das halt ich nicht aus! Vielleicht haue ich wirklich mit der nächsten Fähre wieder ab!«

»Ich bitte Sie, sagen Sie nicht so etwas! Sie sind doch gerade erst angekommen. Internet können Sie übrigens über die Telefonleitung nutzen.«

»Aber ich habe nur mein Handy mitgebracht. So ein Mist ...«

Kaoru und Ryosuke gingen hinter Tachikawa und dem Bauleiter und sahen sich die Umgebung an.

»An jedem Haus hängt das gleiche Namensschild. Hier heißen alle Hirabayashi.«

Ryosuke nickte. Auch er hatte die Schilder gesehen. Der Bauleiter schaltete sich in ihr Gespräch ein.

»Abgesehen von den Zugezogenen leben hier nur Hirabayashis und Hiranos.«

»Aber kommt man da nicht durcheinander?«, fragte Kaoru und drehte sich um die eigene Achse, um ihr Gesicht in das helle Sonnenlicht zu halten.

»Anhand des Nachnamens kann man die Leute nicht unterscheiden, deshalb ruft man sich hier beim Hausnamen.«

»Beim Hausnamen? Was soll das denn sein?«, fragte Tachikawa, der sein Handy immer noch fest umklammert hielt.

»Ach, das wissen Sie nicht? Haben Sie denn gar nichts in der Schule gelernt?«

»W... Wie?!«

Tachikawas Augenbrauen zuckten gefährlich.

»Ah …! Natürlich können Sie das nicht wissen! Sie sind ja viel zu jung dafür«, sagte der Bauleiter hastig und fasste sich an den Kopf.

»Hören Sie mal, Chef …«

Tachikawa trat so nah an den Bauleiter heran, dass er ihn mit der Brust berührte.

»Ich hab die Schule abgebrochen, na und?«

»Ach … Ja … Aber das … das ist ja auch gar nicht schlimm«, stammelte der Bauleiter und zog eine Zigarette aus seiner Hemdtasche. Dann hustete er einmal laut.

»Nun, also … Hier spricht man sich beim Hausnamen an, genauer gesagt geht es um den Standort des Wohnhauses. Wer weiter oben wohnt, wird Kami, also Herr oder Frau Oben, genannt. Wer sein Haus in der Mitte der Straße hat, heißt Michinaka, also Herr oder Frau Straßenmitte. Wie Sie sehen, ziemlich willkürlich.«

»War das schon immer so?«, fragte Kaoru. Der Bauleiter zündete seine Zigarette an.

»Anscheinend schon. Manchmal denkt sich auch der Vorsitzende einen Namen aus.«

»Wie bitte?«

»Ja, wirklich. Manchmal bestimmt der Vorsitzende einfach einen Namen.«

»Dieser Vorsitzende muss ja ein ganz hohes Tier sein«, meinte Tachikawa.

Der Bauleiter zog an seiner Zigarette und holte eine Flasche Shochu hervor, die er seit ihrem Aufbruch aus der Herberge bei sich trug. Dann senkte er die Stimme.

»Er ist gewissermaßen der Boss dieser Insel. Wer es sich mit ihm verscherzt, muss die Insel verlassen. Das gilt übrigens auch für uns. Wenn wir ihn vor den Kopf stoßen, verlieren wir unseren Job.«

»Obwohl es sich um ein staatliches Projekt handelt?«

Diese Frage stellte ausnahmsweise Ryosuke. Der Bauleiter starrte nachdenklich ins Leere.

»Was heißt schon ... staatlich? Je länger ich darüber nachdenke, desto weniger verstehe ich das.«

Sie bogen nach einer leichten Steigung um die Ecke und eine große Sagopalme tauchte vor ihnen auf. Der Bauleiter hielt sich auf einmal sehr gerade. Vor ihnen befand sich eine prächtige Villa, die in starkem Kontrast zu den Häusern der Siedlung stand. Die orangefarbenen Dachziegel glänzten im Sonnenlicht. Neben der Eingangspforte gab es einen Kuhstall. Einem der Tiere, einem schwarz schimmernden, muskelbepackten Exemplar, floss Speichel aus dem Maul.

»So, du kommst also mal wieder vorbei«, ertönte eine dunkle Stimme hinter ihnen. Als sich Ryosuke umdrehte, sah er einen älteren Mann mit rundem Bauch. Er trug Arbeitskleidung und hatte einen Igelschnitt. Unter buschigen Augenbrauen stachen schwarze Augen hervor, die auf einen willensstarken Charakter schließen ließen.

»Guten Morgen, Herr Vorsitzender! Entschuldigen Sie, dass ich zu so früher Stunde störe. Das hier sind die neuen Aushilfskräfte. Ich hoffe, wir werden gut zusammenarbeiten.«

Der Bauleiter verbeugte sich zur Begrüßung sehr tief und Ryosuke, Tachikawa und Kaoru senkten ebenfalls ihre Köpfe.

»Der kleine Boss«, flüsterte Kaoru heiser.

Vielleicht hatte der Vorsitzende es gehört, denn er presste die Lippen aufeinander und musterte Kaoru. Dann wandte er sich plötzlich Ryosuke zu.

»Du scheinst etwas älter zu sein als die beiden anderen. Bist du der, der vorher als Koch gearbeitet hat?«

»Ja.«

»Und was ist deine Spezialität?«

»Ich habe mich vorwiegend mit westlicher Küche beschäftigt.«

»Und wieso hast du aufgehört, als Koch zu arbeiten?«

Ryosuke senkte den Kopf. Er öffnete den Mund, weil er irgendetwas erwidern musste, doch ihm fiel keine angemessene Antwort ein. Der Vorsitzende beobachtete ihn eine Weile lang schweigend, dann lockerten sich seine Gesichtszüge.

»Lassen wir es gut sein«, sagte er, »du wirst schon deine Gründe haben. Jedenfalls erwarte ich, dass ihr hart arbeitet. Natürlich ist das Ganze ein Geben und Nehmen. Ihr helft der Insel und die Insel hilft euch. Die körperliche Arbeit wird sicher sehr anstrengend sein, und die Inselbewohner sind ein raues Volk. Ihr werdet euch vielleicht nicht mit jedem verstehen. Aber ihr sollt wissen, dass euch mein Haus offen steht. Shochu bekommt ihr hier, so viel ihr wollt. Abends sind wir hier gerne mal ausgelassen!«

Nachdem der Vorsitzende seine Ansprache beendet hatte, klopfte er Ryosuke auf die Schulter und lachte laut. Sein Oberkörper bebte. Ryosuke antwortete nur mit einem knappen »Ja«. Der Vorsitzende führte seine Hand an den Mund und tat so, als würde er ein Glas Schnaps leeren.

»Ich habe einen Sohn, der noch zur Schule geht. Erzählt ihm doch ein bisschen was über Tokio.«

Im selben Augenblick öffnete sich die gläserne Eingangstür und ein Junge in Schuluniform stürmte aus dem Haus.

»Moment!«, versuchte der Vorsitzende ihn aufzuhalten. Der Junge blieb ganz kurz kerzengerade stehen und verbeugte sich knapp in eine unbestimmte Richtung. Dann rannte er wieder los.

»Das war mein Sohn Hisao. Entschuldigt sein schlechtes Benehmen.«

Der Junge hatte die buschigen Augenbrauen seines Vaters, doch er war größer als dieser und hatte schlaksige Arme und Beine.

»Nächstes Jahr kommt er in die elfte Klasse und verlässt die Insel, um auf die Oberschule zu gehen«, ergänzte der Vorsitzende.

»Dann beginnt also endlich das lang ersehnte Internatsleben auf dem Festland.« Der Bauleiter rieb sich die Hände. Doch der Vorsitzende schüttelte den Kopf.

»Nein. Erst kommt noch das Mündigkeitsritual.«

6

Am Fuße des Berges befand sich ein verwaister Tempel. Der kleine Schrein und die Haupthalle waren halb eingefallen und von Gras und Moos überwuchert. Hinter dem Tempel reihten sich Grabsteine auf, deren Kanten die Witterung glatt und rund geschliffen hatte. Genau dort begann die Straße, die zu der Baustelle führte. Die drei Aushilfskräfte und der Bauleiter folgten dem gewundenen Weg durch einen Mischwald, bis zu ihrer rechten Seite eine gerodete Fläche erschien, auf der sich ein augenscheinlich neues Becken befand, das der Wasserspeicherung zu dienen schien. Neben einer kleinen Planierraupe, die kaum größer als ein Auto war, lagen einige PVC-Rohre auf dem Boden. Der Bauleiter erklärte, dass es ihre Aufgabe sei, zusammen mit den freiwilligen Helfern der Insel die Erdarbeiten zu Ende zu bringen und eine unterirdische Wasserleitung vom Speicherbecken zum Frischwassertank der Siedlung zu verlegen. Dafür müsse der Boden entlang einer aufgespannten Schnur, die die zukünftige Position der Leitung anzeige, aufgegraben werden.

Das Grundwasser der Brunnen könne den Frischwasserbedarf der Insel nicht abdecken, weshalb die Insel seit jeher auf Regenwasser angewiesen sei. Die jetzige Regenwasseranlage habe Risse bekommen und eine große Menge Wasser trete aus. Die Männer der Insel hätten die Reparaturen nicht allein bewältigen können, sodass in der Dürre vor einigen Jahren sogar per Schiff Wasser habe importiert werden müssen. Der Bau einer neuen Anlage dränge also sehr. Doch die Präfekturverwaltung habe das Vorhaben lange Zeit blockiert. Zuletzt, so erzähle man sich auf der Insel, sei der Vorsitzende persönlich in die Inselabteilung der Behörde einmarschiert und habe die Beamten mit den Worten: »Wenn Sie mir keine Bewilligung erteilen, muss ich mir wohl hier und jetzt den Bauch aufschlitzen«, so sehr in Schrecken versetzt, dass sie schließlich nachgegeben hätten.

»Er hat schon eine extreme Ausstrahlung«, beschrieb Tachikawa seinen Eindruck vom Treffen mit dem Vorsitzenden, während er mit einer Schaufel in der Erde grub. Kaoru kam mit kühlen Getränken zu ihnen herüber und pflichtete Tachikawa bei.

»Man hat gemerkt, dass er sehr einflussreich ist.«

»Du hast keinen einzigen Ton herausgekriegt, Kollege! Hat er dich so sehr eingeschüchtert?« Tachikawa sah Ryosuke an.

»Nein ... Ich ... Ah!«

Ryosuke versuchte gerade, die Spitzhacke hochzuheben, die an einer Baumwurzel lehnte, und fiel dabei schwungvoll auf den Hintern.

»Bitte nicht verletzen!«, rief der Bauleiter ihnen zu, der in einiger Entfernung etwas zusammenschweißte. Die Inselbewohner, die in einem Kreis auf dem Boden saßen, brachen in schallendes Gelächter aus. Als Ryosuke versuchte, sich mit den Händen den Schmutz aus dem Gesicht zu wischen, reichte Kaoru ihm ein feuchtes Handtuch aus der Kühlbox.

»Danke«, sagte er knapp.

Kaoru und Tachikawa blickten sich an.

»Du redest wirklich nicht viel, oder, Kollege?«

Ryosuke erwiderte nichts.

Mit einem Seitenblick auf die Inselbewohner bemerkte Kaoru: »Die fangen echt schon mittags an.«

Die Männer saßen auf einer Binsenmatte und prosteten sich zu. Tachikawa sah kurz zu ihnen hinüber und stieß mit den Worten »Ganz schön dreist« seine Schaufel in die Erde.

Nach Luft schnappend richtete Ryosuke sich auf. Ihm fehlte jegliche Kraft für eine Unterhaltung. Ihnen war gesagt worden, dass sie als Aushilfskräfte jeden Tag ein festgelegtes Arbeitspensum zu bewältigen hätten. Von dem neuen Wasserspeicherbecken bis zum Frischwassertank der Siedlung betrug die Entfernung ungefähr dreihundert Meter. Auf dieser Strecke sollte für das neue Wasserrohr ein ein Meter tiefer Graben ausgehoben werden. Um planmäßig in einem Monat fertig zu werden, mussten sie täglich zehn Meter schaffen. »Wenn alle mithelfen, sind wir schnell fertig«, hatte der Bauleiter beteuert, doch die Planierraupe taugte nicht zum Graben und es schien so, als wären die Inselbewohner, deren Arbeitskraft dringend gebraucht wurde, damit beschäftigt, Shochu zu trinken. Kaoru würde lediglich für den Abtransport des Aushubs und für verschiedene Handlangertätigkeiten eingesetzt werden, sodass Ryosuke und Tachikawa den Graben praktisch allein ausschaufelten. Zu allem Überfluss war die Erde überall von Baumwurzeln durchzogen und so schien es nahezu unmöglich, zehn Meter am Tag zu schaffen.

Doch zu seiner eigenen Überraschung war Ryosuke die mühselige und monotone Arbeit nicht lästig. Im Gegenteil: Während er mit der Schaufel in der Hand am Werke war, wurde er vollkommen ruhig. Auch wenn er mit der Zeit so erschöpft war, dass er drohte umzufallen, war das doch um ein Vielfaches erträglicher, als seiner emotionalen Instabilität ausgeliefert zu sein. Fast wünschte er sich, für immer so weiterzugraben.

Kurz nach Beginn der Nachmittagsschicht setzte sich Tachikawa plötzlich auf den Boden, senkte den Kopf und machte keine Anstalten, wieder aufzustehen. Er versuchte nicht einmal, sich den Schweiß abzuwischen, und machte den Eindruck, als habe er alle Kraft verloren. Auch Kaoru, die mit einer Schubkarre unterwegs war, fing an zu wanken.

»Und das sollen wir jetzt jeden Tag machen?« Sie seufzte und richtete den Blick gen Himmel.

»Dürfen wir bitte eine Pause machen?«, fragte Ryosuke den Bauleiter, der gerade auf sie zukam.

»In Maßen, bitte. Pausieren Sie bitte in Maßen!«, erwiderte dieser und torkelte zurück in die Richtung, aus der er gekommen war.

»Unglaublich. Sogar der Chef bechert schon«, empörte sich Tachikawa. Kaoru ließ sich neben ihm auf den Boden fallen.

»Mir wurde gesagt, ich wäre nur das Mädchen für alles.«

»Du hast recht. Es ist nicht normal, dass ein Mädchen auf der Baustelle mit anpacken muss.«

»Na ja, stark bin ich schon.«

Kaoru spannte ihren tätowierten Oberarm an. Tachikawa lachte, wandte aber, wie aus Mitleid, schnell wieder den Blick ab. Dann legte er sich der Länge nach auf den Boden und stieß einen tiefen Seufzer aus.

»Meine Familie ist total arm. Wir konnten es uns nie leisten, auf eine Insel zu fahren. Darum dachte ich mir, wenn ich das Meer sehen kann und dafür sogar noch bezahlt werde, ist das kein schlechter Job. Da war ich wohl naiv.«

Er trommelte mit den Füßen auf den Boden.

»Ich hab mich mal wieder in die Scheiße geritten. In der Ausschreibung stand ja, dass sie dringend jemanden brauchen, da hätte ich eigentlich schon wissen müssen, dass der Druck auf der Baustelle groß ist. Hätte ich nur ein bisschen besser nachgedacht! Wahrscheinlich stimmt wirklich irgendetwas an der Sache nicht.«

»Wie meinst du das?«, fragte Kaoru. Langsam drehte sich Tachikawa zu ihr um.

»Darüber haben Ryosuke und ich schon auf dem Schiff geredet. Überleg doch mal! Die Insel liegt so weit südlich. Wieso lassen die extra Leute wie uns aus Tokio heranschiffen? Selbst bei unserem miesen Stundenlohn ist das ziemlich teuer, wenn man die Kosten für den Flug und die Fähre bedenkt.«

»Stimmt, das kam mir auch komisch vor.«

»Was sagst du dazu, Kollege?«

Ryosuke ordnete kurz seine Gedanken. Der Bauleiter

hatte ihn angerufen, direkt nachdem er ihm seinen Lebenslauf zugeschickt hatte, und ihm noch etwas anderes mitgeteilt.

»Der Chef hat mir gesagt, er bräuchte uns auch aus einem anderen Grund. Er möchte, dass wir ihm Ideen liefern, wie man mehr Leute auf diese Insel locken kann.«

»Zu mir hat er auch so was gemeint. Wir sollen ihm Tipps geben, wie man die Insel zu einem beliebten Reiseziel für junge Leute machen kann. Wobei das eigentlich auch Jugendliche, die hier in der Nähe wohnen, machen könnten«, sagte Tachikawa. Ryosuke legte seinen Kopf zur Seite.

»Ich glaube nicht, dass die Jugendlichen aus der Umgebung freiwillig hierherkommen würden.«

»Das stimmt«, meinte Kaoru. »Wenn die ihren Heimatort verlassen, dann bestimmt eher, um in die Großstadt zu gehen, nach Tokio oder Osaka. Und die Leute aus der Präfektur wissen sicher genau über die Lage auf den Inseln Bescheid und fahren bestimmt nicht an einen Ort, wo es kein einziges Geschäft gibt.«

»Alles klar.« Tachikawa setzte sich auf und strich mit einer Hand sein Haar zurück. »Die wollen also wissen, was Leute aus der Großstadt machen würden, um mehr Leben in die Bude zu bringen.«

»Die Leute hier machen auf jeden Fall irgendwas falsch«, lachte Kaoru, doch Tachikawa verzog nur gequält seinen Mund.

»So falsch, dass es nicht mehr witzig ist! Ich meine, selbst wenn das hier Hawaii wäre ... Ohne Handy-Empfang geht ja wohl gar nichts. Wer will so schon hierherkommen?

Überall lauern irgendwelche Fallen. Die Bäume hier zum Beispiel!«

Tachikawa sprach von den Bäumen, die zu beiden Seiten der Straße wuchsen. Von den üppig wuchernden Ästen hingen prächtige Luftwurzeln herab, die entfernt an Tentakel erinnerten.

»Die sehen unheimlich aus. Und die Wurzeln stören beim Graben.«

Tachikawa hob einen kleinen Stein vom Boden auf und schleuderte ihn gegen einen Baum in seiner Nähe. Ryosuke erkannte in ihm eine Lorbeerfeige.

»Also ich mag die Bäume. Wir könnten uns daruntersetzen und etwas trinken«, entgegnete Kaoru und gähnte.

»Nein, wenn ich jetzt anfange zu trinken, kann ich ganz bestimmt nicht mehr weiterarbeiten«, sagte Tachikawa.

Die Äste der Lorbeerfeige wiegten sich im Wind. Ryosuke ging es wie Kaoru, er mochte die Bäume. Die Windungen der Äste und der lustige, wilde Wuchs der Luftwurzeln faszinierten ihn.

7

So ging das Leben für Ryosuke und seine neuen Kollegen auf Aburi-jima weiter.

Jeden Morgen ließen sich einige Männer aus der Siedlung auf der Baustelle blicken, doch sie schienen die Schaufel nur in die Hand zu nehmen, um sich über die Aushilfskräfte lustig zu machen. Ab Mittag setzten sie sich dann in einem Kreis auf den Boden und fingen an zu trinken. Gelegentlich lud einer von ihnen die drei ein, sich der Gruppe anzuschließen, doch vor den Augen des Bauleiters wollten sie so ein Angebot lieber nicht annehmen. Nur Kaoru begann, sich zwischen ihren Erledigungen für ein, zwei Gläser Shochu zu der Trinkrunde zu gesellen. Die Männer nannten sie lediglich »Piercing«. Tachikawa hieß »der Langhaarige« und Ryosuke einfach »der« oder »der da«.

An Regentagen nahm die Arbeit schlagartig zu. Die Männer der Insel tauchten dann gar nicht auf, sodass die drei Aushilfskräfte und der Bauleiter ganz auf sich gestellt waren. Erschwerend kam hinzu, dass sie unter ihren luftdichten Regenmänteln nach nur zehn Minuten schweißnass waren. Wenn Wasser in den Graben floss, standen sie mit den Füßen im Matsch und das Schaufeln wurde noch beschwerlicher. Die Arbeit war enorm kräftezehrend. An einem dieser Tage wurde es Tachikawa zu viel. Nachdem Ryosuke und er lange wortlos gegen den Schlamm und die Erde angekämpft hatten, setzte er sich unvermittelt mit einem »Die können mich mal« auf den regennassen Boden. Kaoru versuchte unterdessen, die Schubkarre, die im Matsch stecken geblieben war, herauszuziehen und fiel dabei auf die Knie. Sofort war sie voller Schmutz. Sie sah aus, als würden ihr jeden Moment die Tränen kommen. Nur Ryosuke schaufelte beharrlich weiter, ohne sich zu beklagen. Es war beinahe so, als fände er Erlösung, indem er seinen Körper schindete.

Üblicherweise nahmen die drei nach der beschwerlichen Arbeit in der Herberge der Reihe nach ein Bad. In der Wanne glitten Ryosukes Gedanken stets zu dem eigentlichen Grund, der ihn auf diese Insel geführt hatte …

Es wurde allmählich Zeit, sich auf die Suche nach dem Menschen zu machen, von dem ihm seine Mutter so oft erzählt hatte. Er wollte ihn treffen, um etwas über seine Vergangenheit zu erfahren und um einen Weg zu finden, weiterzuleben.

War dieser Mensch vielleicht sogar einer der Männer, die bei den Bauarbeiten mithalfen? Oder hatte er ihn noch nicht getroffen?

Obwohl seine Gedanken ständig um dieses Thema kreisten, ließ Ryosuke die Tage verstreichen, ohne etwas zu unternehmen. Wenn er nach getaner Arbeit in die Badewanne stieg, hatte er für nichts mehr Kraft. Und überhaupt: Wie sollte er mit seiner Suche beginnen, ohne dass es die anderen merkten? Ryosuke wusste keine Antwort.

Eines Morgens entschied sich der Bauleiter, einfach nicht aufzustehen.

»Der Vorsitzende hat ihn zurechtgewiesen. Was ihm einfiele, auf der Baustelle zu trinken.«

Die Herbergsmutter hatte sie geweckt und ihnen mitgeteilt, dass sie heute nicht arbeiten müssten, da der Bauleiter sein Bett nicht verlassen habe.

Ryosuke, Tachikawa und Kaoru hatten keine Ahnung, wo und bei wem der Bauleiter untergebracht war. Und so konnten sie sich auch nicht recht dazu durchringen, ihm einen Krankenbesuch abzustatten.

»Lasst das bleiben!«, bestärkte die Herbergsmutter sie. »Der leckt gerade einfach seine Wunden. Es gibt keine Entschuldigung für sein Verhalten und jetzt schmollt er!«

»Wie reden Sie denn über unseren Chef?« Tachikawa klang fast ein wenig empört.

»Von wegen euer Chef«, entgegnete die Frau. »Der hat doch gar kein Recht darauf, sich Bauleiter zu schimpfen.«

»Sie scheinen ihn ja gut zu kennen«, sagte Kaoru und die Herbergsmutter grinste verschmitzt. »Ja, ja, ich kenne ihn gut. Aber tun wir besser mal so, als würde ich ihn nicht kennen.«

»Wieso?«, fragte Kaoru verdutzt.

»Scheint ja einige Geheimnisse auf dieser Insel zu geben«, meinte Tachikawa.

»So ist es. Das hier ist die Insel der Geheimnisse.« Die Herbergsmutter nickte vielsagend.

»Nun gut. Warum geht ihr nicht spazieren, wenn ihr schon einmal freibekommen habt?«

»Da haben Sie recht.« Tachikawa band sich die Haare

zurück. »Der Vorsitzende hatte eigentlich gesagt, wir könnten abends mal zusammen etwas trinken, aber bislang haben wir nur auf unseren Zimmern gehockt. Von der Insel haben wir noch gar nichts gesehen.«

»Stimmt, wir haben noch gar nicht die Gegend ausgekundschaftet«, pflichtete ihm Kaoru bei.

»Und was willst du machen, Kollege? Legst du dich noch mal aufs Ohr? Oder hast du ein Pornoheft dabei?« Tachikawa sah Ryosuke an. Dieser schüttelte den Kopf und lächelte die beiden an.

»Ich komme mit.«

Häuser, hinter denen Kühe gemächlich weideten. Häuser, in deren Gärten kleine Papayabäume wuchsen. Häuser, neben denen die Luftwurzeln der Lorbeerfeigen im Wind wogten. Dahinter das Meer. Der Himmel. Das Grün der Berge.

Die drei, für einen Tag von der harten Arbeit erlöst, schlenderten zwischen den Wohnhäusern entlang und genossen die friedliche, in gleißendes Licht getauchte Landschaft der Insel.

Kaoru hielt ihr Handy in jede erdenkliche Richtung und machte Fotos. Wenn man nicht telefonieren könne, meinte sie, müsse man eben umdenken.

»Ich werde alles aufzeichnen!«, erklärte sie.

Als Tachikawa versuchte, sich mit einer Pose ins Bild zu drängen, erteilte sie ihm eine klare Absage.

»Ich mache keine gestellten Fotos.«

Als die drei an den westlichen Rand der Siedlung gelangten, hörten sie fröhliches Kindergeschrei. Sie stiegen die leicht abfallende Straße hinab und vor ihnen erschien eine große Lorbeerfeige, deren Blätter im Wind raschelten. Dahinter befand sich ein einstöckiger Holzbau, augenscheinlich das Schulgebäude. Einige Kinder liefen in Turnkleidung über den Schulhof, begleitet von ihrer Lehrerin, die ebenfalls Sportkleidung trug. Mit irgendetwas brachte sie die Kinder zum Lachen.

»Hier ist also die Schule. Und die Lehrerin ist eine Frau«, sagte Tachikawa.

»Wieso grinst du so blöd?« Kaoru stieß Tachikawa, der auf Zehenspitzen zum Schulhof hinüberspähte, mit dem Ellbogen in die Seite.

»Sie scheint eine reife, attraktive Frau zu sein …«

»Na ja, ich bin immerhin auch zwei Jahre älter als du!« Kaoru grinste.

Auf dem steinernen Haupttor prangte ein Schild mit der Aufschrift »Aburi Grund- und Mittelschule«. Nur durch eine kleine Erhöhung und eine Hecke war das Gelände von der Umgebung abgegrenzt. Ein Eisengitter, wie es die Schulen in der Stadt oft hatten, gab es nicht.

Eines der Kinder schien ihre Stimmen gehört zu haben, denn es rief laut: »Frau Lehrerin!«, und zeigte mit dem Finger auf die drei Passanten.

Die Kinder wurden nervös und klammerten sich an der Lehrerin fest. Sie sagte etwas zu ihnen und joggte dann in kleinen Schritten auf Ryosuke, Tachikawa und Kaoru zu.

»Was wollen Sie?«

Die Lehrerin war Anfang bis Mitte dreißig.

»Wow«, entfuhr es Tachikawa leise und Ryosuke wusste sofort, warum. Ein feuchter Glanz erfüllte die Augen der Frau.

»Entschuldigen Sie die Störung! Wir haben keine bösen Absichten.«

Kaoru versuchte, mit einem Lächeln die Stimmung zu entspannen.

»Sie arbeiten an der Wasserleitung, richtig?«, fragte die Lehrerin, bevor sie sich vorstellen konnten. »Das muss hart sein«, fügte sie leise hinzu.

»Und ... was gibt es?«, erkundigte sie sich nach einer kurzen Pause erneut.

»Gar nichts! Wir schauen uns nur um.«

Noch während Tachikawa sprach, blickte ihn die Lehrerin skeptisch an. Sie sah aus, als wollte sie sofort kehrtmachen. Doch Ryosuke hielt sie zurück.

»Wir haben heute unverhofft freibekommen und machen einen Spaziergang.«

Die Lehrerin neigte den Kopf zur Seite.

»Wirklich ...? Aber auf der Insel gibt es doch gar nichts zu sehen.«

»Und der Berg?«

»Der Berg ... Ach so, das weiß ich auch nicht. Ich bin noch nie bis nach ganz oben gewandert. Bitte entschuldigen Sie mich jetzt. Ich muss zurück zum Unterricht.«

»Nein, wir müssen uns für die Störung entschuldigen. Und vielen Dank.« Kaoru senkte zum Abschied den Kopf. Auch die Lehrerin verbeugte sich, bevor sie zurück zu ihren Schülern lief. Dieses Mal stieß Tachikawa Ryosuke mit dem Ellbogen in die Rippen.

»Wenn's drauf ankommt, redest du ja, Kollege!«

»Du bist also doch ein Mann. Da bin ich ja beruhigt«, sagte Kaoru und rümpfte kurz die Nase.

8

Am Nachmittag genehmigten sich Tachikawa und Kaoru ein Glas Shochu und machten dann auf ihren Zimmern ein kleines Nickerchen. Ryosuke verließ allein die Herberge und setzte den Plan, den er schon vor einiger Zeit gefasst hatte, in die Tat um. Er streifte durch die Siedlung und prüfte jedes einzelne Türschild in der Hoffnung, den Namen des Menschen zu finden, den er suchte. Doch auch nachdem er alle Straßen abgegangen war, hatte er ihn nicht entdeckt.

Ryosuke verlor den Mut.

Vielleicht lief sein Vorhaben komplett ins Leere. Vielleicht lebte er überhaupt nicht mehr hier. Mit einem Mal überkam ihn Erschöpfung und er setzte sich an den Straßenrand. Er wusste nicht weiter und sah eine Weile den vorüberziehenden Wolken zu. Dann fasste er den Entschluss, den Berg zu besteigen.

Möglicherweise lebten auch außerhalb der Siedlung Menschen. Von oben könnte er die gesamte Insel überblicken und vielleicht noch andere Häuser entdecken.

Der Bauleiter hatte erzählt, dass die Straße hinter der Baustelle direkt auf den Berg führte. Ryosuke stand also auf und stieg wieder den Hang hinauf. Er ließ die Siedlung hinter sich, ging an dem leer stehenden Tempel vorbei und lief die Straße entlang zur Baustelle. Nach einem kurzen Seitenblick auf den Graben, den er selbst mit ausgehoben hatte, schlug er den Bergpfad ein. Eine Weile war die Steigung nur seicht. Während Ryosuke festen Schrittes vorwärtslief, betrachtete er die Bäume.

Er schlug sich durch dichtes Gestrüpp und stolperte über Sträucher und Ranken im Unterholz. Mit einem Mal wurde der Anstieg so steil, dass er zum Erklimmen beide Hände zu Hilfe nehmen musste. Beim Bewältigen der Steigung geriet Ryosuke völlig außer Atem. Langsam änderte sich auch die Vegetation. Der Wald wurde dichter und die Sicht schlechter, doch Ryosuke kletterte unbeirrt weiter, bis er irgendwann nicht mehr wusste, ob er sich überhaupt noch auf dem eigentlichen Pfad befand. Dann gabelte sich der Weg, der nicht mehr als ein Trampelpfad war, vor ihm. Ryosuke blieb stehen.

Im selben Moment hörte er hinter sich ein Geräusch. Das Dickicht, das er gerade durchquert hatte, raschelte. Äste knackten. Irgendetwas lauerte dort im Gebüsch. Ryosuke beobachtete regungslos, wie sich die Blätter und Äste hin und her bewegten. Das Etwas kam auf ihn zu.

»He!«, rief er laut und das Wesen reagierte sofort.

Im Gebüsch raschelte es wieder heftig und was auch immer sich darin befand, entfernte sich. Ryosuke kam es nicht in den Sinn, hinterherzulaufen und nachzusehen, um was es sich handelte. Bestimmt war es kein Mensch.

Er erinnerte sich an den schwarzen Punkt, den er von der Fähre aus mitten auf der Klippe gesehen hatte.

Was war das wohl gewesen?

Ein Windstoß wehte zu ihm herüber und ließ die Bäume und Sträucher wie Wellen wogen. Dann wurde es wieder still. Nur der ruhige Wald umgab Ryosuke. Er wandte dem Gebüsch den Rücken zu und nahm den Pfad, der nach rechts verlief.

Es schien, als führte dieser Weg von der Südseite des Aburidake zur Klippe an der Ostseite. Der Pfad wurde zusehends unebener und zwischen dem Gras blitzte immer häufiger nackter Fels auf. Als sich der Wald schließlich lichtete, bot sich Ryosuke ein atemberaubender Anblick.

Unten sah er die Siedlung und die Zuckerrohrfelder, während sich vor ihm das Meer und der Himmel ausbreiteten. Ihn umschloss ein weites, sphärisches Blau.

Vor ihm erstreckte sich der Steilhang, den er von der Fähre aus gesehen hatte. Und Ryosuke war im Begriff, ihn zu betreten.

Zu seinen Füßen sah er nur noch groben Fels und Gras. Der Seewind trug das Rauschen des Meeres zu ihm herüber. Pfeifender Wind. Ein Himmel, so blau, dass er meinte, darin zu versinken.

Explosionsartig wallte Furcht in Ryosuke auf, kroch über seine Haut und ließ ihn die imposante Landschaft vergessen. Er schnappte nach Luft. Ehe er sichs versah, stand er direkt am Abhang. Am Fels war aus Sicherheitsgründen eine Eisenkette angebracht. Die angerostete Kette war höchstens fünf bis sechs Meter lang. Ryosuke ergriff sie, blieb dann aber wie angewurzelt stehen. Ein kleiner Stein löste sich und fiel mit einem trockenen Geräusch den Hang herunter.

Ryosuke spürte wieder den Schmerz in seiner Brust, als bohrte jemand mit einer Nadel in der alten Wunde. Ihm war, als tropfte das Blut, das in jener Nacht zwischen seinen Fingern hervorgequollen war, immer noch auf seine Hose.

Etwas, das unbedingt verschlossen gehalten werden musste, war zum Vorschein gekommen.

Ryosuke bereute seine Unvorsichtigkeit, aber es war bereits zu spät.

Er biss die Zähne fest zusammen. Der Abgrund ängstigte ihn und er wollte zum Weg zurückkehren. Doch das, was Ryosukes Wirbelsäule hinaufkroch, hatte ihn im Nu fest im Griff. Seine Beine zitterten. Er konnte die Hand nicht von der Kette lösen.

Ryosuke hatte sich gewünscht zu leben und war deshalb auf die Insel gekommen. Doch ein anderes Verlangen bestürmte ihn.

Weit unten sah er die schäumenden Wellen, die sich an der Felsenküste brachen. Der Abhang führte beinahe senkrecht in die Tiefe. Hier und da wuchsen Büsche, doch mit einem kräftigen Sprung würde er wohl direkt auf die Felsen prallen.

Der in ihm aufsteigende Drang war im Begriff, ihn zu verschlingen.

Stoß dich ab!
Setz allem ein Ende!

Ryosukes Gedanken verschwammen und er schüttelte den Kopf. Mit einer Hand ließ er die Kette los.

Los, jetzt die zweite Hand!

Wer wird schon um dich trauern?

Die Stimme in seinem Inneren war laut, unmöglich zu ignorieren. Das Zittern in seinen Beinen nahm unaufhörlich zu. Er konnte weder vor noch zurück. Schweiß rann ihm den Hals und die Brust herunter.

»Spring!«

Dieses Mal sprach er das Wort laut aus.

Er fasste einen Entschluss. Der blaue Himmel würde Zeuge seiner letzten Handlung in diesem Leben werden.

Ryosuke sah nach unten. Die Büsche bewegten sich im aufsteigenden Wind hin und her. Würde er jetzt springen, dann würde sein Körper wohl in wenigen Sekunden an den Felsen zerschellen und alles wäre vorbei. Die zweite Hand ließ die Kette los. Ryosuke schob seinen rechten Fuß ein Stück nach vorn. Der Sicherheitsschuh schwebte nun über dem Abgrund. Es fehlte nur noch der linke Fuß. Er müsste sich nur ein klein wenig abstoßen.

»Spring!«

Genau in dem Moment, als er seine Beinmuskeln anspannte, hörte er etwas.

Ein dumpfes Geräusch wie das Trampeln von Hufen. Aus dem Augenwinkel sah Ryosuke eine Bewegung und er blickte zur Seite. Auf einem Felsen, nicht weit vom Weg mit der Eisenkette, stand ein weißes Tier mit schwarzen Punkten.

Es sah Ryosuke ruhig an. Dann trottete es gemächlich auf ihn zu, wobei es seinen Körper parallel zum Steilhang hielt. Würde das Tier abrutschen, fiele es direkt ins Meer.

Die Augen des Tieres leuchteten golden. Seine schlitzartigen Pupillen sahen zur Seite und glänzten im Licht. Neben den aufgestellten Ohren erhoben sich zwei Hörner auf dem Kopf des gefleckten Wesens. Fleckchen, dachte Ryosuke.

Direkt neben ihm kam das Tier zum Stehen. Fleckchen hob das Gesicht und sah ihn eine Weile lang an. Dann stupste es Ryosuke auf einmal mit der Nasenspitze in die Hüfte. Ryosukes linke Hand berührte die Ziege. Unter dem weichen Fell spürte er den harten Körper des Tieres. Fleckchen stieß ihn wieder an, diesmal fester. Ryosuke hatte kaum mehr Platz zum Stehen. Das Tier schob seinen Kopf mitsamt der Hörner vor seine Beine. Ein Stein löste sich unter Fleckchens Füßen und fiel den Abgrund hinunter. Doch Fleckchen ließ sich nicht beirren und zwängte seinen Körper weiter an Ryosuke vorbei. Ryosuke berührte den Rumpf des Tieres. Er streichelte das Fell mit den Fingerspitzen und spürte die Wärme.

In diesem Moment fand Ryosuke zu sich selbst zurück. Seine Beine zitterten nicht mehr so stark. Er war wieder in der Lage, das Rauschen des Meeres zu hören, die kleinen Schiffe in der Ferne zu sehen. Ryosuke griff nach der Eisenkette und hangelte sich Schritt für Schritt zu dem Weg zurück, auf dem er hergekommen war. Er erreichte das Ende der Eisenkette und trat auf den Trampelpfad. Ryosuke setzte sich ins Gras. Mit der Nase stupste Fleckchen ihn an.

»Danke.«

Es kostete Ryosuke ungeheure Kraft, dieses eine Wort zu sagen. Während er neben Fleckchen auf dem Boden saß, betrachtete er den Himmel und das Meer. Sein Atem ging flach und noch immer strömte der Schweiß seinen Körper herunter.

Fleckchen stupste ihn erneut an. Ryosuke spürte den Stoß im Rücken. Mit wackligen Beinen stand er auf. Das Tier stieß ihn noch einmal an, als wollte es nicht zulassen, dass Ryosuke sich hinsetzte. »Määh!«, meckerte Fleckchen laut.

»Was hast du denn?«

Fleckchen schüttelte sich und trottete los. Ryosuke folgte dem Tier den Trampelpfad hinunter. Ab und zu warf es einen Blick nach hinten. Ryosuke war sich sicher, dass es sich um eine Nutzziege handelte. Ein wildes Tier wäre nicht so zutraulich. Vielleicht würde bald schon der Halter auftauchen.

Doch als sie den Weg weiter hinabgestiegen waren und den Wald erreichten, verwarf Ryosuke diesen Gedanken wieder. Sie kamen an die Stelle, wo sich der Pfad gabelte und Ryosuke zuvor von einem Rascheln im Unterholz abgelenkt worden war.

Das Gebüsch bewegte sich abermals, und Fleckchen begann zu meckern. Kurz darauf erschien eine weitere Ziege mit pechschwarzem Fell. Als sie Ryosuke erblickte, spannte sie ihre Vorderläufe an und zog ihren Hals nach hinten. Anders als Fleckchen wirkte sie misstrauisch. Ihre Körperhaltung ließ eine unberechenbare Wildheit erkennen. Ihre Hörner zuckten bedrohlich. Ryosuke spürte, dass sie Angst vor ihm hatte. Wieder raschelte es und Ryosuke sah hier und da weitere Ziegenköpfe und Ziegenrücken im Gebüsch auftauchen. Mindestens zehn Tiere mussten es sein.

Mal zeigten sie sich, mal verschwanden sie im Gestrüpp,

doch den ganzen Weg hinab blieben sie in Ryosukes Nähe. Er verspürte eine angenehme Spannung und passte seine Geschwindigkeit unwillkürlich der der Ziegen an. Fleckchen lief die ganze Zeit neben ihm her, die schwarze Ziege folgte ihnen mit etwas Abstand. Ryosuke wurde zu einem Teil der Herde.

Als sie noch weiter unten angekommen waren, machte die schwarze Ziege plötzlich einen großen Satz und sprang ins Gebüsch. Das Laub raschelte und sie war weg. Aus verschiedenen Richtungen ertönte lautes Gemecker, dann wurde es wieder still im Wald. Die Herde war so plötzlich verschwunden, als wäre sie nie da gewesen. Ryosuke blieb stehen, um Fleckchen, das ihm als einziges Tier noch folgte, zu streicheln.

Doch völlig unerwartet verpasste ihm die Ziege einen Kopfstoß, in dem ihr ganzes Körpergewicht zu liegen schien. Das Tier traf Ryosuke an der Hüfte und er fiel zu Boden. Fleckchen schonte ihn nicht und stieß erneut mit den Hörnern zu. Ryosuke durchfuhr ein stechender Schmerz im Rücken.

Im selben Moment hörte er lautes Gelächter vom Ende der Straße. Es war Kinderlachen. Hastig erhob sich Ryosuke. Die Lehrerin, die er heute Vormittag kennengelernt hatte, stand dort mit ihren Schülern.

»Die Pinza hat ihn umgestoßen!«, lachte ein kleines Mädchen und zeigte auf Ryosuke.

»Pinza?«, wiederholte Ryosuke, der das Wort noch nie gehört hatte. In dem Augenblick hüpfte Fleckchen ins Gebüsch. Es raschelte und dann hatte ihn auch das letzte Tier der Herde verlassen.

9

Im Rahmen des Naturkundeunterrichts hatte die Lehrerin mit ihren Schülern einen Ausflug zum Berg gemacht. Sie hatten bereits einiges gesehen und waren auf dem Rückweg zur Schule, als sie auf einmal Ryosuke sahen, wie er gerade einen Kopfstoß von der Ziege verpasst bekam.

»Pinza heißt Ziege. In dieser Gegend werden sie so genannt«, erklärte die Lehrerin, während sie dem völlig verdreckten Ryosuke ein Stofftaschentuch reichte.

Die Augen der Lehrerin glänzten immer noch feucht. Es schien, als würden sich die Blumen und die jungen Blätter der Bäume im sanften Licht des Waldes in ihnen auflösen. Er konnte der Lehrerin nicht länger in die Augen sehen und blickte stattdessen in die Richtung, in der Fleckchen verschwunden war.

»Pinza«, wiederholte er.

»Genau, Pinza.«

»Warum heißen sie so?«

»Tja, warum? Ich komme auch nicht von hier.«

Die Lehrerin sah ihre Schüler fragend an, doch die machten nur große Augen und meinten: »Weiiiß nicht«, oder: »Weil Pinza eben Pinza sind.« Einige der Kinder klammerten sich an ihr fest und musterten Ryosuke skeptisch.

Während sich die Lehrerin um ihre Schüler kümmerte, erzählte sie Ryosuke einiges über den Aburidake.

Der Steilhang wurde Ostklippe genannt. Es gab zwei Aufstiegsrouten: Der eine Weg führte den steilen Otokozaka, den Männerhang, entlang und der andere den seichteren Onnazaka, den Frauenhang. Früher mussten die Männer beim Mündigkeitsritual den Männerhang erklimmen, doch nachdem einmal jemand abgestürzt war, wurde dieser Weg kaum mehr genutzt. Die Lehrerin erzählte ihm von einem Lorbeerwald, der sich irgendwo auf dem Berg befand, und von einer Höhle in der Klippe, die angeblich früher Piraten als Versteck gedient hatte.

»Wann wird denn eigentlich die neue Wasserleitung fertig sein?«, fragte sie. Ryosuke senkte den Blick.

»Noch vor Beginn der Regenzeit, meinte unser Vorgesetzter.«

»Arbeiten Sie schon lange in der Baubranche?«

»Nein, das ist nur ein Gelegenheitsjob.«

Die Lehrerin schien überrascht.

»Sie haben vorher also etwas ganz anderes gemacht?«

»Ja ... Bis letztes Jahr habe ich als Koch gearbeitet.«

»Ach, wirklich!«

Die Lehrerin schien beeindruckt.

»Ich esse sehr, sehr gern ... Hört mal, Kinder! Dieser Herr ist auf der Insel, um einen Graben für das Wasserrohr auszuheben, aber eigentlich ist er Koch. Sollen wir ihn fragen, ob er uns einmal in der Schule besucht und uns etwas über das Kochen erzählt?«

Bei diesen Worten wurden die Schüler mit einem Mal ganz aufgeregt.

»Frittierte Garnele!«, verkündete ein Kind und begann zu hüpfen. »Omelette-Reis!«, rief ein anderes und rannte wild hin und her.

Kurz darauf erreichten sie die Baustelle. Die Lehrerin ermahnte ihre Schüler zur Vorsicht und blickte in den Graben.

»Wirklich, vielen Dank für Ihre harte Arbeit«, sagte die Lehrerin.

»Frau Lehrerin!«, rief ein Junge mit kurz geschorenen Haaren und einer Zahnlücke. »Also warum ... Also dieser Mann ist doch ein Koch. Warum gräbt er denn dann ein Loch?«

»Ja, das ...«

Die Lehrerin stockte und Ryosuke lächelte verlegen. Doch der Junge gab nicht auf. »Warum? Sag schon!«

Ryosuke wandte sich dem Kind zu. Er wählte seine Worte sehr sorgfältig.

»In Wirklichkeit grabe ich das Loch gar nicht für das Wasserrohr.«

»Hää? Wie?«

»Aber wofür gräbst du das Loch denn dann?«, krakeelte ein zweiter Junge, dem die Nase lief, dazwischen. Wie auf Kommando fingen alle Kinder an durcheinanderzurufen.

»Ja, warum denn?«

»Warum? Warum?«

»Wie, das wisst ihr gar nicht?«, erwiderte Ryosuke mit gespieltem Erstaunen. Die Jungen und Mädchen blickten ihn mit offenen Mündern an. Sogar die Lehrerin schien gespannt darauf zu warten, was er zu sagen hatte.

»Na ja ... Ich suche nach einem Schatz.«

»Ein Schatz?«

Die Kinder fingen wieder an wild durcheinanderzuplappern.

»Lügner! Lügner!«

»Doch, wirklich.«

»Du lügst!«

»Nein, diese Insel ist eine Schatzinsel.«

»Was für ein Schatz ist denn da versteckt?«

»Na, um das herauszufinden, grabe ich doch das Loch.«

»Quatsch!«, rief ein Junge ungläubig und klatschte Ryosuke auf den Hintern. Ein Mädchen jedoch seufzte und blickte verträumt in den Himmel: »Ein Schatz!«

Als der Bergweg endete und sie den leer stehenden Tempel erreichten, meinte die Lehrerin zu ihren Schülern: »Dann lasst uns den jungen Mann darum bitten, tüchtig weiterzugraben, damit er den Schatz für uns findet!«

Ryosuke flüsterte sie zu: »Besuchen Sie uns doch wirklich in der Schule. Ich heiße Yoshikado. Vielen Dank, dass Sie sich so nett mit den Kindern unterhalten haben.«

»Nichts zu danken.«

Ryosuke verbeugte sich kurz. Mit einem Mal blieb Frau Yoshikado stehen.

»Oh, das ist doch Hisao.«

Schlagartig änderte sich das Verhalten der Kinder. Sie versuchten sich hinter ihrer Lehrerin zu verstecken.

Auf dem Friedhof des Tempels stand ein Junge.

»Was machst du da?«

Frau Yoshikados Frage klang streng, fast wie bei einem Verhör. Ihr Tonfall war nicht wiederzuerkennen.

»Das ist der Sohn des Vorsitzenden«, flüsterte sie Ryosuke zu.

Hisao warf Frau Yoshikado einen flüchtigen Blick zu. Noch bevor Ryosuke etwas erwidern konnte, rannte der Junge zur Siedlung hinab.

10

Draußen vor der Pension hatte der Herbergsvater ein Küchenbrett auf den Boden gelegt und nahm darauf einen großen Fisch aus. Er sah Ryosuke, verzog aber keine Miene und löste nur seelenruhig den langen Darm aus dem Bauch des Tieres. Ryosuke grüßte ihn im Vorbeigehen mit einem Nicken. Der Herbergsvater hob den Fisch am Schwanz hoch, um ihn Ryosuke zu zeigen. Er war schwarzsilbern und etwa achtzig Zentimeter lang.

»Japanischer Seebarsch«, sagte er.

»Ja.«

»Und euer, du weißt schon, ist da. Euer Bauleiter. Kriegt Ärger.«

Ryosuke begriff nicht, wovon der Herbergsvater sprach, und betrat die Pension. Er hörte eine tiefe, dunkle Stimme. Sie kam aus Richtung des Speisezimmers am Ende des Flures. Die Tür war zwar geschlossen, doch Ryosuke erkannte sofort, um wessen Stimme es sich handelte. Im Eingangsbereich sah er traditionelle Herrensandalen, die dort normalerweise nicht standen. Tachikawas und Kaorus Sicherheitsschuhe waren verschwunden.

Ryosuke setzte sich auf die Schwelle zwischen Flur und Eingang und löste seine Schnürsenkel.

»Du hast die Arbeit nur bekommen, weil du mein Neffe bist.«

Es war tatsächlich die Stimme des Vorsitzenden.

»Glaubst du allen Ernstes, dass du bis zum Anfang der Regenzeit fertig wirst, wenn du mit den Männern zusammen trinkst?«

»Es tut mir ja leid, aber wenn ich keinen Alkohol ausschenke, kommt keiner mehr.«

Die Stimme des Bauleiters klang erstickt.

»Es ist ein Jammer. Und das, obwohl wir das Ganze doch nur machen, damit es den Leuten auf der Insel besser geht«, sprach der Bauleiter weiter.

Ryosuke blieb mit dem Schnürsenkel zwischen den Fingern regungslos sitzen. Wo waren Tachikawa und Kaoru?

»So ist das nun mal. Wie auch immer: Trink nicht mit den Arbeitern und gib ihnen auch nichts zu trinken! Das könnt ihr nach Feierabend machen.«

»Dann kommt aber niemand mehr zur Arbeit. Ich muss Alkohol ausschenken.«

Die Stimme des Bauleiters nahm einen fast trotzigen Ton an. Es folgte Stille.

»Also gut. Ich unternehme etwas«, murmelte der Vorsitzende müde.

»Was heißt ›etwas‹ …?«

»Ich werde mit den Männern reden und persönlich dafür sorgen, dass sie in jedem Falle ab morgen auf der Baustelle erscheinen. Aber mal eine ganz andere Sache … War bei den Aushilfen wirklich nicht mehr zu machen? Schon wieder hast du solche komischen Gestalten angeschleppt.«

»Aber …«

»Gab es wirklich niemand Besseren? Natürlich kann man von Aushilfskräften nicht viel erwarten, aber wir lassen sie doch extra aus Tokio kommen. Deine Aufgabe ist es, gescheite Menschen zu suchen, die frischen Wind auf unsere Insel bringen. Diese Frau mit den Piercings oder wie man das Zeug nennt … Glaubst du wirklich, ein Mann von hier würde so eine heiraten? Denk doch mal ein bisschen nach!«

»Ja, aber …«

»Und dann dieser Koch! Ich dachte, er könnte vielleicht eine regionale Spezialität für unsere Insel entwickeln. Aber er kriegt ja kaum den Mund auf. Der taugt nichts. Und er hat irgendeinen tief sitzenden Komplex. Seine Seele ist krank. Den können wir hier nicht gebrauchen.«

Ryosuke stand auf und trat leise wieder aus dem Haus. Er schlich am Herbergsvater vorbei. Der japanische Seebarsch lag bereits als Sashimi auf dem Küchenbrett.

Ryosuke ging hinter den Kuhstall in Richtung des Schotterwegs. Dann stürmte er die Straße zum Kai hinab. Er stieß sich mit den schweren Sicherheitsschuhen bei jedem Schritt fest vom Boden ab.

Die Sonne stand im Westen und das Meer und der Wind zerflossen zu einer goldenen Masse.

Ryosuke rannte, bis er die erste Kurve erreichte. Dann hielt er an und ließ sich auf einem vorstehenden Felsen nieder. Während er nach Luft schnappte, blickte er auf das, was da vor seinen Augen leuchtete.

Das Meer lag nach Süden hin und es stand in Flammen. Jede einzelne Welle glühte feuerrot.

Hinter den Wogen aus Licht sah Ryosuke Szenen seiner

Kindheit vorbeirauschen. Wie er allein in einem Zimmer in der Nachmittagssonne eine Fotografie seines verstorbenen Vaters betrachtete. Wie er in einem Wörterbuch den Ausdruck »Selbstmord« mit dem Bleistift durchlöcherte. Wie er reflexartig den Blick abwandte, wenn er seine Klassenkameraden aus vollem Herzen lachen sah. Diese Erinnerungen tauchten langsam, eine nach der anderen, vor ihm auf, sie verwoben sich miteinander und wurden zu einem großen Klumpen, der den Himmel auffraß. Erschöpft stützte Ryosuke seinen Kopf in die Hände und ließ die Vergangenheit teilnahmslos an sich vorüberziehen.

Plötzlich sprach ihn jemand von hinten an.

»Ähm, ähm, ähm …«

Als sich Ryosuke umdrehte, blickte er in ein grinsendes, pausbackiges Gesicht.

»Ähm, ähm, ähm … Magst du Witze?«

Ryosuke konnte weder nicken noch den Kopf schütteln. Er sah Toshio bloß an.

»Ähm, ich mag es, wenn's lustig ist.«

»Ach so«, brachte Ryosuke endlich hervor.

»Ähm, ähm, ähm … Du siehst nicht fröhlich aus. Guck mal! Frieden auf Erden!«

Toshio, der die gleiche Stofftasche wie beim letzten Mal um die Schultern hängen hatte, machte mit Zeige- und Mittelfinger das Victoryzeichen und steckte sich die beiden Finger dann schwungvoll in die Nasenlöcher. Als Ryosuke keine Reaktion zeigte, riss er die Augen weit auf. »Frieden auf Erden!«, rief er erneut.

Es war die typische Pose eines Komikers aus der Kansai-Region, den man in letzter Zeit häufig im Fernsehen sah.

Ryosuke zögerte. »Danke«, sagte er dann.

»Bäh! Ähm ... Danke? Wenn ich mir die Finger in die Nase stecke, sagen sonst immer alle, auch meine Mutter, dass es da schmutzig ist.«

Toshio blickte Ryosuke fest in die Augen. Anstelle einer Antwort lachte Ryosuke leise.

»Ähm, ähm, ähm ... Aber die Nasenlöcher braucht man doch, um Luft zu holen! Warum sind sie dann schmutzig? Findest du es nicht auch komisch, dass es am Körper saubere und schmutzige Stellen geben soll? Bäh!«

»Sag mal ...«

Ryosuke wandte sich Toshio zu.

»Du bist Postbote, oder?«

Toshio nickte eifrig.

»Genau. Ähm, ähm, Zustellservice. Es heißt Zustellservice!«

»Darf ich dich dann etwas fragen?«

Wieder nickte Toshio nachdrücklich.

»Lebt auf dieser Insel ein Herr Hashida?«

Toshios Blick schien kurz in die Ferne zu gleiten. Dann trat er plötzlich ganz nah an Ryosuke heran.

»Herr Hashida ... Hashi ... Da gibt es nur einen.«

»Hashi?«

»Bist du mit ihm befreundet? Ich jedenfalls bin es.«

Ryosuke schloss die Augen und atmete tief aus. Dann fasste er sich an die Brust.

Direkt neben ihm war die Sonne. Seevögel kreisten am Himmel.

Kaoru hatte ein Zimmer im ersten Stock. Sie hatte zwar Ryosuke und Tachikawa verboten, zu ihr nach oben zu kommen, war aber selbst fast jeden Abend im Zimmer der Männer. Auch an diesem Tag, als Ryosuke zum ersten Mal Herrn Hashidas Namen laut ausgesprochen hatte. Nach dem Abendessen kam sie zu ihnen. In ihrem engen T-Shirt lehnte sie sich an die Futons, die zusammengelegt an der Wand standen, und schenkte sich ein Glas Shochu ein.

»Sag mal, stehst du auf so was?«

Eins der Pornohefte, die Tachikawa mitgebracht hatte, lugte zwischen den Futons hervor. Auf der aufgeschlagenen Seite sah man das Bild einer nicht mehr ganz jungen Frau in einer anzüglichen Pose.

»Woher willst du wissen, dass das mein Heft ist? Vielleicht gehört es ja auch dem Kollegen.«

Tachikawa presste beleidigt die Lippen aufeinander, riss Kaoru schnell das Magazin aus der Hand und warf es in seinen Seesack.

Während Ryosuke der Pinza begegnet war und sich mit Frau Yoshikado und ihren Schülern unterhalten hatte, waren Kaoru und Tachikawa durch die Zuckerrohrfelder hinter der Schule geschlendert. Nachdem der Vorsitzende so plötzlich bei ihnen aufgeschlagen war, hatten sie Reißaus genommen.

»Er hat mich angeguckt und ganz unverblümt gefragt, ob ich bereit wäre, hier jemanden zu heiraten.«

Als Kaoru nach ihrem Mittagsschlaf im Garten der Herberge die Schmetterlinge an den Blumen fotografiert hatte, war auf einmal wie aus dem Nichts der Vorsitzende mit rotem Kopf vor ihr erschienen und hatte sie angesprochen. Schon bei dem Wort »Heirat« hatte Kaoru den Kopf geschüttelt. Der Vorsitzende hatte laut gelacht und gemeint: »An jemandem wie dir haben die Männer hier sowieso kein Interesse!«, und war in die Herberge verschwunden. Da sich Kaoru nicht mit ihm unter einem Dach aufhalten wollte, hatte sie Tachikawa geweckt und war mit ihm spazieren gegangen.

Als Ryosuke sie später wieder traf, sagte er nichts von dem Gespräch zwischen dem Vorsitzenden und dem Bauleiter, das er zufällig belauscht hatte. Doch Kaoru und Tachikawa schienen ohnehin bereits zu ahnen, was sich hier abspielte.

»Wollen die etwa die Einwohnerzahl steigern?«, fragte Tachikawa.

»Indem ich jemanden von hier heirate?«

»Genau. Dann kriegst du zehn Kinder und kommst als die Punk-Mama von der Insel ganz groß raus, vielleicht sogar ins Fernsehen.«

»Ach, halt doch die Klappe! Die Männer, die hier wohnen, sind doch sowieso alle steinalt.«

»Deshalb ist die Sache ja auch so dringend. Oder was meinst du, Kollege?«

»Meint ihr denn, es gibt hier überhaupt alleinstehende Männer?«, fragte Ryosuke zurück.

»Klar! Den Ähmähmähm-Typen, Toshio. Dann den Sohn vom Vorsitzenden. Und Mutsu und seine Freunde, du weißt schon, diese brutal aussehenden Männer vom Schiff.«

»Hör bloß auf! Ich fahre mit der nächsten Fähre nach Hause!«

Kaoru hielt ihr Glas in der Hand und krümmte sich, als wäre ihr schlecht. Vielleicht hatte Tachikawa beobachtet, wie sich dabei das T-Shirt über ihrer Brust spannte, auf jeden Fall schlug seine Stimmung in eine seltsame Richtung um.

»Der Bauleiter meinte, Mutsu und seine Kumpel sind alle geschieden und einsam. Und er selbst ist natürlich auch noch zu haben!«

»Hör auf! Hör sofort auf damit!«, stöhnte Kaoru und ließ sich auf den Boden sinken.

Tachikawa beugte sich über sie.

»Die haben schon jahrzehntelang keine Frau mehr angefasst und nehmen wahrscheinlich normalerweise mit Kühen vorlieb. Ich bin ja auch einsam und wer weiß, wie es bei unserem wortkargen Kollegen hier aussieht. Vielleicht haben es ja alle auf dich abgesehen, Kaoru!«

Tachikawa kam ihr noch näher und hechelte spaßeshalber.

»Lass das, hab ich gesagt! Ich finde das nicht lustig!«

Doch Tachikawa machte keine Anstalten aufzuhören und legte sich der Länge nach über Kaoru.

»Du sollst aufhören, kapiert?!«

Sie war so laut geworden, dass Ryosuke aufgesprungen war. Kaoru verpasste Tachikawa einen Kinnhaken.

»Du könntest auch mal was sagen, Ryosuke!« Sie funkelte ihn böse an, stieß Tachikawa mit der Hand von sich und stand auf. Tränen liefen ihre Wangen herunter. Ryosukes Kehle war wie zugeschnürt und er brachte keinen Ton hervor. »Tschuldigung«, sagte Tachikawa, doch Kaoru schleuderte nur ein »Idiot!« zurück und fasste sich in ihr Haar. Dann verließ sie den Raum.

»Aah …« Tachikawa sackte stöhnend auf den Tatami-Boden. »Ich hab's vermasselt.«

»Ja.«

»Aah, ich …«

Für eine Weile starrte Tachikawa müde in die Ecke des Zimmers. Ryosuke blickte stumm auf das Glas in seiner Hand.

»Ob ich ihr wehgetan habe?«

»Wahrscheinlich schon.«

»Ich bin so ein Idiot!«

Tachikawa schlug sich ziemlich kräftig mit der Faust gegen den Kopf. Der Schlag klang dumpf. Ryosuke stellte sein Glas ab. »Wir sollten uns morgen zusammen bei ihr entschuldigen«, meinte er.

»Ja.« Tachikawa nickte und breitete mit einem tiefen Seufzer seinen Futon auf dem Boden aus. Er zog sich die Decke bis über den Kopf.

»Mach bitte das Licht aus, Kollege!«, bat er von darunter. Ryosuke räumte die Gläser weg und breitete seinen eigenen Futon aus. Er löschte das Licht und legte sich hin.

Durch die Decke hindurch schallte aus Kaorus Zimmer im ersten Stock laute Musik. Sie spielte sie wahrscheinlich über ihren Computer ab, überlegte Ryosuke. Er hörte, wie sie bei einem Lied mitsang.

11

Es hatte keine öffentliche Bekanntmachung oder dergleichen gegeben, doch offenbar war die Botschaft des Vorsitzenden in alle Ecken und Winkel der Insel vorgedrungen. Schon am nächsten Morgen hatte sich die Situation auf der Baustelle grundlegend verändert. Und auch in den darauffolgenden Tagen kamen stets mindestens zehn der auf der Insel lebenden Männer zur Arbeit an der Wasserleitung und schwangen eifrig ihre Schaufeln.

Der Bauleiter, der von Anfang an gebuckelt hatte, verhielt sich nun noch unterwürfiger. Wenn sich der Vorsitzende auf der Baustelle zeigte, schaffte er es nicht einmal, ihm in die Augen zu blicken.

Der Vorsitzende führte sich den Arbeitern gegenüber keineswegs wie ein Tyrann auf. Ganz im Gegenteil, er war freundlich und gab Anweisungen wie: »Michinaka, du bist nicht mehr der Jüngste, überlass das schwere Tragen ruhig den anderen«, oder: »Teramae, du hast heute schon beim Ausladen des Schiffes geholfen. Mach nach der Mittagspause Feierabend!« Mit solchen Anordnungen – selbst wenn er sie nur gegeben hätte, um die Arbeiter zu schonen – fegte er die Daseinsberechtigung des Bauleiters gewissermaßen bis zum Hafenkai fort.

Der Bauleiter ließ Tag für Tag mehr den Kopf hängen und entfernte sich, ohne etwas tun zu können, immer weiter von der Gruppe. Den Männern wiederum schien es nichts auszumachen, vom Vorsitzenden Befehle entgegenzunehmen. Toshio, der Postbote, half jetzt ebenfalls mit und manchmal ergriff sogar der Sohn des Vorsitzenden, Hisao, den Spaten.

Ryosuke, Tachikawa und Kaoru verrichteten ihre Arbeit sehr gewissenhaft. Obwohl sich Tachikawa die ganze Zeit über beschwerte, war er nicht nachlässig. Kaoru erledigte ihre verschiedenen Handlangertätigkeiten immer unverzüglich und nutzte jede Pause, um von allem und jedem Fotos zu machen.

Da Ryosuke, Tachikawa und Kaoru nun aber ständig Seite an Seite mit den freiwilligen Helfern der Insel arbeiteten, kam es unweigerlich zu Konflikten. Einige der Helfer mochten Tachikawa und Ryosuke nicht. So warf einmal einer der Männer einen Zigarettenstummel in das Loch, das Tachikawa und Ryosuke gerade ausgehoben hatten.

»Hey, was soll das? Schmeißen Sie die Kippe nicht da rein!«, sagte Tachikawa. Der rotgesichtige Mann, der schon seit Mittag Shochu trank, verzog abfällig den Mund.

»Das wird doch sowieso wieder zugeschüttet, stell dich nicht so an!«

»Aber ...«

»Du wirst doch dafür bezahlt, Student!«

»Ich bin kein Student.«

»Was denn sonst? Etwa ein Streuner?«

Ein älterer Mann schaltete sich ein und hielt den Betrunkenen auf. »Wenn du Ärger suchst, dann geh lieber gleich nach Hause!«, schimpfte er. Der Mann, der Tachikawa provoziert hatte, kehrte fluchend zu den anderen zurück.

Vorfälle dieser Art häuften sich.

Doch die Inselbewohner verhielten sich unterschiedlich. Manche suchten ständig Streit, andere wollten sie davon abhalten. Einige der Männer waren gesprächig, andere sagten kaum ein Wort. Es gab Menschen wie Toshio, die sofort zu einem kamen, wenn man sie nur ansah, und solche, die immer abseits von der Gruppe standen.

Hashi zählte zu letzteren.

»Da gibt es nur einen«, hatte Toshio auf Ryosukes Frage nach einer Person mit dem Namen Hashida geantwortet.

Das sei der grauhaarige Mann, den man so oft allein sehe.

Während Toshio von Hashi erzählte, hatte Ryosuke sich das faltige Gesicht des Mannes, den er schon einige Male auf der Baustelle gesehen hatte, in Erinnerung gerufen und ihm waren jähe Zweifel gekommen. Seine Mutter hatte von Herrn Hashida immer als einem Menschen gesprochen, der niemals die Hoffnung verlor. In ihren Erzählungen stellte sie ihn immer als Gegenpol zu seinem Vater dar, der seinem Leben selbst ein Ende gesetzt hatte. Das war wohl der Grund, weshalb Ryosuke ihn sich als einen selbstbewussten Menschen vorgestellt hatte. Er hatte erwartet, in seinem Gesicht einen unbeugsamen Willen erkennen zu können.

Doch in den Augen desjenigen, an den Ryosuke jetzt dachte, war keine Spur von solch einer Stärke zu sehen gewesen. Im Gegenteil, wenn er nach der Arbeit allein nach Hause ging, strahlte er die Einsamkeit eines müden Mannes in seinen Sechzigern aus.

War er wirklich derjenige, den er suchte?

In den nächsten Tagen sah Ryosuke während der Bauarbeiten immer wieder verstohlen zu Hashi hinüber. Doch die Zeit verstrich, ohne dass er ihn ansprach.

Ryosuke war auf diese Insel gekommen, um die Wahrheit über eine Sache zu erfahren. Seit seiner Kindheit hatte ihn diese eine Frage nicht mehr losgelassen. Sowohl in jener Nacht, als er sich das Messer in die Brust gerammt hatte, als auch jetzt – oder vielleicht gerade jetzt, da er wusste, dass er den Wunsch zu leben in sich trug – verlangte es Ryosuke endlich nach einer Antwort.

Nur Hashi konnte sie ihm geben. Doch ihn zu fragen und sich dieser Antwort zu stellen, ihm das zu überreichen, was sich in seinem Rucksack befand, dazu fühlte sich Ryosuke noch nicht imstande. Vielmehr hatte er das Gefühl, es wäre ihm erst möglich, sein Vorhaben umzusetzen, unmittelbar bevor er die Insel wieder verließ.

Doch der Zeitpunkt, an dem Ryosuke einen Schritt nach vorn tat, kam früher als erwartet. Es war an dem Tag, als der Graben fertiggestellt wurde.

Die Bauarbeiten waren zwar noch nicht komplett beendet, doch die Furche für die Wasserleitung, an der sie bislang gearbeitet hatten, war vollständig ausgehoben und dieser Fortschritt sollte gebührend gefeiert werden. Vor dem Verlegen des Rohres sollte ein Festessen stattfinden, zu dem jeder etwas mitbringen sollte. So hatte der Vorsitzende es entschieden. Das Festessen fand kurz nach Mittag im Freien auf dem Tempelgelände statt. Zum Sitzen waren Plastikplanen auf dem Boden ausgebreitet.

Ryosuke, Tachikawa und Kaoru waren nervös, denn an

diesem Tag waren Mutsu und seine aggressiven Freunde vollzählig versammelt und betranken sich. Mit ihren geröteten Gesichtern sahen sie immer wieder zu Tachikawa und Kaoru herüber. »Komm und trink was mit uns, Piercing!«, rief einer von ihnen.

Der Vorsitzende war wachsam. Wie um die Rolle des Schlichters zu übernehmen, wählte er seinen Sitzplatz in der Mitte der Gesellschaft, von wo aus er Getränke und die Vorspeisen austeilte. »Hier, trink einen Schluck!« oder »Du hast gute Arbeit geleistet«, sagte er und lächelte breit in alle Richtungen. Mutsu und seine Freunde machten zwar Lärm, verhielten sich aber dem Vorsitzenden gegenüber respektvoll.

Auslöser für den folgenden Streit war der große Kochtopf, den der Herbergsvater herantrug. Er stellte ihn direkt neben dem Vorsitzenden auf einem tragbaren Gaskocher ab. Die Gesichter der Männer hellten sich auf. »Ein echter Festtagsschmaus«, hörte man jemanden sagen. Manche der Männer klatschten sogar Beifall. Der Eintopf schien der Hauptgang zu sein. Doch aus dem Topf trat nicht nur Dampf, sondern auch ein seltsamer Geruch aus, der sowohl deftig als auch unangenehm war. Irgendwie roch es appetitlich und abstoßend zugleich.

»Was ist das wohl für ein Eintopf?«

Tachikawa hatte eine dampfende Schüssel in der Hand und sah Ryosuke fragend an. »Das stinkt«, sagte Kaoru ehrlich.

»He! Was hast du da gerade gesagt?«, fragte der Mann neben Mutsu. Kaoru zuckte erschrocken zusammen, ihre Augen waren weit aufgerissen.

Mutsu, der die ganze Zeit unaufhörlich getrunken hatte, stand jetzt wankend auf. Er drehte sich in Tachikawas Richtung und winkte ihn heran.

»Komm mal her, du Dummkopf!«

Tachikawa ging nicht darauf ein, doch Mutsu ließ nicht locker.

»Ich habe mit dir geredet, Dummkopf!«, sagte er und bewarf Tachikawa mit einem Stück frittiertem Hähnchen. Das konnte Tachikawa nicht mehr ignorieren.

»Was willst du?«

»Findet ihr etwa, das Essen unserer Insel stinkt?«

»He! Bleib ruhig!«

Der Vorsitzende versuchte, Mutsu zurückzuhalten, doch der große Fischer ließ sich nicht stoppen.

»Kriegt ihr etwa unseren Pinza-Eintopf nicht herunter?«, fragte er herausfordernd.

Ryosuke stellte seine Schüssel ab.

»Wie, Pinza?«

Tachikawa spuckte Mutsu die Worte förmlich entgegen und starrte ihn dabei finster an.

»Pinza bedeutet bei uns Ziege.«

Der Vorsitzende schien Tachikawa beschwichtigen zu wollen. Im selben Moment warf Mutsu jedoch mit einem weiteren Stück Hähnchen.

»Was machst du überhaupt hier, wenn du nicht mal weißt, was Pinza sind? Bist du nicht zur Schule gegangen?«

»Willst du dich prügeln?«

Tachikawas Stimme klang dunkel, er war offensichtlich wütend.

»Aufhören!«, rief der Vorsitzende, doch es war bereits

zu spät. Tachikawa stürzte sich auf Mutsu. Er schlang seinen Arm um dessen Kopf und streckte den Fischer mit Schwung zu Boden. Doch Mutsu gab nicht klein bei. Er zappelte einen Moment lang auf dem Boden, erhob sich dann aber und verpasste Tachikawa einen Kopfstoß.

Der Vorsitzende versuchte, die beiden Streithähne zu trennen, doch er wurde sofort weggestoßen und landete auf dem Hosenboden. Als kurz darauf auch der Bauleiter eingriff, wurde dieser ebenfalls weggeschubst und riss dabei den Kessel mit dem Pinza-Eintopf um. Die anderen Arbeiter versuchten sich vor dem dampfend heißen Inhalt in Sicherheit zu bringen. Da alle hektisch auseinanderstoben, gerieten sie ins Stolpern und purzelten wie Dominosteine einer nach dem anderen um. Die Teller mit dem frittierten Hähnchen und eingelegten Gemüse wurden in alle Richtungen geschleudert. Der Vorsitzende, immer noch am Boden, brüllte die Streitenden zornig an.

Ryosuke versuchte den tobenden Tachikawa festzuhalten, doch dieser hatte vollkommen die Kontrolle verloren und schlug nicht mehr nur auf Mutsu und dessen Freunde ein, sondern auch auf Ryosuke. Mutsu schien ebenfalls wahnsinnig geworden. Von links und rechts hämmerte er auf den Kopf von Hashi ein, der sich gegen seinen Bauch gestemmt hatte und ihn festhielt. Als weitere Männer aus der Gruppe der Arbeiter nach Mutsus Armen griffen, um ihn aufzuhalten, war Hashi bereits halb bewusstlos zu Boden gesackt.

An dieser Stelle endete die Feier. Unter großem Gebrüll wurde Tachikawa vom Herbergsvater und einigen Männern zu einem der Kleintransporter gezerrt und zusammen mit der weinenden Kaoru auf die Ladefläche verfrachtet. Der Wagen fuhr sofort in Richtung der Siedlung ab. Mutsu mit seiner schier übermenschlichen Kraft musste zum Schluss gefesselt und wie ein tragbarer Schrein auf den Schultern der Männer davongeschleppt werden.

Das Tempelgelände sah fürchterlich aus. Die Plastikplanen waren verrutscht und überall lag Essen verstreut. In der Mitte dieses Durcheinanders saß niedergeschlagen der Vorsitzende und ließ den Kopf hängen. »Ah, ah, ah!«, stieß Toshio in einer seltsamen Tonlage aus und klammerte sich an seine Posttasche. Ryosuke und Hashi, der sich wieder aufgerappelt hatte, saßen auf dem Boden und bedeckten ihre Gesichter mit den Händen.

Eine Weile später kehrten einige der Männer zurück und halfen dem Vorsitzenden aufzustehen. Sie klopften den Schmutz von Toshios Kleidung, nahmen ihn und den Vorsitzenden in ihre Mitte und führten sie vom Tempel weg. Nur Ryosuke und Hashi blieben zwischen den verstreuten Lebensmitteln zurück.

Hashi ergriff als Erster das Wort.

»Es hat uns beide ziemlich erwischt, was?«

In seiner Stimme lag keinerlei Bitterkeit.

»Haben ... Sie sich verletzt?«

»Nein, mir geht es gut.«

Mit zittriger Hand goss Hashi Shochu in zwei Pappbecher und reichte einen Ryosuke.

»Es tut mir wirklich leid, dass Sie so etwas miterleben mussten.«

»Das muss es nicht ... Wir waren ja auch nicht ganz unschuldig.«

Tachikawas Faust hatte Ryosuke in der Nähe des Auges getroffen. Die ganze Gesichtshälfte tat weh. Während er sich mit der einen Hand an die schmerzende Stelle fasste, nahm er mit der anderen den Becher entgegen. Hashi trank in einem Zug aus. »Männer sind solche Dummköpfe«, murmelte er. Ryosuke nickte und leerte seinen Pappbecher ebenfalls.

Hashi tastete seinen Kopf und sein Gesicht ab, dann kroch er auf allen vieren über die Plane und sammelte das verstreute Ziegenfleisch auf seinem Teller. Die Fleischstücke waren entweder voller Sand oder zertreten und sahen ungenießbar aus.

Mit einem tiefen Seufzer hielt Hashi inne. Er stellte den Teller ab und sah Ryosuke an. Seine Augen glitzerten feucht. Er versuchte nicht einmal, die Tränen, die ihm die Wangen herunterliefen, abzuwischen. Abwechselnd blickte er das Fleisch auf seinem Teller und Ryosuke an.

»Das ist so bedauerlich«, sagte er.

Ryosuke nickte. Hashi nahm ein Stück des sandigen Ziegenfleisches und spülte es mit einem Schluck Shochu herunter. Er reichte Ryosuke ebenfalls ein Stück. Dieser hatte das Gefühl, nicht ablehnen zu dürfen, und steckte sich das Fleisch in den Mund. Weil sogar die Innenseite seiner Wange verletzt war, spürte er, wie der Alkohol brannte. Den Geschmack des Fleisches nahm er gar nicht wahr.

»Ist das eine Pinza aus den Bergen?«

Hashi schüttelte den Kopf. Wieder seufzte er und sah Ryosuke ins Gesicht.

»Möchten Sie etwas von mir?«

Die Frage kam so unvermittelt, dass Ryosuke nicht wusste, wie er darauf antworten sollte.

»Toshio hat mir erzählt, dass einer der Männer aus Tokio, die auf der Baustelle aushelfen, meinen Namen genannt hätte. Er meinte, es sei nicht der Langhaarige gewesen, sondern Sie.«

Ryosuke setzte sich aufrecht hin.

»Herr Hashi ... Ist Ihr voller Name Soichi Hashida?«

Hashi nickte.

»Ich heiße Kikuchi. Ryosuke Kikuchi.«

Ganz langsam öffnete Hashi seinen Mund und stieß einen langen Seufzer aus, der wie ein Windstoß klang. Er riss seine feuchten Augen weit auf, sodass sich Ryosukes Gesicht in seinen Pupillen spiegelte, und wieder ganz langsam floss ihm eine Träne über die Wange.

»Sie sind Ryosuke?«

»Ja.«

Hashi wischte sich mit den Fingern die Augen und setzte sich aufrecht hin.

»Sie sind erwachsen geworden.«

Seine Stimme bebte.

»Warum haben Sie mich nicht schon früher angesprochen ...?«

Das wusste Ryosuke selbst nicht.

»Herrn und Frau Kikuchi, Ihren Eltern, habe ich sehr viel zu verdanken«, sagte Hashi und verneigte sich.

Ryosuke tat es ihm gleich. Dann wussten beide für eine Weile nicht mehr, was sie sagen sollten. Es fiel ihnen schwer, sich in die Augen zu sehen, und sie ließen ihre Blicke auf der verschmutzten Plastikplane ruhen.

»Was Ihrem Vater widerfahren ist, ist sehr traurig.«

»Ja«, antwortete Ryosuke, wandte seinen Blick dabei aber nicht von einem Stück Fleisch auf dem Boden ab.

»Ihre Mutter hat es mir mitgeteilt. Es war zu der Zeit, als ich auf diese Insel gezogen bin. Ihr Vater war ein sehr guter Freund von mir, deshalb war die Nachricht ein großer Schock für mich. Umso mehr, da Sie noch ein so kleines Kind waren.«

Ryosuke nickte stumm.

»Und ... Ihre Mutter?«

Da Ryosuke nicht antwortete, wiederholte Hashi seine Frage.

»Wie geht es Ihrer Mutter?«

»Meine Mutter ist tot.«

»Wie bitte?«

»Sie ist vor einem Jahr gestorben.«

Hashi sog tief die Luft ein.

»Als man die Krankheit bemerkt hat, war es wohl schon zu spät.«

»Wirklich?«

»Ja.«

»Aber warum ...?« Hashi stöhnte heiser und wirkte einen Moment lang wie versteinert. Dann atmete er mehrere Male tief ein und aus und begann leise zu weinen. Sein Schluchzen war das einzige Geräusch, das zu vernehmen war. Ryosuke biss die Zähne fest zusammen.

Die Sekunden zogen dahin. Wie lange weinte Hashi wohl schon? Ryosuke hatte jegliches Zeitgefühl verloren. Er lauschte den unterdrückten Schluchzern. Obwohl Hashi direkt neben ihm saß, war es, als wäre er an einem weit entfernten Ort. Wie um die schwer fassbare Distanz zwischen ihnen auszuloten, wählte Ryosuke seine nächsten Worte mit viel Bedacht.

»Es war Zufall. Als ich auf der Suche nach Arbeit war, bin ich auf den Namen dieser Insel gestoßen. Meine Mutter hat oft von ihr gesprochen.«

»So war das also.«

»Und dann habe ich mich entschieden, hierherzukommen. Ich dachte, vielleicht könnte ich Sie hier treffen, Herr Hashida.«

»Deshalb sind Sie gekommen?«

Ryosuke nickte.

Wie alt er wohl gewesen war, als seine Mutter ihm das Foto gezeigt hatte? Das Foto der Insel, auf der sich Soichi Hashida – ein Name, den Ryosuke viele Male gehört hatte – ganz allein niedergelassen hatte. Herr Hashida, hatte ihm seine Mutter erzählt, widme auf dieser einsamen Insel mitten im Meer sein Leben der Herstellung von Käse.

Obwohl Ryosuke damals noch sehr jung gewesen war, hatte er gemeint, in dem Tonfall seiner Mutter eine ganz bestimmte Empfindung wahrzunehmen.

Hashi versuchte, in der Ferne das zu verwirklichen, woran ihr Mann, sein bester Freund, gescheitert war. Es schwang so viel in der Stimme seiner Mutter mit, als sie ihrem Sohn dies erklärte.

»Soichi ist jemand, der niemals die Hoffnung verliert.«

An diese Worte seiner Mutter erinnerte sich Ryosuke, während er neben dem weinenden Hashi auf dem Boden saß.

»Entschuldigen Sie ...«

Ryosuke wusste, dass es nicht der richtige Zeitpunkt war, diese Frage zu stellen, doch er tat es trotzdem.

»Stellen Sie immer noch Käse her?«

Hashi sah Ryosuke überrascht an, wandte dann aber gleich wieder den Blick ab.

»Nein. Ich fahre jetzt aufs Meer hinaus, ich bin Fischer.«

Er wischte sich mit beiden Händen die Tränen aus dem Gesicht und atmete nun ruhiger.

»Was«, setzte er an, »machen Sie morgen Abend?«

Zum ersten Mal sah Ryosuke Hashi direkt in die Augen. An seiner Wange, die von einem der Schläge Mutsus stark angeschwollen war, lief immer noch eine Träne herunter.

»Nichts. Der Bauleiter hat uns freigegeben.«

»Wirklich? Dann ...«

Hashi zwang sich zu einem Lächeln.

»Ich gehe morgen auf Fischfang. Es sind immer auch Fische dabei, die sich nicht verkaufen lassen. Ich werde sie zubereiten und dazu eine Flasche Shochu öffnen. Es ist noch ein anderer Gast eingeladen, aber ich würde mich sehr über einen Besuch von Ihnen und Ihren beiden Freunden freuen. Natürlich möchte ich mich sehr gern mit Ihnen unterhalten.«

Ryosuke nickte.

»Herr Hashida ...«

»Ja?«

»Meine Mutter ...«

Doch Ryosuke fasste die Gefühle, die in ihm aufstiegen, nicht in Worte. »Danke«, sagte er lediglich.

Hashi betastete wieder sein Gesicht und blickte auf den Boden.

12

Im Westen war die Insel flacher und von weiten Zuckerrohrfeldern bedeckt. Es dämmerte noch nicht, doch das Sonnenlicht wurde bereits sanfter und schien auf die jungen Blätter, die, wohin man auch sah, im Wind schaukelten. Wer zu Hashi wollte, ging an einigen dieser leuchtenden Felder vorbei.

Hashis Haus war ein einfacher, einstöckiger Flachbau. Im hinteren Teil des Gartens befand sich ein hölzerner Stall und direkt davor waren zwei weiße Tiere angebunden. Neben ihnen hüpfte unruhig ein Zicklein hin und her.

»Pinza.«

»Oh mein Gott! Wie süß!«

Die Tiere musterten Ryosuke und Kaoru beim Näherkommen mit ihren goldenen Augen. Das Zicklein versteckte sich schnell hinter den ausgewachsenen Pinza.

»Passen Sie auf! Anfangs können sie beißen«, mahnte Hashi, der gerade eine Kühlbox mit Fischen ins Haus trug. Unerwartet spürte Ryosuke einen Schlag gegen die Hüfte. Als er begriff, dass die Pinza ihm einen Kopfstoß verpasst hatte, fiel er auch schon zu Boden. Kaoru sprang mit einem Schrei zurück.

»Der Angriffslustige heißt Tsuyoshi. Die daneben ist Hanayo.«

Hashi öffnete die Glastür, stellte einen Tisch auf das Gras und begann mit den Vorbereitungen für das Essen. Ryosuke und Kaoru halfen ihm dabei, konnten aber gleichzeitig nicht von den Tieren ablassen. Vorsichtig näherten sie sich Tsuyoshi und Hanayo und versuchten auch das kleine Zicklein heranzulocken. Doch wenn sie gerade hofften, die Tiere ließen sich nun von ihnen streicheln, sprangen sie wieder weg. Sie waren unberechenbar.

»In den Bergen habe ich auch welche gesehen«, meinte Ryosuke.

»Ja, da leben Pinza, die wieder wild geworden sind«, entgegnete Hashi.

Ryosuke dachte an Fleckchen und die schwarze Pinza.

»Einige sind Nachkommen von denen, die ich früher hier gehalten habe.«

»Wirklich? Haben Sie sie freigelassen?«

Kaoru, die zum ersten Mal Pinza sah, machte ein Foto nach dem anderen.

»Ja, so kann man das wohl sagen.«

»Wie heißt denn das Zicklein?«, fragte Kaoru.

Hashi hielt kurz inne, bevor er antwortete.

»Dem gebe ich keinen Namen.«

»Warum denn nicht? Es ist doch so ein flauschiges, süßes Tierchen. Ist es ein Männchen oder ein Weibchen, Herr Hashi?«

Ohne Kaoru zu antworten, verschwand Hashi wieder in der Küche.

»Du willst doch bestimmt einen Namen haben, oder?«,

fragte Kaoru, während sie den Kopf des Zickleins streichelte. Zuerst erlaubte die kleine Pinza Kaoru es, doch dann meckerte sie leise, versteckte sich hinter Hanayo und begann an der Zitze ihrer Mutter zu saugen, deren Euter prall wie ein Luftballon war.

»Dann denke ich mir eben einen Namen für dich aus. Ab heute heißt du, hm … Wie wär's mit Puno? Das würde doch passen, egal, ob du ein Männchen oder ein Weibchen bist.«

Als die Sonne sich langsam senkte und das Gras im Garten in goldenes Licht tauchte, stellte Hashi mehrere große Teller auf den Tisch. Es gab Sashimi einer Regenbogenmakrele, gemischte Tempura und eine ganze japanische Languste. Sie mischten Rohrzucker-Shochu mit warmem Wasser und stießen an, während sie auf den letzten Gast warteten.

Hashi zeigte auf den Teller mit den Tempura.

»Die sind von einem Aori-Ika, einem speziellen Riffkalmar. Das Sashimi schmeckt auch gut, aber probieren Sie erst einmal die Tempura. Sie können ruhig mit den Fingern essen.«

Noch bevor Hashi ausgesprochen hatte, schnappte Kaoru schon mit den Fingern nach einem Stück des frittierten Tintenfisches, tunkte es in Tempurasoße und steckte es sich in den Mund. Sie machte große Augen.

»Unglaublich! Das schmeckt wirklich unglaublich, Herr Hashi!«

Auch Ryosuke, der sich nach ihr genommen hatte, sah man die Überraschung an. Da die Rauferei erst einen Tag zurücklag, hatte er immer noch eine Wunde im Mund, doch der klare, süßliche Geschmack, der sich unterhalb seiner Zunge ausbreitete, beeindruckte ihn wirklich. Obwohl er selbst als Koch gearbeitet hatte, hatte er noch nie einen so schmackhaft zubereiteten Tintenfisch gegessen.

»Das schmeckt wirklich gut«, sagte er.

»Er ist so ein Idiot, dass er sich das entgehen lässt!« Kaoru sprach von Tachikawa, der sich in seinem Bett vergraben hatte, weil er sich nicht traute, Hashi unter die Augen zu treten. Mit den Stäbchen nahm sich Kaoru etwas von der Regenbogenmakrele und der Languste. Sie stieß freudige Juchzer aus und leerte den Shochu in schnellen Zügen. Die Männer, beide mit angeschwollenen Gesichtern, ließen sich von ihrem Tempo anstecken und tranken ebenfalls ein Glas nach dem anderen.

Eine Weile später kam der angekündigte letzte Gast über die Feldstraße auf sie zu. Es handelte sich um Frau Yoshikado, die ein marineblaues Kleid trug. Aus irgendeinem Grund war Toshio bei ihr.

»Hallo, Frau Yoshikado. Und du bist auch mitgekommen, Toshio«, begrüßte Hashi sie.

»Ähm, ähm ... Hallo, ähm.«

Hashi wollte Frau Yoshikado vorstellen, merkte dann aber, dass die anderen sie bereits kannten.

»Ich hoffe, Sie werden gut miteinander auskommen«, meinte er deswegen nur.

»Ich habe von dem schlimmen Vorfall gestern gehört.« Frau Yoshikado setzte sich an den Tisch und wandte ihren Blick nicht von Ryosuke ab. Ihre Augen schienen wieder feucht. Der Himmel der Abenddämmerung spiegelte sich in ihnen und brachte sie zum Funkeln.

»Wir haben einige Unannehmlichkeiten verursacht«, meinte Ryosuke und füllte Eis in ihre Gläser, um ihrem Blick auszuweichen.

»Es tut mir leid, dass unser Dummkopf Tachikawa so etwas angerichtet hat«, entschuldigte sich Kaoru der Form halber.

»Ähm, ähm, ähm, aber eigentlich sind doch Mutsu und seine Freunde schuld, weil ...«

»Toshio, lassen wir diese Sache für heute Abend gut sein.«

Auf Hashis Ermahnungen hin machte Toshio große Augen.

»Ach ja ...«, sagte Frau Yoshikado, wie um das Thema zu wechseln, und streckte einen ihrer Füße aus, der in einem weißen Pump steckte. »Übrigens, ich habe nie die Gelegenheit, solche Schuhe zu tragen, deshalb freue ich mich heute umso mehr, hier zu sein. Als Herr Hashi meinte, Sie alle würden kommen, habe ich mich entschieden, sie endlich einzuweihen.«

Hashi lachte laut auf und klatschte in die Hände.

»Ähm, ähm, ähm ... Du siehst wie eine Prinzessin aus!«

Für alle gut sichtbar blies Toshio seine Nasenflügel weit auf.

»Ich trage seit meinem ersten Tag auf der Insel nur noch die hier!«

Kaoru zeigte ihren Sicherheitsschuh, woraufhin Frau Yoshikado erneut ihren Pump ausstreckte.

»Aber Sie kehren doch bald aufs Festland zurück. Hier auf der Insel gibt es keine einzige Straße, auf der ich solche Schuhe tragen kann. Können Sie sich vorstellen, wie sich eine Frau hier fühlt?«

»Oh ja, das ist bestimmt hart.«

Als die beiden Frauen, die äußerlich unterschiedlicher nicht sein konnten, sich gerade in ein Gespräch zu vertiefen begannen, hob Hashi sein Glas, um anzustoßen.

Die Sonne ging unter und es war, als setzte sie die dünnen Wolken am Horizont in Flammen. Auf dem Tisch stand eine Halogenlaterne. Sie war batteriebetrieben, erhellte den Tisch aber ausreichend. Frau Yoshikado und Kaoru sorgten für beste Stimmung in der kleinen Runde.

Immer wenn Toshio etwas Komisches sagte, brachen die beiden Frauen in Gelächter aus.

»Es muss Ewigkeiten her sein, dass ich so sehr gelacht habe«, meinte Frau Yoshikado.

»So lange?«, erwiderte Kaoru ungläubig, woraufhin Hashi das Wort ergriff.

»Als Sie neu auf die Insel gekommen sind, waren Sie todunglücklich, nicht wahr?«

»Ich hatte das Gefühl, mein Leben zu verschwenden, wenn ich hier bleiben würde.«

»Ähm, ähm, ähm, was Sie tun, ist sehr lobenswert, Frau Yoshikado!«

Toshio hielt Frau Yoshikado sein Glas Shochu entgegen und sie stieß mit ihm an.

»Es fühlte sich aber anfangs nicht besonders lobenswert an. Ich fand es furchtbar und wollte so schnell wie möglich wieder weg.«

»Ich habe ihr das Angeln beigebracht, weil sie schrecklich einsam wirkte«, meinte Hashi und machte dabei eine Handbewegung, als würde er eine Angelschnur einholen.

»Als wir uns trafen, stand ich am Hafen und habe das Meer beobachtet«, sagte Frau Yoshikado.

»Genau. Sie sahen so unglücklich aus, dass ich Sorge hatte, Sie würden sich ins Wasser stürzen. Deshalb habe ich Sie angesprochen.«

»Ich war unglücklich, weil ich sitzengelassen wurde, als ich mich entschied, hier auf der Insel zu arbeiten.«

»Von Ihrem Verlobten?«, fragte Ryosuke und Frau Yoshikado nickte.

»Jedenfalls hat Herr Hashi mich zum Angeln eingeladen. Ich kannte ihn eigentlich überhaupt nicht und hatte noch nie geangelt, aber irgendwie schien er auch einsam zu sein. Noch am selben Abend sind wir das erste Mal fischen gegangen und haben so viele Stachelmakrelen gefangen, dass es fast nicht zu glauben war.«

Hashi nickte.

»Da war sofort ein Vertrauen zwischen uns. Auf dem Rückweg ist Frau Yoshikado dann in meinem Transporter mitgefahren und wir haben die Stachelmakrelen bei mir als Tempura gegessen. Danach war sie Feuer und Flamme fürs Angeln.«

»Hätte mir Herr Hashi damals nicht das Angeln beigebracht, dann hätte ich wahrscheinlich das Handtuch geworfen.«

Hashi nickte erst, legte dann aber den Kopf zur Seite.

»Nein, so schwach sind Sie nicht. Wer aber wirklich schwach geworden ist, sind die Männer der Insel, denen Sie den Kopf verdreht haben.«

»Ah! Das Thema lassen wir heute bitte!«

»Die Männer sind verrückt nach ihr. Deshalb ist Frau

Yoshikado bei den Müttern der Insel auch nicht sonderlich beliebt.«

»Wirklich? Das hätte ich Ihnen gar nicht zugetraut, Frau Yoshikado!«, johlte Kaoru.

»Hören Sie auf, hören Sie auf!« Frau Yoshikado winkte vehement ab. Dann sah sie hilfesuchend zu Ryosuke. Dieser wusste nicht, was er sagen sollte, und lächelte nur verlegen.

»Aber ...«, setzte er an, ohne jedoch weiterzusprechen.

»Aber?«, fragten die beiden Frauen im Chor zurück. Ryosuke sagte nichts weiter und stand stattdessen auf.

»Wie auch immer, ich melke jetzt Hanayo!«, sagte Frau Yoshikado und erhob sich ebenfalls. Leicht torkelnd ging sie auf den Stall zu. Die beiden Tiere schienen die Lehrerin bereits zu kennen, denn sie kamen sofort auf sie zu. »Bitte nicht betrunken melken!«, wandte Hashi ein, holte aber trotzdem kurz danach eine Metallschale und alkoholhaltiges Desinfektionsspray aus dem Haus. Mit dem Spray desinfizierte er erst die Schale und dann Frau Yoshikados Hände.

»Wenn Bakterien an die Milch kommen, verdirbt sie sofort«, erklärte Hashi seinen Gästen.

Ryosuke und Kaoru hielten sich in sicherer Entfernung und beobachteten, wie Hashi mit den Fingerspitzen Hanayo am Hinterteil kraulte. Das Tier meckerte zufrieden und fing an zu pinkeln.

»So kommt die Milch besser heraus.«

»Ihr Euter ist im Verhältnis zum Körper aber ganz schön groß!«, sagte Kaoru und machte ein Foto davon, wie Hashi die Zitzen säuberte.

»Sie hat dieses Jahr zwei Zicklein geworfen. Dennoch: Eine Ziege produziert nur ein Zwanzigstel der Milch einer Kuh«, erklärte Hashi.

»Und wir Frauen können weder mit Ziegen noch mit Kühen mithalten.«

Nachdem Frau Yoshikado diese merkwürdige Bemerkung fallen gelassen hatte, massierte sie langsam Hanayos Zitzen. Die Milch spritzte in einem weißen Strahl schräg heraus. Das Gras wurde nass. Schnell schob Hashi die Schüssel unter den Bauch der Ziege und sammelte darin die Milch.

»Ähm, ähm, ähm ... Machst du heute Joghurt? Oder trinken wir sie so?«, fragte Toshio mit erhobenem Glas.

»Ich habe keine Lust, einen großen Aufwand zu machen«, murmelte Hashi.

»Dann trinken wir sie doch heute so!«, meinte Frau Yoshikado.

»Gute Idee. Die Gäste aus Tokio kennen den Geschmack der Pinza-Milch ja noch gar nicht.«

Die Sache war entschieden. Während sich Frau Yoshikado und Hashi unterhalten hatten, hatte sich immer mehr Milch in der Schüssel gesammelt.

»Wir müssen noch etwas für das Kleine übrig lassen«, sagte Frau Yoshikado und hörte auf zu melken.

»Das Zicklein heißt Puno«, erwiderte Kaoru arglos.

Hashi sah sie an.

»Sie meinten doch vorhin, dass es keinen Namen hat. Da habe ich mir einen ausgedacht. Ich wusste nicht, ob es ein Männchen oder ein Weibchen ist, also habe ich einen Namen genommen, der in beiden Fällen passen würde ...«

»Sie haben ihm einen Namen gegeben?«

Hashi klang deutlich beunruhigt.

»Oh.«

Frau Yoshikado blickte auf und erhob sich. Die kleine Pinza eilte auf ihre Mutter zu und saugte so energisch an ihren Zitzen, als ob sie sie von den Menschen, die sich daran zu schaffen gemacht hatten, zurückerobern müsste.

»Sie haben ihm einen Namen gegeben«, sagte Hashi.

Er trug die Schüssel Milch zum Tisch.

»Sie haben ihm also einen Namen gegeben …«, wiederholte er noch einmal.

Die Stimmung war mit einem Mal umgeschlagen. Kaoru stellte sich neben Ryosuke und flüsterte leise: »Ich hab wohl irgendetwas falsch gemacht.«

Und laut sagte sie: »Bitte entschuldigen Sie, dass wir ihr ohne Ihre Erlaubnis einen Namen gegeben haben.«

Toshio stupste Ryosuke mit dem Finger in die Seite.

»Ähm, ähm … Man darf ihnen, ähm, keinen Namen geben.«

»Wie auch immer … Über die Sache mit dem Namen können wir später sprechen. Probieren Sie erst einmal die Milch!«, meinte Hashi.

Als alle an den Tisch zurückgekehrt waren, nahm er die Schüssel in die Hand und verteilte Hanayos frisch gemolkene Milch auf ihre Gläser. Sie war dick und wirkte reichhaltiger als Kuhmilch.

»Manche Menschen finden, dass Ziegenmilch zu sehr nach Tier riecht, aber das ist wohl Geschmackssache.«

Ryosuke folgte Hashis stummer Aufforderung und hob sein Glas an. Der Inhalt kam Ryosuke wie die Essenz alles

Weißen vor. Seine Mutter hatte ihm irgendwann erzählt, er habe als kleines Kind einmal Ziegenmilch getrunken. Doch daran erinnerte er sich nicht. Vielleicht war das mit seinem Vater gewesen. Als der gestorben war, hatte sich alles verändert. Danach hatten seine Mutter und er ein unstetes Leben geführt, waren immer zu zweit von Ort zu Ort gezogen.

Ryosuke führte das Glas langsam an seinen Mund. Der Geruch war tatsächlich etwas gewöhnungsbedürftig. Doch es roch weniger nach Tier als vielmehr nach Wiesen und Feldern. Es war ihm vertraut und fremd zugleich.

Er nahm einen Schluck und kaute langsam. Milch war nicht zum Trinken, sondern zum Essen da, hatte Ryosuke bei seiner Arbeit als Koch gelernt. Hanayos Milch war dickflüssig. Süß. Gehaltvoll. Sie schmeckte klar, mild und fest.

»Aah …«, entfuhr es Ryosuke und sein Blick kreuzte sich mit dem von Kaoru.

»Man wird süchtig danach. Vielleicht, weil es Muttermilch ist«, sagte Hashi.

Frau Yoshikado nickte. »Hanayos Milch ist wirklich besonders gut«, sagte sie und blickte zum Stall. »Auch der Joghurt, den Herr Hashi aus der Milch macht, schmeckt köstlich.«

»Ähm, ähm, ähm, ich liebe seinen Joghurt!«

»Ich muss heute Abend sowieso welchen aus der restlichen Milch machen, sonst verdirbt sie. Wenn Sie möchten, bringe ich Ihnen morgen etwas davon in die Herberge«, sagte Hashi an Ryosuke und Kaoru gewandt. Frau Yoshikado hob die Hand.

»Ich möchte auch welchen! Der Joghurt nach Herrn Hashis Spezialrezept ist wirklich der beste!«

»Nein, nein, es liegt nicht an irgendeiner besonderen Rezeptur, dass der Joghurt so gut schmeckt. Die Ehre gebührt allein Hanayo, die eine wirklich ausgezeichnete Pinza ist. Sie ist eine echte Saanenziege.«

»Eine Saanenziege?«, fragte Kaoru.

»Genau. Die Rasse wurde so gezüchtet, dass sie besonders viel Milch produziert. Deshalb ...«

Hashi brach ab und stieß einen langen Seufzer aus. Dann sprach er weiter.

»Das Zicklein, dem Sie einen Namen gegeben haben ... Wie war der noch gleich? Bruno?«

»Nein, Puno«, korrigierte ihn Kaoru und entschuldigte sich noch einmal dafür, dass sie dem Tier unerlaubt einen Namen gegeben hatte.

»Der Kleine ist ein Männchen. Männchen geben keine Milch. Für den Fortbestand meiner kleinen Herde reicht Tsuyoshi aus. Deshalb wird diese Ziege, genau wie die andere, die ich gestern zum Festessen mitgebracht habe, irgendwann auch gestochen. Der Abnehmer steht bereits fest ... Es ist der Vorsitzende.«

»Gestochen?«, fragte Ryosuke und blickte zum Stall hinüber.

»Das bedeutet geschlachtet. Für das Fleisch.«

An Hanayos Zitzen hing immer noch das kleine weiße Geschöpf. Ein Lebewesen, flauschig wie ein Kuscheltier, das mit goldglänzenden Augen eifrig die Milch seiner Mutter aufsaugte.

»Wie, zum Festessen ...?«, fragte Kaoru mit großen Augen.

»Ich meine den Eintopf, der beim Streit umgekippt ist.

Das Fleisch darin stammte von einem Zicklein von Hanayo.«

»Das Fleisch, von dem ich auch ein Stück gegessen habe?«

Ryosuke sah Hashi mit offenem Mund an.

»Es ist eine Tradition dieser Insel.«

»Und er wird auch ...?«

Er zeigte auf Puno und Hashi nickte.

»Oh nein ...«

Mit schmerzverzerrtem Gesicht fasste sich Kaoru an den Kopf.

»Auf dieser Insel wurden Pinza eigentlich immer ausschließlich als Schlachtvieh gehalten. Aber als Herr Hashi hierhergekommen ist, hat er versucht, Milchprodukte herzustellen. Joghurt und Käse zum Beispiel.«

Frau Yoshikado klang, als ob sie Hashi verteidigen wollte. Doch der schüttelte nur den Kopf.

»Es hat überhaupt nicht funktioniert. Bis man mit Käse Geld verdienen kann, ist es ein so weiter Weg, dass man sich dabei verlaufen muss. Der Vorsitzende war sehr enttäuscht, dass es nicht geklappt hat. Letztendlich sind die Pinza auch jetzt fast nur zum Essen da. Deshalb war ich gestern auch so traurig, als das ganze Fleisch verschwendet wurde. Und ich denke, dem Vorsitzenden ging es genauso.«

»Ähm, ähm, ähm, ich war auch traurig!«

Toshio nickte heftig.

»Die Pinza von gestern hat der Herbergsvater geschlachtet. Der Vorsitzende macht es nur selten selbst. Aber ich habe mich um das Tier gekümmert, seit Hanayo den Kleinen geboren hat. Und dann endet er so ...«

Hashi blickte zu Puno, der immer noch an Hanayos Zitzen saugte.

»Wenn man auf einer Insel lebt, muss man Dinge tun, an die man in der Stadt überhaupt nicht zu denken braucht. Alles, was sonst andere für einen erledigen, muss man hier selbst in die Hand nehmen. Das ist sehr hart. Die Grundlagen menschlichen Lebens sind einfach ziemlich grausam.«

»Ja, das klingt wirklich hart.«

Kaoru blickte auf die Milch in ihrem Glas und atmete tief aus.

»Ähm, ähm ... Ja, es ist wirklich nicht einfach. Ich habe, ähm, auch manchmal eine schwere Zeit.«

»Ja, du hast es auch nicht leicht, Toshio«, meinte Frau Yoshikado. »Du bist zurückgekommen und musst die ganze Post allein austragen.«

»Ja, ähm ... Ich habe die Insel einmal verlassen, aber da draußen war es auch hart. Deshalb bin ich zurückgekommen. Ähm, es ist überall hart. Bäh!«

»Hier geht es allen so. Man glaubt, eine Insel im Süden, das muss doch das Paradies sein, aber das stimmt ganz und gar nicht. Das Gegenteil ist der Fall. Wir leben hier außerhalb der Gesellschaft, als Außenseiter. Fast jeder auf der Insel ist auf irgendeine Art und Weise gescheitert.«

»Herr Hashi hat versucht, Käse für die Insel herzustellen, aber die Einwohner haben ihn überhaupt nicht unterstützt, deshalb ...«, sagte Frau Yoshikado. Doch Hashi drehte sich zu ihr um und hielt seinen Zeigefinger vor den Mund.

»Nun ja ... Käse aus der Milch von Pinza zuzubereiten bricht gewissermaßen mit der Tradition der Insel ... Die

Rahmenbedingungen hierfür waren von Anfang an schlecht. Und sowieso ist es ein schwieriges Unterfangen, mit so wenigen Milchziegen Käse zu produzieren. Wie man Kuhmilch gewinnt, konnte ich den anderen hier auf der Insel noch vermitteln, aber irgendwann war es ihnen doch zu mühsam, sodass sie wieder damit aufgehört haben. Auch die Kühe auf dieser Insel werden fast alle nur als Schlachtvieh gehalten.«

Hashi sprach weiter.

»Zicklein sind wirklich niedlich. Wenn ich könnte, würde ich sie alle großziehen. Aber die beiden hier hat der Vorsitzende gekauft. Sobald das erste Wasser durch die neue Leitung fließt, wird es wohl wieder eine Feier im Versammlungshaus geben. Die Männer der Insel haben ja ziemlich tüchtig beim Bau mitgeholfen. Entweder dann oder beim Mündigkeitsritual seines Sohnes Hisao ist der Kleine dazu verdammt, geschlachtet zu werden. Deshalb habe ich ihm keinen Namen gegeben. Sobald er einen Namen hat, ist er nicht mehr nur eine Fleischziege … sondern gehört irgendwie zur Familie.«

Kaoru seufzte und ließ den Kopf hängen. Ryosuke betrachtete schweigend ihr Profil.

»Aber Puno ist ein schöner Name«, lenkte Hashi ein. Frau Yoshikado und Toshio sahen jetzt auch zum Ziegenstall hinüber.

»Hat man ihn einmal so genannt, ist er irgendwie schon Puno«, meinte Frau Yoshikado.

»Das wird schwer für mich …«

Hashi leerte seinen Shochu in einem Zug. Alle schwiegen. Dann ergriff Frau Yoshikado das Wort.

»Ich habe Sie bislang noch nie danach gefragt«, sagte sie und blickte Hashi an. »Woher hatten Sie eigentlich die Idee mit dem Chèvre?«

»Wie bitte?«

Hashis Gesichtszüge erstarrten.

»Chèvre. So heißt doch der französische Ziegenkäse ...«

»Das weiß ich natürlich«, unterbrach Hashi sie. Er öffnete den Mund, schloss ihn aber gleich darauf wieder und blickte in die Ferne. Seine innere Erregung war für alle deutlich erkennbar. Kaoru und Frau Yoshikado sahen sich fragend an. Dann setzte Hashi, als wollte er die unangenehme Stimmung auflösen, stockend zu einer Erklärung an.

»Das französische Wort für Ziege und Käse, der aus Ziegenmilch hergestellt wird, ist Chèvre. Und, nun ja ... Ehrlich gesagt ...«

Hashi änderte seine Sitzposition und sah jetzt ganz direkt Ryosuke an, der seinen Blick jedoch nicht von der schimmernden Flüssigkeit in seinem Glas abwandte.

»Als ich jung war, habe ich davon geträumt, zusammen mit einem guten Freund eine Käserei aufzumachen. In Frankreich nennt man einen Bauernhof, auf dem Käse hergestellt wird, Ferme. So etwas wollten wir. Mein Freund hat dann geheiratet und ein Kind bekommen. Wir haben zusammen einen hohen Kredit aufgenommen und sind in die Provinz Shinshu umgezogen. Dort haben mein Freund, seine Frau und ich hart für die Verwirklichung unseres Traums gearbeitet. Aber letztendlich mussten wir auseinandergehen und ich bin nach einigen Umwegen auf dieser Insel gelandet.«

Frau Yoshikado und Kaoru wirkten beeindruckt. »Das Leben ist wirklich unvorhersehbar«, meinte Kaoru und schenkte Shochu nach. »Seitdem beschäftigen Sie sich also mit Chèvre?«, knüpfte Frau Yoshikado an Hashis Erzählung an.

Hashi blickte abwechselnd zu Frau Yoshikado, die ihm die Frage gestellt hatte, und zu Ryosuke, der die ganze Zeit über nur schweigend zugehört hatte.

»Wir hatten von Anfang an vor, Käse aus Ziegenmilch und nicht aus Kuhmilch herzustellen. So machen es die Fermiers. Sie schaffen ein Produkt, das die großen Milchbetriebe nicht herstellen können. Ein guter Käse ist weder preislich noch geschmacklich mit Massenware zu vergleichen. Chèvre ist ein Luxusartikel. Wir hatten erwartet, dass immer mehr Japaner auf den Geschmack von gutem Käse kommen würden. Aber wir sind gescheitert ...«

Als Ryosuke leicht den Kopf hob, blickte Hashi ihm fest in die Augen.

»Es war ein Fehler, dass ich meinen Freund verlassen habe, und auch, dass ich versucht habe, auf dieser Insel Käse herzustellen. Bis zum heutigen Tag habe ich wieder und wieder versagt.«

»Sagen Sie nicht so etwas! Für mich sind Sie eine wichtige Stütze, Herr Hashi!« Frau Yoshikado klang beinahe verärgert.

»Ähm, so was darfst du nicht sagen!«, ermahnte ihn sogar Toshio.

»Ein Fehler ist und bleibt ein Fehler.«

Mit einem ernsten, fast düsteren Lächeln sah Hashi Ryosuke an.

Aus der Richtung des finsteren Zuckerrohrfeldes war das Rascheln von Blättern zu vernehmen. Ein feuchter Wind wehte zu ihnen herüber.

13

Eine Woche später waren die Bauarbeiten am neuen Wasserrohr vollständig beendet. Die Einweihungsfeier und das dazugehörige Festessen wurden hochgradig formell im Versammlungshaus abgehalten. Ryosuke und Kaoru hatten Angst gehabt, es würde einen Eintopf aus Punos Fleisch geben, doch nach dem Handgemenge auf dem Tempelgelände hatte man sich wohl für eine Auswahl an unverfänglicheren Speisen und Getränken entschieden. Mutsu, der den Streit damals angefangen hatte, war gerade zur Erleichterung der drei Freunde nicht auf der Insel.

Er hatte einen schlimmen Unfall erlitten. Die Kuh, die er in seinem Stall hielt, war ausgebrochen und vollkommen wild geworden. Als er versucht hatte, das Tier einzufangen, hatte er sich die Schulter ausgerenkt. Nachdem er im Versammlungshaus provisorisch verarztet worden war, hatte man ihn in einem Fischkutter nach R. gebracht. Man erzählte sich, Mutsu habe die ganze Zeit lauthals gezetert, jemand habe mit Absicht die Kuh losgebunden und die Stalltür geöffnet. Der Vorsitzende habe ihm deutlich zu verstehen gegeben, er sei selbst schuld, weil er zu viel trinken würde. Die Inselbewohner hatten dennoch allesamt begonnen, nach dem mutmaßlichen Übeltäter zu fahnden.

Während des Festessens zog sich Tachikawa in eine Ecke des Raumes zurück. Er nippte verhalten an seinem Getränk, schüttelte Hashi die Hand und lachte mit Toshio über irgendetwas. Ryosuke verhielt sich ähnlich. Er machte mit Kaoru und Tachikawa Fotos und bedankte sich bei Hashi und dem Bauleiter. Dann ergriff er zum ersten Mal die Hand von Frau Yoshikado, die mit etwas Verspätung herbeigeeilt kam. Die Hand hatte sie ihm mit den Worten »Kommen Sie bald wieder auf die Insel« entgegengestreckt.

Am nächsten Tag sollte ihre Fähre abfahren. Der Bauleiter würde noch eine Weile auf der Insel bleiben, da er sich noch der Reparatur der alten Wasseranlage annehmen wollte.

Abends lagen die drei bäuchlings auf den Futons im Zimmer der Männer, die sie zu diesem Zwecke zusammengeschoben hatten. Eine Flasche Shochu stand am Kopfende, und während sie an ihren Getränken nippten, ließen sie die zwei Monate, die sie mit den Bauarbeiten zugebracht hatten, Revue passieren.

»Ich habe ganz schön für Aufruhr gesorgt«, sagte Tachikawa und es schien ihm leidzutun, aber gleich im nächsten Satz beschwerte er sich wieder lauthals. »Warum bin ich überhaupt hergekommen?«

»Mir ist die Zeit lang vorgekommen«, sagte Kaoru mit Bestimmtheit. »Es wird mir schwerfallen, mich von Puno zu verabschieden.«

»Du hast es gut, Kaoru. Wenn du zurück in Tokio bist, hast du wenigstens etwas zu tun mit den ganzen Fotos, die du geschossen hast. Ich habe gar nichts. Keine Ausbildung.

Kein Geld. Zuletzt hatte ich in der Stadt nicht mal mehr 'nen Nebenjob. Wird bei dir doch sicher auch langsam schwierig, oder, Kollege? Schon allein vom Alter her.« Dann fügte Tachikawa noch hinzu: »Alles ziemlich scheiße.«

Ryosuke hörte sich die Beschwerden stumm an und fragte sich, wann er den beiden seinen Entschluss mitteilen sollte. Etwas hatte sich grundlegend verändert, als er gesehen hatte, wie Hashi lebte. Ryosuke nahm noch einen Schluck von seinem Shochu und stellte das Glas vorsichtig ab.

»Ich fahre nicht nach Tokio zurück.«

»Wie?« Tachikawa hob den Kopf. Auch Kaoru drehte sich ruckartig um.

»Ich nehme morgen nicht die Fähre. Ich fahre nicht zurück.«

»Hilfst du dem Bauleiter weiter bei seiner Arbeit?« Kaoru schob ihren Kopf in Ryosukes Richtung.

»Wie jetzt? Wie jetzt?«, meinte Tachikawa und rückte näher an Ryosuke heran.

»Ich möchte hier etwas machen. Deshalb will ich noch eine Weile bleiben.«

»Wenn es wegen dieser Lehrerin ist, solltest du es lieber lassen«, meinte Kaoru aus irgendeinem Grund.

»Nein, das ist es nicht.« Ryosuke schüttelte den Kopf.

»Aber, hast du denn überhaupt Kohle? Ich meine, du musst ja auch irgendwo schlafen.«

Tachikawa wollte nun Details wissen.

»Wie ich es genau mache, habe ich mir noch nicht überlegt.«

»Unser schweigsamer Kollege redet auf einmal total verrücktes Zeug!«

Tachikawa lachte ungläubig auf. Dann warf er sich wieder bäuchlings auf den Futon und trank mit leuchtenden Augen einen Schluck Shochu. »Zum Totlachen«, sagte er begeistert.

»Aber warum denn jetzt? Solltest du nicht besser erst einmal zurück nach Tokio fahren und zurückkehren, wenn du einen richtigen Plan hast?«

Kaoru wirkte besorgt.

»Und was willst du hier machen, Kollege?«, fragte Tachikawa.

»Es tut mir leid.«

»Was tut dir leid?«

»Es tut mir leid, aber das kann ich euch jetzt noch nicht sagen. Es gibt aber etwas, das ich hier machen möchte ...«

»Was soll das denn bitte heißen?«

Tachikawa schnalzte mit der Zunge. Dann drehte er sich auf den Rücken und starrte an die Decke. Kaoru drehte sich ebenfalls um. Nach einer kurzen Stille begann Tachikawa wieder zu sprechen.

»Sag mal, Kollege, ich weiß, dass man so etwas nicht fragen sollte, aber ...«

»Ja?«

»Hast du 'ne seelische Wunde oder so was in der Art?«

Ryosuke hob den Kopf und sah Tachikawa unverwandt an.

»Ja ... wahrscheinlich schon.«

»Und willst du, dass diese Wunde heilt, oder willst du sie vergessen?«

»Ach«, meinte Kaoru und kniff überrascht die Augen zusammen. »Ich dachte, solche Sachen wären zu kompliziert für dich.«

»Keine Ahnung, ob das kompliziert ist. Jedenfalls ist es bestimmt was anderes, ob etwas heilt oder man es vergisst. Weißt du, ich habe die Schule abgebrochen und mich danach einfach treiben lassen. Jetzt bin ich ein völliger Idiot. Aber in der Grundschule war ich ein ziemlich guter Schüler.«

»Ich habe dich nie für einen Idioten gehalten.«

Wie um Ryosukes Aussage wieder auszugleichen, meinte Kaoru: »Stimmt! Du bist eher ein Dummkopf als ein Idiot.«

»Du brauchst keine Rücksicht zu nehmen, Ryosuke! Ich weiß es ja selbst.«

Tachikawa vergrub sein Gesicht im Kissen und stieß einen langen Seufzer aus.

»Als ich auf der Grundschule war, haben sich meine Eltern getrennt. Mein großer Bruder ist mit meiner Mutter mitgegangen. Ich wollte auch zu ihr, aber sie meinte, zwei großzuziehen schafft sie nicht. Deshalb musste ich bei meinem Vater bleiben. Und dann hatte er irgendwann eine Neue, die ›meine neue Mutter‹ werden sollte. Aber das war irgendwie alles ziemlich scheiße. Als sie dann ein Baby gekriegt hat, gab es keinen Platz mehr für mich. Deshalb rege ich mich auch so auf, wenn mich Leute wegen meiner abgebrochenen Ausbildung abstempeln. Ich hätte mich nicht angestrengt und so. Ich weiß ja, was die Leute erwarten. Aber das klappt wohl nur, wenn man eine heile Familie hat. Ich konnte in einer wichtigen Phase meines Lebens gar nicht nach Hause … Ich hatte damals gar keine Chance zu lernen.«

Ohne Ryosuke oder Kaoru anzusehen, redete Tachikawa weiter.

»Aber es ärgert mich selbst, dass ich mich über so was überhaupt aufrege. Deshalb wollte ich die Vergangenheit, also diese beschissene Zeit, am liebsten einfach vergessen. Ich habe dann nichts mehr richtig ernst genommen und nur noch vor mich hin gelebt. Aber wisst ihr ... das bringt gar nichts! Wenn man sich einfach nur treiben lässt, ändert sich nichts. Man hat dann überhaupt nichts mehr vom Leben. Man hat nicht einmal mehr das Gefühl, richtig zu leben. Und dann denkt man doch immer wieder an das alte Zeug. Kein Mensch kann ewig so weitermachen. Ich will, dass sich was ändert. Ich will irgendetwas Echtes in meinem Leben fühlen. Selbst wenn das was ist, wofür ich dem Tod in die Augen sehen muss. Ja, eigentlich will ich genau das. Vielleicht kann ich dann den Schmerz in mir heilen.«

Kaoru nickte und hob ihr Glas.

»Wenn du das schon weißt, Tachikawa, dann wirst du sicher deinen Weg gehen!«

»Aber wisst ihr, mein Horizont ist total beschränkt. Anders als der Kollege hier habe ich keine Ahnung, was ich machen soll.«

Ryosuke beobachtete ruhig Tachikawas Profil. »Danke«, flüsterte er.

Wortlos schenkte Tachikawa ihnen allen Shochu nach.

»Bevor ich hierhergekommen bin, ist mir etwas Furchtbares passiert.«

Kaoru hatte zu sprechen begonnen und starrte dabei auf das Glas in ihrer Hand.

»Ganz oft wollte ich am liebsten sterben.«

»Warum hast du uns das nicht erzählt?«

Tachikawa drehte sich zu ihr um und wollte sich Kaoru nähern, doch diese wehrte ihn mit einer Hand ab.

»Nicht näher kommen!«, sagte sie. »Es hatte mit einem Mann zu tun. Das, was mir passiert ist. Ich weiß nicht, wie ich diese Wunde heilen kann, ich will es einfach nur vergessen. Damals habe ich mir gewünscht, alle Männer auf der Welt würden einfach sterben. Tut mir leid, aber ich bin immer noch nicht drüber hinweg.«

»Wie jetzt? Wurdest du etwa vergewaltigt oder so?«

»Frag nicht, du Idiot!«

Kaoru starrte Tachikawa böse an.

»Kein Grund, mich so anzufahren! Ich mache mir doch nur Sorgen.«

»Jedenfalls ... hatte ich früher nicht so viele Piercings. Nach dieser schlimmen Sache habe ich mir eingeredet, Schmerzen würden mir gar nichts ausmachen. Ich habe den Schmerz sozusagen herausgefordert. Hiermit ist es genau das Gleiche«, sagte Kaoru und zeigte auf die Tätowierung auf ihrem Oberarm. »Ich weiß nicht mal, ob ich Rosen überhaupt mag. Ich wollte nur einen Beweis dafür, dass mir Schmerzen nichts ausmachen.«

»Mann, wir sind ja alle ziemlich kaputt.«

Tachikawa drehte sich wieder zu Ryosuke um und sah ihn erwartungsvoll an. Doch Ryosuke schwieg.

»Du erzählst uns echt gar nichts.«

»Es tut mir leid, aber gerade weiß ich einfach selbst noch nicht genau, was werden wird.«

»Du hast jedenfalls eine wichtige Entscheidung getroffen«, sagte Kaoru. Ryosuke nickte, konnte aber immer noch nichts erwidern und fasste sich mit der Hand an die Stirn.

»Meine Güte, ist das aufregend! Was hat ein Mensch, der so kaputt ist, auf dieser Insel wohl vor? Vielleicht bleibe ich auch noch ein bisschen, um mir das anzugucken.«

»Wie?« Ryosuke sah Tachikawa verdutzt an.

Früh am nächsten Morgen kam der Bauleiter vorbei, um ihnen die Fährtickets zu überreichen, doch Ryosuke, Tachikawa und Kaoru eröffneten ihm, dass sie nicht zurückfahren würden. Das brachte den Bauleiter so sehr aus der Fassung, dass es ihnen fast leidtat. Als hätte ihn alle Kraft verlassen, sank sein Kopf auf den Tisch des Speiseraums und seine Arme erschlafften.

»Könnten Sie nicht bitte doch nach Hause fahren? Meine Beziehung zum Vorsitzenden hat genug gelitten.«

Der Bauleiter sah sie müde an.

»Sie haben zwar keine Drogen genommen wie Ihre Vorgänger, aber einen Streit vom Zaun gebrochen, und außerdem ist während Ihres Aufenthalts eine Kuh wild geworden ... Die Zeit mit Ihnen war in emotionaler Hinsicht wirklich eine Achterbahnfahrt. Und jetzt, da die Bauarbeiten vorbei sind und ich gehofft habe, ich könnte endlich aufatmen, kommen Sie mit so etwas. Was denken Sie sich eigentlich dabei?«

Ryosuke senkte entschuldigend den Kopf und Tachikawa und Kaoru taten es ihm gleich.

»Können Sie nicht wenigstens erst einmal aufs Festland zurückfahren und danach wiederkommen? Wenn Sie jetzt bleiben, fällt das auf mich zurück. Versetzen Sie sich doch einmal in meine Lage!«

»Es tut uns leid.«

»Außerdem wird Ihr Lohn auf Ihr Bankkonto überwiesen. Ich kann ihn nicht einfach so in bar auszahlen. Sie haben doch gar nicht die Mittel, um noch länger hier zu bleiben, und einen Bankautomaten gibt es hier nicht.«

Ryosuke entschuldigte sich noch einmal.

»Ist es etwa wegen der Lehrerin?«

»Nein.«

»Wenn es nämlich wegen dieser Frau ist, sollten Sie es besser sein lassen. Sie hat schon unzählige Männer verführt. In letzter Zeit verhält sich sogar der Sohn des Vorsitzenden in ihrer Gegenwart komisch, er weicht ihr nicht mehr von der Seite, wenn sie sich begegnen. Aber daran ist sie selbst schuld, sie provoziert es.«

Kaoru warf Ryosuke einen Blick zu, der zu sagen schien: »Siehst du.«

Ryosuke sah dem Bauleiter in die Augen und schüttelte entschieden den Kopf.

»Nein, das ist es nicht. Es gibt etwas, das ich hier tun möchte.«

»Und Sie auch?«

Der Bauleiter musterte Tachikawa und Kaoru. Da die beiden Ryosuke, ohne groß nachzudenken, gefolgt waren, klangen ihre Antworten weniger überzeugend.

»Ähm, ja …« und »Ja, irgendwie«, meinten sie vage.

Der Bauleiter lehnte sich vor. Er sah aus, als würde er jeden Moment zu weinen anfangen.

»Und … das, was Sie hier tun möchten, hat das mit Ihnen selbst zu tun? Also ist es so etwas wie ein Selbstfindungstrip?«

Schultern und Brust des Bauleiters bebten unkontrolliert.

»Lernen Sie erst einmal auf eigenen Beinen zu stehen! Sich selbst finden zu wollen und dabei anderen zur Last zu fallen, ist purer Egoismus! Und was soll ich überhaupt mit denen hier machen? Wenn Sie nicht die Fähre nehmen, verfallen sie.«

Mit zittriger Hand zeigte der Bauleiter die drei Fährtickets vor.

»Also wirklich! Du machst dir ja vor Angst fast in die Hosen. Das ist würdelos.«

Die Herbergsmutter, die in der Küche das Frühstück zubereitete, schaltete sich plötzlich in ihr Gespräch ein.

Die Schultern des Bauleiters sanken noch tiefer herab.

»Auf eigenen Beinen stehen? Das sagt der Richtige! Du treibst dich doch selbst nur herum und hast dabei nichts als einen Berg Schulden angehäuft. Die Arbeit auf der Insel hast du auch nur bekommen, weil du der Neffe des Vorsitzenden bist. Bauleiter hier, Bauleiter da. Die drei da sind die Einzigen, die dich so nennen. Oder macht es sonst irgendjemand auf dieser Insel? Wenn die jungen Leute meinen, dass sie hier etwas tun möchten, dann ist das doch eine Chance für uns alle. Hast du die Arbeit denn nicht ausgeschrieben, um genau solche Menschen zu finden? Ist es bis jetzt jemals vorgekommen, dass junge Leute auf der Insel bleiben wollten? Das ist doch geradezu eine schicksalhafte Fügung. Unterstütze die drei gefälligst!«

Während sich die Herbergsmutter ihre Hände an der Schürze abwischte, lächelte sie Ryosuke, Tachikawa und Kaoru kurz zu. Der Bauleiter öffnete und schloss den Mund. Er sah aus wie ein Karpfen kurz vor dem Ertrinken.

»Sie müssen jedenfalls den Vorsitzenden fragen. Ich kann nichts mehr für Sie tun.«

Ohne den Boss der Insel geht wohl gar nichts, dachte Ryosuke. Er hatte ein mulmiges Gefühl. Selbst die Herbergsmutter nickte zustimmend. »Stimmt. Erst müsst ihr mit dem Vorsitzenden sprechen.«

»Was hat der Vorsitzende denn damit zu tun?«

Tachikawa hatte sich wohl das Gleiche wie Ryosuke gefragt. Wieder sah der Bauleiter so aus, als hätte man ihm die Luft abgeschnürt, und auch die Augen der Herbergsmutter funkelten kurz auf.

»Ihr müsst lernen, euch mit ihm zu verständigen, wenn ihr auf der Insel bleiben wollt. Mein älterer Bruder, der mit mir hier die Herberge führt, ist zum Beispiel sehr wortkarg. Das war der Grund dafür, dass der Vorsitzende ihn einmal übel missverstand. Für eine lange Zeit wurde er daraufhin schikaniert und gemieden.«

»Sei bloß still!«, ertönte es vom Gang her. Die Tür öffnete sich und der Herbergsvater trat ein.

»Ihr wollt hier bleiben?«

»Ja.«

»Vergesst es! Das ist kein Ort für junge Leute.«

Nachdem der Herbergsvater das losgeworden war, knallte er die Tür wieder hinter sich zu und stapfte lauten Schrittes davon.

Der Bauleiter stützte seinen Kopf in beide Hände, die Herbergsmutter fuhr sich nachdenklich durch das graue Haar.

»Bitte lassen Sie uns hier schlafen, bis wir eine eigene Unterkunft gefunden haben!«

Die Herbergsmutter sah Ryosuke mit hochgezogenen Augenbrauen an.

»Meinetwegen, aber was ist, wenn ihr keine Unterkunft findet?«

»Könnten wir dann vielleicht hier arbeiten?«

»Hier …? Meinst du etwa hier bei uns zu Hause?«

Ryosuke nickte, der Bauleiter verzog das Gesicht.

Die Herbergsmutter blickte Ryosuke an und in ihrer Stimme schwang unterdrückter Ärger mit.

»Wir stellen diese Wohnung lediglich den Arbeitern für die Dauer ihres Einsatzes auf der Baustelle zur Verfügung. Es kommen keine Touristen hierher, deshalb existiert die Herberge ansonsten praktisch gar nicht. Jemanden einzustellen ist vollkommen unmöglich. Und drei Leute auf einmal sowieso.«

Ryosuke wandte seinen Blick ab.

»Dann schlafen wir wohl im Freien«, flüsterte Tachikawa.

»Klingt super!«, erwiderte Kaoru freudig.

14

Im Empfangszimmer des Vorsitzenden stand ein in sich verschlungenes, hölzernes Kunstobjekt. Es handelte sich wohl um eine abgeschliffene Lorbeerfeige. Die künstlerische Intention war durchaus zu erkennen, doch für Ryosuke verdarben die Holzschnitzereien der sieben Glücksgötter, die in einer Reihe danebenstanden, vollends den Gesamteindruck.

»Da haben wir ein Problem.«

Wie um seinem Missfallen Ausdruck zu verleihen, zog der Vorsitzende die Augenbrauen zusammen und kräuselte die Lippen. Seine Miene ließ den dreien keine andere Wahl, als ihm schweigend zuzuhören.

»Mittlerweile habt ihr das womöglich selbst gemerkt, aber auf einer Insel zu leben ist vollkommen anders, als die Menschen im Allgemeinen glauben. Es ist nicht wie im Film.«

»Aber Sie wollen doch, dass mehr Leute auf diese Insel kommen«, fiel Tachikawa dem Vorsitzenden ins Wort, der seine Mundwinkel zu einem abschätzigen Lächeln verzog.

»Das stimmt. Deshalb habe ich auch immer wieder Arbeitsplätze geschaffen, die Leute vom Festland auf die Insel holen. Ich hatte gehofft, dass einige der jungen Aushilfskräfte Gefallen am Inselleben finden würden.«

»Na, dann ist es doch umso besser. Wir wollen ja freiwillig bleiben«, meinte Tachikawa.

»Das Ganze funktioniert natürlich nur, wenn sich auch die Insel wünscht, dass die Leute bleiben. Die letzten zwei Monate haben wir getestet, ob ihr den Ansprüchen der Insel genügt.«

»Sie haben uns getestet?«, fragten Kaoru und Tachikawa wie aus einem Mund.

»Ich persönlich habe nichts gegen euch, aber ich will ehrlich sein. Keiner der Inselbewohner will, dass ihr bleibt. Die Zuneigung beruht also nicht auf Gegenseitigkeit. Würde dich einer der Männer heiraten wollen, Kaoru, sähe natürlich alles anders aus.«

Kaoru rümpfte unter dem Blick des Vorsitzenden die Nase.

»Außerdem war da dieser Vorfall mit Mutsus Kuh. Nur weil Mutsu so kräftig ist, konnte er mit einer ausgerenkten Schulter davonkommen, aber überlegt doch mal, was passiert wäre, wenn ein Kind dabei gewesen wäre! Es hätte sterben können. So etwas ist hier, auf unserer Insel passiert. Das macht uns allen Angst.«

»Wollen Sie etwa behaupten, dass wir das waren?«

Tachikawa sah den Vorsitzenden zornig an.

»Ich weiß es natürlich nicht. Solange niemand gesteht, weiß auch keiner, wer der Täter ist. Aber einige Leute vermuten, dass ihr dahintersteckt. Wenn ihr unter diesen Umständen auf der Insel bleibt, wird ein Unwetter über uns hereinbrechen … Ja, da haben wir wirklich ein Problem.

Zu Besuch könnt ihr jederzeit gern kommen, sehr gern sogar, aber wenn ihr hier leben wollt und alles durcheinanderbringt, ist das wie gesagt ein Problem. Die Insel hat eine spezielle Politik und ihre eigenen Regeln. Nur weil wir uns schon immer daran gehalten haben, konnte sie fortbestehen. Und jetzt möchtet ihr, ohne eine anständige Arbeit zu haben, einfach hier leben und tun und lassen, was ihr wollt? Oder meint ihr es wirklich ernst, wollt ganz bleiben und euch irgendwann hier begraben lassen?«

Die drei wussten nicht, was sie darauf antworten sollten.

»Kikuchi.«

Der Vorsitzende sprach Ryosuke direkt an.

»Wo willst du wohnen?«

Ryosuke legte seinen Kopf zur Seite und schwieg. In diesem Augenblick trat die Frau des Vorsitzenden ins Zimmer. Sie brachte ein Tablett mit Teegebäck.

»Mein Mann hat nichts gegen Sie. Er sagt das alles nur, weil er weiß, dass Sie es schwer haben werden. In Wirklichkeit ist er gutmütig wie eine Galapagos-Schildkröte.«

»Halt deinen Mund!«, fuhr der Vorsitzende sie an.

»Hmm«, meinte sie, fügte beim Weggehen aber noch hinzu: »Es wäre dennoch für Sie alle am besten, Ihre Entscheidung noch einmal zu überdenken.«

»Du sollst schweigen, habe ich gesagt!«

Weil der Vorsitzende seine Frau so anging, starrte Kaoru ihn feindselig an.

»Ich bin gegen Autorität und gegen häusliche Gewalt. Von Schmerzen lasse ich mich nicht unterkriegen.«

»Was?« Der Vorsitzende sah sie an und verstand offensichtlich nicht, was sie zu ihm gesagt hatte. Währenddessen riss Tachikawa unbekümmert die Verpackung des Teegebäcks auf und steckte sich ein Rohrzucker-Manju, das mit rotem Bohnenmus gefüllt war, in den Mund. »Ach, irgendwo finden wir schon einen Schlafplatz. Und der Rest wird sich auch noch regeln«, meinte er zuversichtlich.

»Das können wir nur hoffen …«

Die buschigen Augenbrauen des Vorsitzenden zuckten.

»Wie auch immer. Ihr seid noch jung und werdet noch einiges erleben. Wenn ihr hier eine Weile gecampt oder was auch immer gemacht habt, solltet ihr in die Welt hinausfahren. Fliegt nach Europa oder Amerika, wohin immer es euch verschlägt! Die Jugend ist im Nu vorbei. Verschwendet sie nicht!«

Dazu sagten die drei nichts mehr. Sie starrten auf die sieben Glücksgötter.

15

Am nächsten Morgen machte sich Ryosuke auf den Weg zum Aburidake. Er wollte Fleckchen sehen. Wenn er die Tiere des Waldes wiederträfe, würde ihn das bestimmt in seinem Vorhaben bestätigen, glaubte er.

Das, was er Hashi überreichen musste, war noch immer in seinem Rucksack verstaut. Auch die Frage, die er ihm stellen wollte, trug er noch in sich. Er hatte bislang nichts von dem erreicht, was er auf dieser Insel hatte tun wollen.

Ryosuke ließ den Tempel hinter sich und nahm den Weg zum Berg. Er lief an der Lorbeerfeige vorbei, auf die Tachikawa einmal einen Stein geworfen hatte. Dort, wo sie das Rohr verlegt hatten, hatte die Erde eine andere Farbe angenommen. Ryosuke musste an die Zeit auf der Baustelle denken, daran, wie viel Arbeit er unter Schweiß verrichtet hatte und was die anderen Männer ihm und seinen zwei Freunden dabei an den Kopf geworfen hatten.

Neben dem Wasserspeicherbecken hielt er an.

»Die Wasserleitung hat dein Papa gebaut.«

Dort stand ein Mann, dessen Arm von einem Tuch gehalten wurde. Auch am Kopf hatte er eine Verletzung. Es war Mutsu.

Neben ihm stand ein kleines Mädchen, das Ryosuke als eine von Frau Yoshikados Schülerinnen erkannte. Sie war dabei gewesen, als er vor einiger Zeit zusammen mit der Schulklasse den Bergpfad hinabgestiegen war. Sofort senkte Ryosuke den Kopf.

»Was machst du hier?«, presste Mutsu aus halb geöffnetem Mund hervor.

Ohne zu antworten, lief Ryosuke an ihm vorbei.

Er schob sich durch das Gestrüpp und ging den Hang hinauf.

Mutsus Tochter hatte beunruhigt gewirkt und diese Unruhe hatte sich auf Ryosuke übertragen. Von Weitem schien Mutsu wie ein ganz normaler Vater. Doch sein Ausdruck hatte sich schlagartig verändert, als er Ryosuke gesehen hatte. Das hatte seiner Tochter Angst gemachte.

Es war wirklich schwer, hier zu leben! Wenn man sich die Inselbewohner erst einmal zum Feind gemacht hatte, war es beinahe unmöglich, länger zu bleiben. Das war das Wesen einer Insel.

Ryosuke wanderte weiter den Berg hinauf.

Er kam an die Stelle, an der das Gefälle steiler wurde, gleich würde sich der Weg gabeln, Männerhang und Frauenhang waren nicht mehr weit entfernt. Sein Atem ging schnell und ihm lief Schweiß die Stirn herunter. Seit seinem ersten Aufstieg war das Wetter umgeschlagen. Die Regenzeit stand jetzt kurz bevor und die Sonne brannte wie im Hochsommer. Immer wieder machte Ryosuke kurze Verschnaufpausen, doch er setzte seinen Weg unbeirrt fort. Die Gabelung war von großen Schlingpflanzen überwuchert. Ryosuke nahm den Weg nach links, der den seichteren Frauenhang hinaufführte. Während er den Wald durchquerte, blickte er einige Male hinter sich.

Weiter unten am Abhang bewegte sich etwas im Gebüsch. Vielleicht versteckten sie sich dort. Oder war es doch nur der Wind?

Langsam kroch der Weg den Berg hinauf. Im dichten Wald war es dämmrig, doch einige Dutzend Meter vor ihm befand sich eine kleine Lichtung. Durch die Lücke in den Bäumen fielen Sonnenstrahlen ein, die so hell leuchteten, als markierten sie den Eingang zu einer anderen Welt.

»He! Bleib stehen!«, rief plötzlich jemand von hinten.

Ryosuke drehte sich um und sah Mutsu, der ihm wohl gefolgt war. Seine Armbinde schlackerte, als er mit rotem Gesicht auf Ryosuke zugerannt kam.

Wie verlangt, blieb Ryosuke stehen.

»Du!!«

Wenn du fliehen willst, dann jetzt, hörte Ryosuke eine Stimme in seinem Innern flüstern. Doch er hatte nie etwas getan, um Mutsus Zorn direkt auf sich zu lenken. Und so zögerte er.

Mutsu kam immer näher. Ryosuke schaute, ob seine Tochter noch hinter ihm herlief. Doch das Mädchen war nirgends zu sehen. Wahrscheinlich hatte sein Vater es nach Hause geschickt.

»Was machst du hier?!«

Mutsu packte Ryosuke am Kragen. Obwohl er nur einen Arm benutzen konnte, war seine Kraft enorm. Ein Knopf sprang von Ryosukes Hemd ab und er machte einen Schritt nach hinten. Mutsu machte einen noch größeren Schritt nach vorn. Sein Gesicht, geschwollen, wie es war, kam Ryosuke ganz nah.

»Ihr habt doch meine Kuh freigelassen!«

Ryosuke wusste, dass er etwas erwidern musste, doch ihm versagte die Stimme. Dann spürte er, wie er hart auf den Hintern fiel. Mutsu trat auf ihn ein.

»Ich habe nichts gemacht!«, schrie Ryosuke und klammerte sich an Mutsus Bein fest, als dieser zu einem weiteren Tritt ansetzte.

»Wer soll es sonst gewesen sein?«

Der Tritt traf ihn in der Seite und Ryosuke rollte auf das Gras.

Mit einem stummen Schrei sprang er auf und warf sich mit der Schulter voran gegen Mutsus Hüfte. Dieser versuchte noch auszuweichen, fiel aber dann seitlich um. Sofort stand er wieder auf und schlug mit der Faust auf Ryosuke ein, der mit dem Gleichgewicht kämpfte. Ein Kinnhaken traf Ryosuke und er sackte mit den Händen vor dem Gesicht zu Boden.

»Das passiert, wenn man sich mit mir anlegt!«

»Hör auf!«, schrie Ryosuke und hob beim Aufstehen einen Stein vom Wegrand auf. Seine Kehle war wie zugeschnürt und er konnte nur noch flach atmen. Als Mutsu zu einem weiteren Schlag ansetzen wollte, sah er den Stein in Ryosukes Hand und zögerte kurz.

Diesen Moment nutzte Ryosuke. Er drehte sich um und stürmte los. Mutsu folgte ihm wüst schimpfend, doch Ryosuke hielt nicht an. Den hellen Sonnenstrahlen entgegen, rannte er den Bergpfad hinauf.

»He! Bleib stehen!«

Mutsu kam näher, doch Ryosuke lief immer weiter, so schnell er konnte.

Rechts von ihm erstreckte sich der Berghang, an dem entlang der Weg immer weiter nach oben führte. Das Gefälle wurde steiler. Wenn er so weiterrannte, dann könnte er Mutsu irgendwann abhängen. Doch er war sich sicher, dass Mutsu ihm bis zum Gipfel folgen würde. Und dort gab es kein Entkommen mehr.

Ryosuke trat auf die kleine Lichtung und sprang den Abhang zu seiner Linken herunter, hinein in den wuchernden Wald. Äste peitschten gegen seinen Hals und sein Gesicht. Gräser schlangen sich ihm um die Füße. Im Halbdunkel traf ihn ein Hieb. Etwas schlug ihm auf die Brust. Mit einem lauten Krack brach es entzwei. Äste zersplitterten und flogen an ihm vorbei. Durch das hohe Gras konnte man den Boden nicht erkennen. Als Ryosuke merkte, wie gefährlich es wurde, kullerte er auch schon mit dem Kopf voran den Berg herab. Er rutschte immer weiter. Sein Ellbogen prallte auf etwas Hartes und ihn durchfuhr ein Schmerz. Sein Körper hielt nicht an. Er schlitterte über Gräser und Sträucher geradewegs nach unten. Ihm wurde schwarz vor Augen. Irgendwie musste er den Fall stoppen. Doch er konnte seine Arme und Beine nicht bewegen. Er fiel weiter. Das Licht, das durch die Baumkronen sickerte, wirbelte und drehte sich vor seinen Augen wie ein Kaleidoskop.

Mit einem lauten Plumps landete er.

Zwischen unzähligen Blättern und Ranken lugte hier und da der blaue Himmel hervor.

Sobald er zum Halten gekommen war, prasselte allerlei auf ihn herab. Blätter, Äste und merkwürdige, verflochtene Ranken. Mit rasselndem Atem beugte Ryosuke seine Arme und Beine. Schmerz durchfuhr seinen rechten Arm, er konnte aber alle Gliedmaßen noch bewegen.

Er drehte den Hals. Setzte sich auf. Betrachtete seine Hände. Auf die vielen Schrammen tropfte Nasenblut.

Ryosuke betrachtete den Hang, den er heruntergerutscht war, konnte aber durch die Bäume und Dunkelheit nichts erkennen.

Was, wenn Mutsu auftaucht?, überlegte er und sah sich um. Vielleicht sollte er nach einem brauchbaren Stock suchen. Da er aber schon mit dem Stein nicht angegriffen hatte, erschien ihm das zwecklos. Ryosuke presste fest die Lippen aufeinander. Auf einmal raschelte es im Unterholz. Er merkte, dass er noch immer auf dem Boden saß, und zog hastig die Beine an. Gebeugt stand er auf.

Erneut raschelte es. Dann teilten sich die Blätter und Äste und eine Pinza streckte ihren Kopf hervor, ganz so, als wäre sie gerade in diesem Busch geboren worden.

Sie war schneeweiß. Der Euter an ihrem Bauch war prall, ähnlich wie der von Hashis Ziege Hanayo. Sie starrte Ryosuke aus ihren waagerechten, schlitzartigen Pupillen an und kehrte wieder ins Gebüsch zurück.

Nun raschelte es auch rechts und links dieser Stelle.

Überall streckten Pinza ihre Köpfe hervor, nur um sie gleich wieder zurückzuziehen. Zweifellos hatte Ryosuke ihre Neugierde geweckt. Unter den Ziegen befanden sich auch einige Zicklein, von denen eines zwischen den Blättern hervortrat und wild hin und her hüpfte.

Plötzlich sprang eine der Ziegen aus dem Gebüsch hervor.

»Aah …«

Ryosuke atmete auf.

Dieses Wesen hatte er zu treffen gehofft.

Fleckchen lief geradewegs auf Ryosuke zu. Wie zuvor stupste es ihm sanft mit der Nase in die Hüfte. Das Tier begegnete ihm genau wie damals an der Klippe. Fleckchen drängte ihn, sich aufzurichten und einige Schritte über das Gras zu gehen. Zum ersten Mal sah Ryosuke jetzt die gegenüberliegende Seite des Hanges.

In das Halbdunkel fielen mehrere Säulen aus Licht.

Langsam hob Ryosuke den Kopf und ließ den Blick an ihnen hinaufgleiten.

Ihm stockte der Atem.

Die Bäume, die die Säulen begrenzten, waren so gigantisch, dass man sie mit Felsen verwechseln konnte. Moos und Parasitenpflanzen wucherten dicht an ihren Stämmen, gerade so, als ob sich der Erdboden dort erhoben hätte. Um einen der Stämme zu umfassen, hätten sich wohl mehrere Menschen mit ausgestreckten Armen nebeneinanderstellen müssen. Mit den eigentümlichen Windungen im Holz beherrschten die Bäume den Raum. Knoten, Geflechte und Moos verbanden sich zu einem Ganzen. Riesige Blätter, die den Himmel verdeckten, und zahllose Luftwurzeln scharrten sich wie Wolken um die Bäume.

Und eine dieser majestätischen Lorbeerfeigen stand neben der nächsten, soweit das Auge reichte. Ihr Anblick erfüllte ihn mit Ehrfurcht.

Ryosuke sah so einen Lorbeerwald zum ersten Mal. Der Wald existierte seit Abertausenden von Jahren, das Leben hier hatte Sturm und Regen getrotzt. Vielleicht war es sogar die endlos währende Zeit selbst, die Ryosuke hier erblickte.

Er stand ganz aufrecht und vergaß für einen Augenblick die Pinza, die ihm in die Seite stieß.

Von Zeit zu Zeit durchquerte ein leuchtendes Flattern die durch die Baumkronen einfallenden Lichtstrahlen. Es waren kleine Vögel des Waldes. Fast unmerklich bewegte sich die feuchte Luft, die vom sanften Duft der Bäume erfüllt war.

Ryosuke trat so bedächtig in den Wald ein, als wollte er mit seinen Füßen jeden einzelnen Schritt auskosten. Sanft berührte er den Stamm der riesigen Lorbeerfeige vor ihm. Tiefgrünes, feuchtes Moos. Dazwischen blitzte hier und da Baumrinde wie versteinerte Elefantenhaut hervor. Ryosuke strich mit den Fingern darüber, es war, als ließe er seine tiefsten Empfindungen in den Baum sickern. Er konnte nicht genau sagen, was er fühlte, ob es Ergriffenheit oder Dankbarkeit war.

Ryosuke griff nach einer der dicken Luftwurzeln. Einer Eingebung folgend, klammerte er sich fest, hängte sich mit seinem gesamten Gewicht daran. Er hörte über sich ein Knacken, einige Äste und Blätter fielen auf ihn herab. Die Luftwurzel bog sich, riss aber nicht ab, sodass Ryosuke über dem Boden schwebte und hin und her geschaukelt wurde. Er hatte das Gefühl, der riesige Baum spiele mit ihm. Nicht nur diese eine Lorbeerfeige, sondern der gesamte Urwald schien ihn willkommen zu heißen.

Was war das nur …? Was war das nur für ein Gefühl? Während sich Ryosuke diese Frage wieder und wieder stellte, betrachtete er die nähere Umgebung.

Unter den Bäumen stand die Herde Pinza. Wahrscheinlich war er einigen der Tiere damals auf dem Bergpfad schon einmal begegnet. Zicklein saugten an den Zitzen ihrer Mütter. Überall grasten die Pinza und blickten gelegentlich zu Ryosuke und Fleckchen auf, das immer noch direkt neben ihm stand.

Ryosuke ging zwei, drei Schritte weiter in den Wald hinein und setzte sich auf einen hervorstehenden Felsen. Wieder drückte Fleckchen seine Nase in Ryosukes Hüfte. Er strich mit der Hand über den Kopf und die Hörner der Pinza. Sie spannte ihren Körper an und meckerte so laut, dass es bis tief in den Wald hineinschallte. Dann schob sie ihren Körper noch enger an Ryosuke heran. Die übrigen Tiere blieben ebenfalls in seiner Nähe. Binnen kurzer Zeit erschien die pechschwarze Pinza.

Von seinem Platz auf dem Felsen aus beobachtete Ryosuke eine Weile die Herde. Der Wald war vom Geruch der Lebewesen erfüllt. Unwillkürlich begann er zu sprechen.

»Mein Vater hat sich in einem Wald erhängt.«

Die Hand, mit der Ryosuke Fleckchen streichelte, spannte sich an. Fleckchen meckerte laut.

»Es war nicht weit von unserer Wohnung.«

Natürlich konnte Fleckchen ihn unmöglich verstehen, doch Ryosuke betrachtete trotzdem aufmerksam seine Züge. Sie waren anders geformt als die eines Menschen, Ryosuke erkannte sich dennoch in ihnen wieder.

Er hob den Blick. In einer der Lichtsäulen meinte er seinen Vater baumeln zu sehen. Er senkte wieder den Kopf, sah Fleckchen an.

»Ich wusste es lange nicht. An die Beerdigung erinnere

ich mich noch, aber nicht sehr deutlich. Meine Mutter und ich sind danach weggezogen und haben mal hier und mal da gewohnt. Irgendwann hat meine Mutter mir erzählt, wo mein Vater sich aufgehängt hat. Und als ich auf der Oberschule war, bin ich einmal allein dorthin gegangen. Der Wald war unheimlich verkommen. Überall lag Müll herum und es standen nur ein paar rotbraune Laubbäume da. So ein jämmerlicher Wald war das. Als ich mir vorgestellt habe, dass mein Vater dort gestorben sein soll, hat mich das unglaublich wütend gemacht.«

Ryosuke umfasste Fleckchens Kopf mit seinen Händen. Fleckchen zuckte mit den Ohren, versuchte aber nicht, sich loszumachen. Dann schnellte es mit seiner Nasenspitze direkt auf Ryosuke zu, streckte die Zunge heraus und schleckte sein Gesicht ab.

Ryosuke umarmte Fleckchen. Er drückte seine Wange an den Kopf der Pinza, der weniger nach Tier als nach der Haut eines Lebewesens roch. Der Duft der Bäume vermischte sich damit. Fleckchen meckerte. Als hätten die anderen Pinza nur darauf gewartet, begannen sie ebenfalls, laut zu meckern.

Ein seltsames Gefühl überkam Ryosuke und er ließ Fleckchen los. Er betrachtete die wilde Ziege etwas genauer. Nein, das konnte nicht sein, dachte er und starrte ihr eindringlich in die goldenen Augen.

»Was warst du, bevor du zu einer Pinza geworden bist?«

Ryosuke wusste, dass er Unsinn redete.

Er stand auf. Noch einmal blickte er hinauf in den Lorbeerwald.

»Was, Fleckchen?«, fragte er, doch nicht Fleckchen, sondern die schwarze Pinza näherte sich ihm. Sie stieß Ryosuke mit der Nase an. Sie war nicht mehr so ängstlich wie bei ihrer ersten Begegnung. Fleckchen und die schwarze Pinza drängten Ryosuke gemeinsam in eine bestimmte Richtung.

Zusammen mit der Herde ging er auf dem glitschigen Moos an den großen Lorbeerfeigen vorbei und lief immer weiter in die Dunkelheit hinein, in das Dickicht, den Dschungel aus Luftwurzeln.

Nach einer Weile gelangte er an den Rand des Urwaldes, der von einem Mischwald aus Laubbäumen abgelöst wurde. Die Blätterdecke lichtete sich und Sonnenlicht strömte herein. Vor ihm befand sich eine kleine, nur wenige Meter hohe Anhöhe. Als Ryosuke sie hinaufstieg, sah er hinter dem Wald das glitzernde Meer.

16

Der Rückweg dauerte lang, was Ryosuke erwartet hatte.

Nachdem ihn die Pinza zur Nordwestseite der Insel geführt hatten, lief er entlang der ihm unbekannten Küstenlinie zurück. Den Waldweg, auf dem möglicherweise noch Mutsu lauerte, wollte er vermeiden. Als er in der Nähe von Hashis Haus einen stillgelegten Hafen entdeckte, stand die Sonne bereits sehr tief. Mit dem golden schimmernden Meer vor Augen schleppte Ryosuke sich mitsamt seiner müden Füße vorwärts.

Er kam an den Zuckerrohrfeldern vorbei und nahm den Schotterweg zu Hashis Haus. Auf einmal hörte er vertraute Stimmen. Ryosuke lief schneller. Das Haus war erleuchtet. Im schwachen Schein konnte er die Silhouetten zweier Menschen und einer kleinen Pinza erkennen.

Ryosuke ging auf sie zu. Tachikawa bemerkte ihn als Erster. Sogleich hob auch Kaoru ihren Kopf. Sie waren gerade dabei, Teller und Becher auf Hashis Gartentisch zu verteilen.

»Oh, was machst du denn hier? Wo kommst du her?«, rief Tachikawa.

»Was ist mit deinem Gesicht?« Kaoru wirkte besorgt.

»Und was macht ihr hier?«, fragte Ryosuke zurück.

»Wir haben in der Herberge auf dich gewartet und uns ziemliche Sorgen gemacht. Gut, dass du jetzt wieder da bist. Aber was ist nun passiert?«, fragte Tachikawa. Kaoru reichte Ryosuke ein feuchtes Handtuch. Puno lief ihm vor die Füße. Als Ryosuke versuchte, ihn zu streicheln, sprang er sofort weg und rannte davon. Tsuyoshi und Hanayo zerrten vor dem Stall an ihren Ketten und stießen ein lautes »Mäh!« aus.

»Nun sag schon, was ist passiert?«

Beim Anblick des blutgetränkten Handtuchs runzelten Kaoru und Tachikawa die Stirn.

»Nichts. Ich bin nur hingefallen.«

»Wir haben uns Sorgen gemacht! Wir haben die ganze Zeit auf dich gewartet, weil wir tolle Neuigkeiten haben. Aber du bist einfach nicht zurückgekommen«, meinte Tachikawa.

»Tolle Neuigkeiten?«

Tachikawa deutete auf die Türschwelle zu Hashis Haus. Dort befand sich ein unordentlicher Stapel mit Kaorus, Tachikawas und Ryosukes Habseligkeiten.

»Herr Hashi sagt, wir können ab heute bei ihm wohnen«, erklärte Tachikawa.

»Wir müssen nur unsere Verpflegung selbst bezahlen«, fügte Kaoru hinzu.

»Genau. Herr Hashi und der Vorsitzende haben sich abgesprochen und es so entschieden. Vorhin hat Herr Hashi unsere Sachen mit dem Wagen hergebracht. Jetzt holt er noch alte Futons für uns aus dem Versammlungshaus.«

»Wirklich?«, fragte Ryosuke.

»Er meinte, wir Außenseiter müssten zusammenhalten

und sehen, wie weit wir es gemeinsam schaffen«, sagte Kaoru.

»Das ist wirklich nett, aber können wir das denn annehmen?«

»Na klar, wir haben doch die offizielle Erlaubnis vom Galapagos-Schildkröten-Chef!«, scherzte Tachikawa.

»Jetzt kannst du hier erledigen, was du zu erledigen hast, Ryosuke.«

Kaorus Lächeln war wie das eines kleinen Mädchens.

Im Licht der Abenddämmerung saßen sie am Gartentisch. Tsuyoshi und Hanayo fraßen friedlich das Heu, das Hashi ihnen gegeben hatte, und Puno saugte an Hanayos Zitzen.

Auf dem Tisch standen Shirodai-Sashimi und Aori-Ika-Tempura. Die Halogenlaterne hatte Hashi auf den Boden gestellt, für später, wenn es dunkler würde. Ein weißer Schmetterling setzte sich auf ihren Griff und flatterte dann weiter in Richtung der Zuckerrohrfelder.

»Vielen Dank!«

Schon zum wiederholten Male verbeugten sich die drei vor Hashi.

»Das ist doch nicht der Rede wert. Ich lebe hier ganz allein und einsam. Außerdem schien sich der Vorsitzende auch einige Gedanken gemacht zu haben, was er für euch tun kann, wenn ihr jetzt auf der Insel bleibt.«

Tachikawa und Kaoru sahen so aus, als wollten sie Hashi vor Freude am liebsten um den Hals fallen. Ihre Ausgelassenheit brachte Hashi zum Schmunzeln, doch schnell wurde er wieder ernst: »Es ist wirklich nicht einfach, hier zu leben. Wir dürfen nicht zu viel voneinander verlangen.

Es muss immer erlaubt sein, das Handtuch zu werfen. Wer nach Hause möchte, kann jederzeit erhobenen Hauptes gehen. Niemand von uns ist verpflichtet, auf dieser Insel zu bleiben. Das sollten wir niemals voneinander verlangen. Ich möchte, dass wir uns das versprechen. Wenn wir uns daran halten, können wir immer befreundet bleiben, egal, wie die äußeren Umstände auch sein mögen. Sie haben Ihr ganzes Leben noch vor sich und sollten sich nicht zu sehr auf diese Insel fixieren.«

»In Ordnung!«, nickte Kaoru. Ihr Nasenpiercing glitzerte. Vielleicht war Tachikawa bereits etwas angetrunken, denn er sagte mit Tränen in den Augen: »Das war 'ne großartige Ansprache, Herr Hashi!«

»Meiner Meinung nach brauchen Sie alle irgendein Ziel hier auf der Insel. Ich verdiene meinen Lebensunterhalt mit dem Fischen und möchte, dass Sie mir, solange Sie hier wohnen, dabei helfen. Aber Sie werden trotzdem noch viel freie Zeit übrig haben. Was möchten Sie machen, während Sie auf der Insel sind? Wie sind Ihre Pläne?«

Mit einem Glas Shochu in der Hand sah Hashi sie nacheinander an.

Überraschenderweise antwortete Kaoru zuerst.

»Mir wird auf Booten schnell schlecht, deshalb kann ich beim Angeln nicht mithelfen. Aber ich kann zum Beispiel das Werkzeug sauber halten oder beim Verladen der Fische helfen. Und ansonsten mache ich wahrscheinlich das hier.«

Sie zückte ihr Handy und ließ das Blitzlicht der Kamera in Hashis Richtung aufleuchten.

»Also, mir macht es Spaß, Fotos zu machen. Das habe

ich hier auf der Insel herausgefunden. Ich möchte mit der Kamera ganz viel aufzeichnen.«

»Du hast ja große Pläne«, spöttelte Tachikawa.

»Halt die Klappe!«

Bei diesem Wortwechsel lachte Hashi.

»Ja, das ist eine gute Idee«, sagte er dann und nickte nachdenklich. »Und Fotografie ist etwas, mit dem man sich sein Leben lang beschäftigen kann.«

Dann meldete sich Tachikawa zu Wort.

»Kann meine Aufgabe denn nicht sein, jedes Mal anzustoßen, wenn Sie einen guten Fang gemacht haben, Herr Hashi?«, fragte er, seufzte dann aber tief. »Also, wie soll ich sagen, ich habe zwar eine Menge Energie, aber keine Ahnung, was ich damit anstellen soll. Anders ausgedrückt hätte ich gern dieses Gefühl: Mensch, da hast du aber was geschafft. Ich bin Ryosuke einfach so gefolgt, obwohl ich keinen Schimmer habe, was er eigentlich vorhat. Allein aus dem Grund, weil ich wissen wollte, warum. Wie man sich für irgendetwas entscheidet. Deshalb ist mein eigentliches Ziel, mir auf der Insel zu überlegen, was ich mit meinem Leben machen will. Ich möchte sozusagen Ideen sammeln. Tschuldigung, dass ich das nicht besser erklären kann.«

»Nein, das habe ich sehr gut verstanden.«

Hashi nickte Tachikawa zu.

»Du klingst wie ein Möchtegern-Philosoph!«, lachte Kaoru und klatschte in die Hände.

Als Nächster war Ryosuke an der Reihe.

Eine Weile lang schwieg er. Dann rief er das nervös herumlaufende Zicklein zu sich heran.

»Puno!«

Die kleine Pinza wackelte unsicher auf ihn zu. Hanayo meckerte beunruhigt und schien Puno folgen zu wollen. Hashi legte seinen Arm um ihren Hals und band sie vom Stall los.

»Dass Sie ihm einen Namen gegeben haben, war schon problematisch, aber wenn er jetzt sogar darauf hört, wird es richtig schwer, wenn ich ihn ausliefern muss.«

Während er das sagte, hielt Hashi Hanayo zurück. Tachikawa, der nicht dabei gewesen war, als Hashi letztes Mal von dem Puno bevorstehenden Schicksal berichtet hatte, machte ein überraschtes Gesicht.

»Wie, ausliefern? An irgendeine Farm?«

Ryosuke schüttelte den Kopf. Ruhig erklärte Hashi die Lage.

»Auf dieser Insel werden Pinza gegessen. Das ist Tradition. In dem Eintopf, der damals bei der Feier umgekippt ist, war Punos Bruder.«

»Nein ... Nicht wirklich, oder?«

Tachikawas Kiefer verkrampfte sich.

»Für männliche Pinza gibt es keine Verwendung. Sie werden geschlachtet. Der hier ist auch schon dem Vorsitzenden versprochen.«

»Sagt mir, dass das ein Scherz ist!«

»Nein, das ist kein Scherz«, bestätigte Kaoru. Es wurde still am Tisch.

Ryosuke setzte Puno, den er auf den Arm genommen hatte, behutsam zurück ins Gras. Sofort sprang das Zicklein auf und rannte davon. Hanayo eilte ihm hinterher. Mutter und Kind liefen gemeinsam durch den Garten.

Die Sonne ging unter und nur die weißen Körper der

Tiere hoben sich im Halbdunkel deutlich von der Umgebung ab.

»Sie scheinen zu spielen.«

Hashi hatte die Pinza ebenfalls beobachtet. Er stellte die Halogenlaterne auf den Tisch und schaltete sie ein. Mit einem Mal war der Garten hell erleuchtet. »Wow!«, flüsterte Tachikawa. Ryosuke setzte zu sprechen an.

»Zu Ihrer Frage, was ich auf der Insel tun möchte ...«

Gespannt blickten Tachikawa und Kaoru ihn an.

»Ich möchte mit denen da zusammenleben.«

»Mit den Pinza?«, fragte Hashi nach einer kurzen Pause. »Wie?«, entfuhr es Kaoru und Tachikawa zeigte auf den Stall.

»Dadrin?«

Alle drei sahen Ryosuke ungläubig an.

»Nein!«

Er winkte energisch ab.

»Ich möchte dreißig oder vierzig Ziegen halten. Ich möchte einen Bauernhof gründen.«

»Eine Ziegenfarm?«, vergewisserte sich Kaoru.

»Hmm, aber«, setzte Hashi mit bekümmerter Miene an, »es tut wirklich weh, ein Tier, das man lieb gewonnen hat, so wie den Kleinen da, auszuliefern. Selbst wenn man weiß, dass die Ziegen nun mal dazu da sind, um von Menschen gegessen zu werden, bricht es einem fast das Herz. Ich habe die Erfahrung selbst gemacht. Deshalb kann ich Ihnen wirklich nur davon abraten.«

»Genau. Sie zu vermehren, um sie dann zu töten, finde ich auch grausam«, pflichtete Tachikawa ihm bei.

»Aber ist das nicht irgendwie scheinheilig? Eigentlich

ist es doch viel egoistischer, dass wir so tun, als ginge uns das Töten gar nichts an, oder?«

Kaoru versuchte, Ryosukes Traum zu verteidigen, doch das, worauf Ryosuke hinauswollte, ging in eine ganz andere Richtung.

»Ich habe nicht vor, mich aus der Verantwortung zu ziehen«, stellte er seiner Erklärung voran, »aber ich möchte keine Fleischziegen, sondern Milchziegen halten.«

Hashi drehte den Kopf, als könnte er nicht glauben, was er da hörte.

Mit einem breiten Lächeln sah Ryosuke ihn an.

»Der Bauernhof soll ein Milchbetrieb sein. Ich möchte einen Chèvre für diese Insel entwickeln. Einen Pinza-Käse.«

»Käse?«

»Wie jetzt, Käse?«

»Also doch ...«

Die drei reagierten alle unterschiedlich, doch Hashi lächelte als Einziger bitter.

»Das kann ich wirklich nicht gutheißen.«

»Warum denn nicht?«

Mit ernster Miene sah Hashi Ryosuke an.

»Weil es viel zu mühsam ist. Es sagt sich so leicht, aber wenn man erst einmal versucht, Käse herzustellen, dann merkt man, wie schwierig es ist. Alles, was Sie jetzt vorhaben, habe ich schon einmal durchgemacht. Ich habe auf diese Weise mein Leben verschwendet und mein bester Freund hat sein Leben sogar dafür gelassen. So war das und ich kann nichts mehr daran ändern. Ich möchte nicht, dass Ihnen das Gleiche wie mir widerfährt. Wie gesagt, eine Ziege produziert nur ein Zwanzigstel der Milch einer Kuh.

Die Menge an Chèvre, die daraus entsteht, ist überschaubar. Wo wird in unserer Zeit schon noch mit der Hand gemolken? Das hier ist keine Ferme wie in Frankreich.«

Ryosuke wartete still, bis Hashi ausgeredet hatte.

»Aber gerade das ist doch gut«, setzte er ihm entgegen. »Aus Fehlern lernt man. Mit der Hilfe von jemandem wie Ihnen, der schon einmal versucht hat, professionell Käse herzustellen, habe ich doch viel bessere Chancen, als wenn ich es ohne jegliche Erfahrung allein versuche.«

»Nein, nein, nein! Chèvre verkauft sich in diesem Land nicht. Die Menschen denken bei Käse an die milden Sorten aus Kuhmilch, und die schmecken so gut wie jedem. Der strenge Geruch von Ziegenkäse kann zwar durch den richtigen Reifeprozess und mit einem geeigneten Futtermittel verringert werden, aber wenn die Leute wissen, dass es sich um Ziegenkäse handelt, lehnen sie dankend ab. So ist das in diesem Land.«

Zum ersten Mal erlebten sie es, dass Hashi seine Verbitterung so offen zur Schau stellte.

»Herr Hashi, wann war das denn eigentlich, als Sie Pinza-Käse hergestellt haben?«, fragte Kaoru vorsichtig.

»Das habe ich Ihnen doch schon erzählt. Als ich auf diese Insel gezogen bin. Das ist jetzt zwanzig Jahre her. Nein, ich habe sogar schon davor auf dem Festland damit angefangen.«

»Ach, na dann ...« Kaoru sah Hashi unverwandt an. »Zwanzig Jahre sind eine lange Zeit. In Japan hat sich einiges verändert. Es gibt doch mittlerweile überall Käseläden. Ich habe zwar keine Ahnung von so etwas, aber es kommt mir vor, als würde sogar Käse aus dem Ausland ganz gut weggehen. Wenn man es richtig angeht, könnte so ein Käse vielleicht sogar einen Anstoß dafür geben, diese Insel bekannter zu machen.«

Tachikawa pfiff anerkennend.

»Das ist es. Wir mischen die Insel auf!«

»Aber wir haben nur diese beiden Ziegen. Ein Männchen und ein Weibchen.«

Hashi ließ sich nicht von seiner ablehnenden Haltung abbringen.

»Heute habe ich welche auf dem Berg getroffen«, sagte Ryosuke.

»Die Herde?«

»Genau. Das müssen doch Nachkommen der Pinza sein, die Sie früher hier gehalten haben, nicht wahr, Herr Hashi? Ich vermute, dass mindestens zehn von ihnen von Milchziegen abstammen. Eine hatte einen so prallen Euter wie Hanayo. Kann man diese Pinza nicht irgendwie zähmen?«

»Du bist heute aber gesprächig, Kollege. Ist das, weil du dir irgendwo auf dem Berg den Kopf gestoßen hast?«

Tachikawa tippte sich mit dem Zeigefinger an die Stirn und lachte laut los. Hashi verschränkte ernst die Arme vor der Brust.

»Die Pinza, die ich in den Bergen ausgesetzt habe, haben sich mit wilden Ziegen gekreuzt. Sie sind nicht mehr wie Hanayo. Außerdem glaube ich kaum, dass sie sich melken lassen würden.«

»Das wird ja immer spannender. Gut, dass ich geblieben bin.«

Tachikawa grinste breit und wirkte euphorisch, er zumindest schien allen Einwänden zum Trotz bereits die Ziegenfarm vor seinem inneren Auge zu sehen. Doch Hashi verzog wieder kritisch den Mund.

»Aber was der Sache sowieso im Wege steht …«

»Ja?«

Ryosuke sah Hashi fragend an.

»Die Tradition dieser Insel. Man ist hier erst ein richtiger Mann, wenn man Pinza jagen, schlachten und zubereiten kann. Milchproduktion bedeutet, die Pinza als Nutztiere zu halten, ohne sie zu töten. Das ist ein direkter Angriff auf die Wertvorstellungen der konservativen Inselbewohner. Es wird zu Konflikten kommen.«

»Ich habe nicht vor, mich zu streiten.«

Hashi stieß einen langen Seufzer aus und blickte Ryosuke fest in die Augen.

»Eine Insel ist ein eigener Kosmos. Die traditionelle Esskultur verändern zu wollen ist äußerst schwierig.«

»Da haben Sie vielleicht recht, aber, Herr Hashi, ich möchte auch für Ihren Freund, der seinen Traum auf halber Strecke aufgegeben hat, Käse herstellen.«

Tachikawa und Kaoru blickten sich verständnislos an.

Hashi hingegen senkte bedrückt den Kopf. »So ist das also«, murmelte er.

Da das Gespräch stockte, meldete sich Tachikawa zu Wort.

»Mann, ich bin schon total aufgeregt!«, rief er unbekümmert.

Er leerte sein Glas Shochu und sah in den Himmel, der sich bereits violett und dunkelblau gefärbt hatte. Hier und da funkelte ein Stern.

17

In Hashis Haus gab es nur zwei Zimmer. Kaoru bekam das hintere und die drei Männer, Hashi mit eingeschlossen, breiteten ihre Futons im vorderen Zimmer, das gleichzeitig die Küche war, aus.

Morgens frühstückten sie zusammen und vormittags verrichtete jeder die Arbeit, die ihm zugeteilt worden war. Ryosuke half Hashi auf dem Fischerboot aus, Kaoru beschäftigte sich mit Fotografie und Tachikawa erledigte alles, was sonst noch anfiel. Am Nachmittag unterwies Hashi sie in der Herstellung von Pinza-Käse.

»Mit Gefühl. Ganz sacht.«

Vorsichtig griff Hashi nach Hanayos Zitzen und erklärte ihnen, wie man melkte.

»Normalerweise sollte niemand danebenstehen. Man melkt allein und in Ruhe. Hanayo ist an Menschen gewöhnt, deshalb geht es jetzt auch so. Worauf man außerdem achten muss, ist, dass man nie melkt, wenn sich die Ziege sträubt, denn sonst kann sich der Euter entzünden. Und das ist gar nicht gut!«

Ryosuke berührte zum ersten Mal Hanayos Euter. Er war unglaublich weich und elastisch. Flaumiges Fell wuchs darauf, doch man spürte es kaum unter den Fingern. Da Hashi gewarnt hatte, dass der Euter sehr sensibel sei, traute sich Ryosuke kaum zuzudrücken. So ging aber das Melken nicht voran. Schon nachdem er einige wenige Tropfen Milch in den Eimer gepresst hatte, glänzte seine Stirn vor Schweiß.

»Fühlt sich ein bisschen so an wie die Brüste einer Frau.«

Tachikawa hatte Ryosuke abgelöst und streichelte Hanayos Euter mit einem breiten Grinsen.

»Ich habe mal gehört, dass man genau für so etwas Ziegen auf Schiffen mitgenommen hat«, zog Kaoru ihn auf. Hashi schloss sofort daran an.

»Ja, das stimmt. Seit der Frühen Neuzeit soll es den Brauch gegeben haben, Pinza mit aufs Schiff zu nehmen.«

»Wie jetzt?«

Entweder verstand Tachikawa nicht, wovon die beiden sprachen, oder er stellte es sich bildlich vor. Jedenfalls lief sein Gesicht rot an und er ließ sich von Kaoru ablösen, die aufgehört hatte zu fotografieren.

»Ziegenweibchen wurden als Nutztiere gehalten und lieferten Milch und Milchprodukte wie Joghurt oder Käse. Und natürlich Fleisch. Wenn sie keine Milch mehr produzieren konnten, wurden sie gegessen. Aber bis dahin sollen die Männer sie auch dazu genutzt haben, ihren Geschlechtstrieb zu befriedigen«, erklärte Hashi.

»Meinen Sie, so als würde man Hanayos Euter anfassen und sich dabei heimlich selbst ...?«

»Nein, wahrscheinlich noch direkter.«

»Was?!«

Wankend ging Tachikawa um Hanayo herum, näherte sich ihrem Hinterteil und begutachtete es aus den verschiedenen Winkeln.

»Also hier ist das und da ist das. Das heißt, hier rein haben die …? Echt ekelig. Tschuldigung, Hanayo.«

»Ein Mensch, der ein normales Leben führt, kommt nicht auf solche Gedanken«, sagte Hashi.

Derweil bewies Kaoru beim Melken echtes Talent. Die Milch schoss in einem breiten Strahl hervor.

Nachdem Hashi die Melkschale zurechtgerückt hatte, berührte er sanft Hanayos Bauch.

»Seit Urzeiten leben Menschen mit den verschiedensten Tieren zusammen. Nicht nur zu den Pinza haben sie eine enge Verbindung. Kennen Sie die Legende der Gründung von Rom?«

»Rom? Nein«, entgegnete Ryosuke. Im gleichen Moment rief Tachikawa aufgeregt: »Übrigens, findet ihr nicht auch, dass Pinza fast wie Pizza klingt?«

»Es ist nur eine Legende, aber es heißt, vor langer Zeit hätten eine Priesterin und ein Kampfgott Zwillinge bekommen. Da diese Art Beziehung streng verboten war, wurden die Babys im Weidenkorb auf einem Fluss ausgesetzt. Als sie strandeten, las eine Wölfin sie auf. Sie überlebten, indem sie die Milch der Wölfin tranken. Danach wurden sie von einem Schäfer aufgenommen und ernährten sich von Schafsmilch und Schafskäse. Es ist eine lange Geschichte, die Brüder jedenfalls bekämpften sich zum Schluss und der Überlebende legte den Grundstein für die Stadt Rom.«

»Das heißt also, am Anfang war nicht das Wort, sondern die Milch?«, fragte Ryosuke.

»Oder vielleicht der Käse«, flüsterte Kaoru, die unter Hanayos Bauch lag.

Hanayos Milch füllte ungefähr die Hälfte des tiefen Topfes, in den Hashi sie gegossen hatte. Er fügte Joghurt hinzu, den er bereits vor einer Weile hergestellt hatte. Nachdem dieser untergemischt war, musste alles eine Zeit lang stehen gelassen werden, damit die Milchsäuregärung beginnen konnte.

»Das ist wichtig, denn sonst verderben die Bakterien die Milch sofort«, erklärte Hashi.

»Man gibt also Bakterien dazu, damit keine anderen Bakterien mehr hineinkommen?«, fragte Ryosuke.

Hashi nickte.

»Genau. Manche Leute denken, Joghurt sei halbverdorbene Milch, aber das Gegenteil ist der Fall. Man macht Milch zu Joghurt, damit sie nicht verdirbt. Das sollte immer der erste Arbeitsschritt nach dem Melken sein.«

»Aber Kuhmilch erhitzt man doch, um die Keime abzutöten, oder?«

Kaoru schien ungefähr Bescheid zu wissen.

»Bei Ziegenmilch macht man es anders. Als ich gerade auf die Insel gezogen war, habe ich auch Mozzarella und Ricotta aus Kuhmilch hergestellt. Aber Frischkäse aus Pinza-Milch ist eigentlich viel einfacher zu produzieren.«

Hashi holte ein Lebensmittel aus dem Kühlschrank, das ziemlich seltsam aussah. Es hatte die Form einer Haifischflosse und erinnerte an einen getrockneten Fisch. Er schnitt das Ding mit der Schere klein und legte es in einen Topf mit kochendem Wasser. Kaoru hielt ihr Handy zum Fotografieren bereit.

»Ich bereite jetzt eine Flüssigkeit vor, die ein Enzym enthält, das den Joghurt hart werden lässt.«

»Was ist das?«, fragte Tachikawa.

»Man nennt es Lab. Für die Käseproduktion ist es unentbehrlich ... Es wird Ihnen nicht gefallen, aber das hier ist der Magen eines Zickleins.«

Angewidert verzog Tachikawa den Mund und tauschte einen Blick mit Kaoru aus, die von ihrem Handy aufsah. In der Theorie waren Ryosuke diese Grundlagen aus seiner Zeit als Koch bekannt. Er wusste, was Lab war.

»Zum Eindicken von Kuhmilch nimmt man den Magen eines Kalbs. Muss es für Ziegenkäse immer das Lab eines Ziegenlamms sein? Oder ginge auch Kälberlab?«

Hashi nickte.

»Ja, auch das ginge. Ich habe immer noch einen getrockneten Kälbermagen hier, den ich damals benutzt habe, um den Inselbewohnern die Käseherstellung aus Kuhmilch zu erklären. Aber ich denke einfach, dass der Magen eines Ziegenlamms, das die Milch ursprünglich hätte trinken sollen, am besten dafür geeignet ist.«

»Haben Sie etwa ein Zicklein kaltgemacht, Herr Hashi?«, fragte Tachikawa.

»Ja, aber nicht für diesen Käse. Wie ich schon sagte: Die wilden Pinza auf dem Berg werden gejagt und getötet. Bei so einer Gelegenheit ist dieser Magen übrig geblieben. Ich verwerte ihn sozusagen wieder.«

»Das heißt also: Auch bei der Käseherstellung werden Pinza verletzt«, unterbrach ihn Kaoru.

Hashi stellte die Labflüssigkeit, die er gerade aufgekocht hatte, auf dem Tisch ab.

»Ja ... Im Endeffekt läuft es darauf hinaus, dass Menschen andere Lebewesen opfern, um selbst zu überleben. Wenn Sie ernsthaft Käse herstellen wollen, müssen Sie sich darüber im Klaren sein.«

Hashi wartete, bis die Labflüssigkeit etwas abgekühlt war, und fügte dann langsam etwas davon zu Hanayos Milch hinzu, die bereits dabei war, zu Joghurt zu werden. Er rührte alles um.

»Jetzt kann die Milch langsam eindicken.«

»Wie viele Stunden dauert das denn?«, fragte Ryosuke und dachte dabei an die Theoriestunden aus seiner Zeit als Koch.

»Das hier ist keine Kuhmilch.«

Hashi verzog den Mund.

»Es dauert volle vierundzwanzig Stunden. Wir müssen warten. Morgen um diese Zeit beginnen wir dann mit dem nächsten Arbeitsschritt.«

»So lange?«

Man sah Tachikawa an, wie lästig er das fand.

»Es dauert um ein Vielfaches länger als bei Kuhmilch. Aber wissen Sie, bei der Käseherstellung«, sagte Hashi und sah sie der Reihe nach an, »dauert der Reifeprozess, wenn man es richtig machen will, bestimmt ein halbes Jahr. Ich wiederhole mich, aber es ist wirklich kein einfaches Unterfangen, einen Chèvre für die Insel herzustellen. Es klingt vielleicht spannend, aber das ist auch schon alles. Ich heiße Ihr Vorhaben immer noch nicht gut. Und sowieso bin ich eigentlich der Meinung, dass es unmöglich ist.«

Hashi rührte die bereits dickflüssiger gewordene Milch von Hanayo noch einmal um.

18

Wenn das Meer nicht zu stürmisch war, fuhren sie jeden Morgen zum Angeln hinaus. So hatten es Hashi und Ryosuke abgemacht. Meistens warfen sie zuerst Kunstköder aus und fuhren dann an der Küste der Insel entlang.

An diesem Morgen hatten schon zwei Regenbogenmakrelen an den Angeln, die in der Mitte des Decks aufgestellt waren, angebissen.

»Die verkaufen sich nicht. Da kriegen wir am Hafen keinen ordentlichen Preis zustande.«

Hashi tötete die Fische und warf sie in die Kühlbox für den Privatgebrauch. Sie schipperten weiter und sahen einige Meeresschildkröten gemächlich dahinschwimmen, doch der Fang blieb aus.

Obwohl die Regenzeit kurz bevorstand, war die Luft auf dem Meer frisch und klar. Im Nordwesten zeichnete sich sogar die Silhouette der unbewohnten Insel Koigaki-jima ab.

Nach dem Fischen mit Kunstködern gingen sie zum Grundangeln über. Der Kutter trieb dabei über das Felsriff im Nordosten der Insel. Dieses Seegebiet befand sich genau auf der gegenüberliegenden Seite vom Südhafen. Von der Fähre aus hatte man das Gebiet nicht sehen können, da es in einem toten Winkel lag, doch der Ausblick war fast derselbe, wie wenn man auf die Ostklippe sah. Ein riesiger Steilhang ragte bis zum Gipfel des Aburidake empor.

Hashi lenkte den Kutter geschickt durch das Riff. Plötzlich tauchte vor ihnen etwas auf, was wie ein Wunder der Natur schien und die Landschaft noch unnahbarer wirken ließ: Weiß schäumende Wellen spritzten an der Steilküste empor. Üppiges Grün überwucherte die Klippe und mitten darin öffnete eine finstere Höhle ihren Schlund. Ryosuke vermutete, dass sie sieben oder acht Meter hoch sein musste, doch vom Meer aus konnte man das nur schwer einschätzen. Die Öffnung war wie ein lang gezogener, senkrechter Riss im Stein.

Hashi deutete mit dem Finger darauf.

»Das ist der Eingang zur sogenannten Höhle der Geflüchteten.«

»Sie erinnert an Ama-no-iwato, das himmlische Felstor.«

Da er keine passenden Worte fand, um den imposanten Anblick zu beschreiben, griff Ryosuke auf einen Vergleich mit einer Höhle aus der Welt der Mythen zurück, über die er in der Schulzeit etwas gelernt hatte.

»Ach, Sie meinen die Höhle, in der sich die Sonnengöttin Amaterasu versteckt hielt ... So eine romantische Legende gibt es über diese Höhle aber nicht.«

»Frau Yoshikado meinte, dass sich in den Höhlen der Insel Piraten versteckt gehalten haben sollen. Stimmt das?«

»Ja, so etwas erzählt man sich. Allerdings waren die allerersten Bewohner der Insel wohl Angehörige des Heike-Clans, die sich nach ihrer Niederlage im Gempei-Krieg im elften Jahrhundert vor ihren Gegnern hierher geflüchtet haben.«

»Heißen die Inselbewohner deswegen alle Hirano oder Hirabayashi, weil sie von den Heike abstammen?

»Höchstwahrscheinlich. Es ist überliefert, dass sich die Frauen und Kinder der Geflüchteten in der Höhle versteckt hielten, als die Verfolger ankamen. Deshalb auch der Name, die Höhle der Geflüchteten.«

»In so einer finsteren Höhle ...«

Ryosuke kannte die Geschichte der Insel zwar nicht, doch das tiefe Schwarz schien ihm von alldem zu erzählen, was ihre Bewohner in der Vergangenheit durchgemacht hatten.

»Ein ungeschriebenes Gesetz der Insel verbietet es, dieser Höhle zu nah zu kommen, abgesehen von einigen wenigen Ausnahmefällen. Der Ort ist sozusagen tabu.«

»Warum tabu?«

Hashi änderte die Richtung des Kutters. Langsam trieben sie auf die Felswand und die pechschwarze Öffnung zu. Zwischen dem glitzernden Blau des Meeres und dem strahlenden Grün der Klippe wirkte dieses Dunkel unheimlich. Es schien sie in sich hineinzuziehen. Ryosuke konnte seine Augen nicht davon abwenden und sein Herz begann schneller zu schlagen.

»Darin befindet sich eine Grabstätte.«

»Eine Grabstätte?«

»Ja, und um genau zu sein, eine, in der Menschen lebend begraben wurden. Sie sollten sich das mit gebührend Abstand vom Schiff aus ansehen, kommen Sie! Dabei können Sie viel lernen. Ich war selbst vor langer Zeit einmal dort drin.«

Hashi wies Ryosuke an, die Angelleinen und Montagen einzuholen. Dann schaltete er den Motor ein. Der Kutter fuhr vorwärts.

»Laufen wir denn nicht auf?«, fragte Ryosuke. Zwischen den Wellen ragten überall Felsen auf, doch das Boot fuhr wie von selbst an ihnen vorbei.

»Sehen Sie es?«

Hashi hielt den Kutter an. Zwischen zwei Felsen schaltete er den Motor aus.

Der Eingang zur Höhle der Geflüchteten tat sich vor ihnen auf. Je näher man ihm kam, desto stärker wurde die Anziehungskraft, mit der die Höhle sie in sich hineinzusaugen schien. Vor der Höhle befand sich ein Schutthaufen, doch die tiefe Dunkelheit ließ nicht erkennen, was sich dahinter befand.

»Sehen Sie den steinernen Landungssteg?«

An der Küste, wo die Wellen brandeten, waren Steine zu einer Art Steg aufeinandergestapelt.

»Wurde der von Menschen errichtet?«

»Ja. Einmal in zehn Jahren wird eine buddhistische Totenandacht abgehalten, zu der Priester und Schamanen eingeladen werden. Letztes Mal habe ich dabei ausgeholfen. Von hier aus kommt man ohne ein Ruderboot nicht weiter. Schauen Sie genau hin. Sehen Sie die vielen Steinbuddhas vor dem Eingang der Höhle?«

Ryosuke kniff angestrengt die Augen zusammen.

Das, was er für einen Schutthaufen gehalten hatte, waren Buddhastatuen?

»Sie sollen den Seelen der Verstorbenen Trost spenden.«

Hashi faltete kurz aus Respekt die Hände. Ryosuke tat es ihm gleich.

Hashi wendete den Kutter langsam wieder. Während sie zwischen den Felsen drehten, schwankte er nach links und rechts. Dann entfernten sie sich von der Höhle.

»In früheren Zeiten war dieser Brauch in Japan wohl recht weit verbreitet.«

»Sie meinen Höhlengräber?«

»Nein, ich spreche vom Aussetzen alter Menschen.«

»Wie meinen Sie das?«

»Die Insel ist zwar vom Meer umgeben, doch es gab eine Zeit, als das Meer allein nicht genügend Nahrung für alle Bewohner liefern konnte. Deshalb wurden die Alten ausgesetzt. Der Brauch, alte Menschen auszusetzen, wurde meist in entlegenen Bergdörfern praktiziert. Auf dieser Insel aber auch. Wer nach der traditionellen Zählweise sechzig Jahre alt geworden war, den brachte man in einem Boot zum Höhleneingang. Man gab ihm nur ein kleines Sakeschälchen voll mit Salz und Sesam mit auf den Weg. Wie Sie sehen, gibt es links und rechts nur schroffen Fels. Es war also unmöglich, von dort zu entkommen. Wenn man damals das Pech oder das Glück hatte – wie man es auch nennen will –, sechzig Jahre alt zu werden, dann musste man dem Tod in der Höhle entgegensehen. So lautete das Gesetz.«

Ryosuke streckte seinen Kopf vor und blickte erneut zu der stockfinsteren Höhle hinüber.

Nachdem er die Geschichte der ausgesetzten Alten gehört hatte, nahm er das tiefe Schwarz ganz anders wahr. Es kam ihm fast so vor, als sähe er, wie die alten Menschen in die Dunkelheit aufbrachen. In der heutigen Zeit war sechzig noch kein besonders hohes Alter.

»Aber … das liegt doch bestimmt sehr lange zurück?«

Bei dem leer stehenden Tempel hatte Ryosuke einige Grabsteine gesehen. Er vermutete, dass das Aussetzen der Alten in der Edo-Zeit, zwischen dem siebzehnten und neunzehnten Jahrhundert, oder vielleicht sogar noch früher stattgefunden haben musste.

»Eigentlich nicht. Der Vorsitzende hat mir einmal erzählt, dass der Brauch noch bis in die Meiji-Zeit hinein, also noch gegen Ende des neunzehnten Jahrhunderts, praktiziert wurde.«

»Wirklich? So lange noch?«

Sie hatten das Riff hinter sich gelassen. Die Wellen hoben und senkten den Kutter und die Höhle der Geflüchteten rückte in immer weitere Ferne.

»In der Höhle fließt Grundwasser und der Wind weht hindurch. Wenn man im Inneren steht, merkt man das ganz deutlich. Man hat das Gefühl, die Dunkelheit wäre ständig in Bewegung. Auf halber Strecke zum Gipfel des Aburidake gibt es auch eine Höhle und in der Ostklippe klaffen einige Windlöcher. Sie sollen alle miteinander verbunden sein.«

»Wo genau auf dem Berg liegt denn die Höhle?«

»Im Lorbeerwald. Haben Sie sie denn gar nicht gesehen?«

»Nein.«

»Der Wald ist ja auch ziemlich tief«, murmelte Hashi wie zu sich selbst. »So, dann wollen wir doch noch einmal unser Glück versuchen.«

Er drehte den Kutter, sodass er gegen die Strömung gerichtet war. Die Höhle und die Klippe verschwanden aus Ryosukes Blickfeld und er sah sich nur dem weiten Meer gegenüber. Hashi warf seine Angel aus, während er den Kutter lenkte. Auch Ryosuke ließ seine Montage ins Meer sinken, um die Fische zu erwischen, die sich am Grund aufhielten. Das Wasser war sehr klar und man sah, wie das Gewicht und der Köder immer weiter hinabsanken.

Nach einer Weile spürte es Ryosuke kurz an seiner Angelleine ziehen, doch er bekam den Fisch nicht an den Haken und das Ziehen hörte wieder auf. Um die Fische anzulocken, bewegte er seine Rute auf und ab. Es war eine monotone Tätigkeit.

»Ähm, Herr Hashi ...«

»Ja?«

»Was genau hat Sie eigentlich auf diese Insel geführt?«

Da sie nur zu zweit waren, fiel es Ryosuke leichter, Hashi diese Frage zu stellen.

Hashi, der vom Steuerstand aus seine Angel ins Wasser hielt, schien zu überlegen.

»Nun ja ...«

Er blickte zum Horizont.

»Ihr Vater und ich hatten ein Geldproblem und außerdem ... ich weiß nicht, wie ich das sagen soll, aber ich hatte das Gefühl, es wäre wohl besser, wenn ich nicht mehr da wäre.«

»Wegen meiner Mutter?«

Einen Augenblick lang schwieg Hashi. »Nein«, sagte er dann. »Ich habe für Ihren Vater gebürgt. Wir wollten zusammen einen Käse entwickeln, der dem französischen in nichts nachsteht. Ein hehres Vorhaben, aber wir haben einen Rückschlag nach dem nächsten erlitten. Letztendlich haben wir uns in eine Situation manövriert, wo wir nur noch Reißaus nehmen konnten. Ihr Vater ist auf seine und ich bin auf meine Art geflohen. Dabei habe ich irgendwann den Vorsitzenden kennengelernt, der damals noch sehr viel jünger war. Ich glaube, das war Schicksal.«

Hashi warf einen Blick auf Ryosukes Angel.

»Wenn ich ganz kurz unterbrechen darf ... Sie sollten längere Pausen machen. Wenn Sie die ganze Zeit mit der Rute herumfuchteln, verschrecken Sie nur die Fische.«

»In Ordnung ...«

Ryosuke folgte Hashis Anweisung und hielt die Angelrute eine Zeit lang still. Hashi blickte wieder in die Ferne.

»Bis hierhin sind mir die Schuldeneintreiber nicht gefolgt.«

An Ryosukes Angel zog es erneut. Doch anscheinend hatte er wieder zu langsam angezogen, sodass sich der Fisch nicht verhakte und wegschwamm.

»Der Vorsitzende hat auch einmal versucht, auf dem Festland zu leben. Aber er ist der Stammhalter der Familie und musste deshalb zurück auf die Insel. Damals meinte er, er wolle um jeden Preis die Einwohnerzahl erhöhen. Er hatte vor, der Insel neues Leben einzuhauchen. Deshalb hat er mich darum gebeten, hierherzukommen. Dafür hat er mir sogar ein Haus überlassen. Als Gegenleistung sollte ich eine regionale Spezialität entwickeln, die als Aushängeschild der Insel herhalten könnte. Die jungen Leute waren zu diesem Zeitpunkt schon alle weggezogen. Es gebe mehr Pinza als Menschen, hat der Vorsitzende damals geklagt.

Und als er das meinte, ging mir ein Licht auf. Mir wurde klar, dass ich hier Käse herstellen konnte. Aus dem Grund habe ich sein Angebot angenommen. Nun ja, damals hätte ich nicht im Traum erwartet, dass ich für die nächsten zwanzig Jahre hier bleiben und auch noch Fischer werden würde.«

Plötzlich zog es an Hashis Angel und die Rute begann zu wippen. So stark, wie sie sich bog, musste ein ziemlich großer Fisch angebissen haben. »Der ist bestimmt ganz schön kräftig«, meinte Hashi und holte die Schnur ein. Ryosuke stellte seine eigene Angel ab und nahm den Kescher in die Hand, der an Deck bereitstand. Bald sah man den Fisch an Hashis Angel hin und her schwimmen.

»Der ist aber groß.«

»Das ist eine Kaiserbrasse! Die sind wertvoll. Dafür kriegen wir einen guten Preis.«

Hashi zog den Fisch bis kurz unter die Oberfläche und Ryosuke näherte sich mit dem Kescher.

19

Der Joghurt, dem sie Lab zugesetzt hatten, war tatsächlich hart geworden.

»Der sieht ja wie Tofu aus.«

Kaoru fotografierte Hashi dabei, wie er mit einer Kelle etwas von der eingedickten Masse aus dem Topf schöpfte.

»Die feste Milch nennt man Käsebruch. Es ist eine Art Quark. Ich gebe den Bruch jetzt in die Formen.«

Hashi gab den abgeschöpften Käsebruch in einen löchrigen Plastikbecher.

»Wieso hat der denn Löcher?«, fragte Tachikawa.

»Das ist, weil, ach, sehen Sie selbst!«

Hashi wies Ryosuke an, einen weiteren Topf zu holen. Er platzierte ein Sieb darauf und stellte den Plastikbecher mit dem Käsebruch hinein. Aus den Löchern tröpfelte eine trübe, weiße Flüssigkeit.

»So wird's ja noch weniger!«

Tachikawa klang alarmiert und Hashi kicherte.

»Käse konserviert die Nährstoffe aus der Milch. Dafür muss die Milch eingedickt und das Wasser entfernt werden. Genau das tun wir gerade.«

»Aber was machen Sie dann damit? Schütten Sie das alles weg?«

»Auf gar keinen Fall. Schließlich sammle ich die Flüssigkeit ja in diesem Topf. Sie wird Molke oder Käsewasser genannt.«

Mit dem Zeigefinger schnippte Hashi an den Topf.

»Hier drinnen befindet sich ebenfalls Eiweiß. Deshalb werden wir die Molke später erhitzen und das Wasser verdunsten lassen. Dadurch entsteht eine andere Sorte Käse. Bei Molke aus Kuhmilch wäre das ein leichter Ricotta. Bei Ziegenmolke nennt man den Käse Brocciu. Es ist ein traditioneller korsischer Käse.«

»Sie kennen sich ja gut aus«, sagte Tachikawa bewundernd.

»Ich habe ja auch mal versucht, meinen Lebensunterhalt hiermit zu verdienen.«

Sie füllten zehn Plastikbecher mit Käsebruch und aus jedem begann sofort, die Molke auszufließen.

»Das ist nur die Milch einer einzigen Ziege an einem einzigen Tag. Die Menge an Käse, die daraus entsteht, ist verschwindend gering. Damit können wir nur zehn ganz kleine Chèvres machen. Und von dem Brocciu wird jeder höchstens einen Löffel abbekommen.«

»Das ist aber wenig.«

Kaoru verschränkte nachdenklich die Arme vor der Brust.

»Wenn Sie wirklich vorhaben, Käse zu Ihrem Beruf zu machen, brauchen Sie mindestens zehn weibliche Milchziegen. Allein die Anlage zum Halten der Tiere kostet ein Vermögen ... Ich kann nachvollziehen, warum Sie die Sache reizt, aber vielleicht sollten Sie die Käserei einfach als Hobby betreiben«, meinte Hashi.

Tachikawa sah Ryosuke gespannt an. Dieser nickte erst, widersprach dann aber.

»Es stimmt, dass ich keine Ahnung von den Kosten habe. Aber ich habe das Gefühl, das Ganze hat Potenzial.«

Kaoru beugte sich vor und starrte auf die Molke im Topf.

»Hmm, Potenzial ... Vielleicht wäre es aber auch gar nicht so schlimm, wenn sich am Ende doch alles in eine ganz andere Richtung entwickelt. Dass aus diesem Abfallprodukt mal ein neuer Käse entstehen würde, damit hätte wohl am Anfang auch niemand gerechnet.«

Hashi betrachtete die Molke und sah dann Kaoru an.

»Jetzt lassen wir erst einmal alles für einen halben Tag ruhen. Wenn die Molke abgeflossen ist, reduziert sich die Menge an Käsebruch um zwei Drittel. Dann können wir aus der Molke wahrscheinlich auch schon Brocciu machen. Zum Abendessen sollte er fertig sein.«

Tachikawa klatschte in die Hände.

»Zum ersten Mal in meinem Leben Brocciu!«

Am Abend kam Frau Yoshikado vorbei.

Sie hatten gerade Hanayo gemolken und wollten zum nächsten Arbeitsschritt übergehen.

»Da ist ja die Frau Lehrerin«, meinte Tachikawa, als er Frau Yoshikado in den Garten kommen sah.

»Sie haben mich einfach vergessen!«

Frau Yoshikado klang beleidigt. Als sich ihr Blick mit dem von Ryosuke traf, machte sie einen Schmollmund und hielt ihm eine Flasche Rotwein entgegen.

»Ein Geschenk für Sie treuloses Pack!«

»Danke.«

»Den habe ich bei meinem letzten Heimatbesuch gekauft.«

»Sie kommen genau richtig, Frau Yoshikado! Wir bereiten gerade Hanayos Käse zum Reifen vor und machen nebenbei noch etwas Brocciu. Wissen Sie, was das ist, Frau Yoshikado? Brocciu?«

Obwohl er bis vor einigen Stunden selbst noch nie davon gehört hatte, sprach Tachikawa jetzt mit stolz geschwellter Brust von Brocciu, als hätte er ihn selbst erfunden. Kaoru ließ ihr Handy in die Tasche gleiten und begrüßte Frau Yoshikado kurz, bevor sie sich zu Hashi in die Küche stellte.

»Ich war heute Morgen ganz schön verdutzt, als mir meine Schüler erzählt haben, dass Sie alle noch da sind. Ich dachte, Sie wären längst abgereist. Und dann höre ich, dass Sie bei Herrn Hashi wohnen und obendrein auch noch Käse herstellen.«

»Ich wollte Sie bei unserem nächsten gemeinsamen Angelausflug überraschen. Wir wollten doch keine große Sache daraus machen ...« Hashi trat aus der Küche hervor.

»Aber es ist schon längst eine große Sache!«, erwiderte Frau Yoshikado mit fester Stimme.

»Dann entschuldige ich mich dafür, dass ich Ihnen nichts erzählt habe.«

»Die Nachricht hat sich aber schnell verbreitet«, meinte Tachikawa.

»So ist das eben auf einer Insel.«

Frau Yoshikado sah Ryosuke an, der amüsiert lächelte.

»Und warum haben Sie mir nichts gesagt?«

»Weil noch überhaupt nicht feststeht, ob das Ganze funktioniert.«

»Ich bin strikt gegen das Vorhaben«, erklärte Hashi.

»Wirklich? Aber Sie selbst haben doch alles dafür getan, um auf dieser Insel die Grundlagen für die Käseherstellung zu schaffen. Alle sprechen schon davon, dass Sie wieder angefangen haben«, entgegnete Frau Yoshikado.

»Wie dem auch sei. Erst einmal müssen wir den Käse machen, damit wir später etwas dazu trinken können.«

Hashi kratzte sich am Kopf. Sie gingen alle zusammen in die Küche und begutachteten den Käse.

»Ganz schön klein geworden. Sieht wie verschrumpelter Tofu aus.«

Beim Anblick des geschrumpften Käsebruchs machte Tachikawa ein langes Gesicht.

Hashi streute etwas Salz in die Plastikbecher.

»Wieso Salz?«, fragte Tachikawa.

Hashi sah Ryosuke an, als wollte er sagen: »Wenn du es weißt, dann erklär es ihm!«

»Es ist wie beim Trocknen von Lebensmitteln. Wenn die Oberfläche mit Salz in Berührung kommt, tritt durch den osmotischen Druck Flüssigkeit aus. Wir sind gerade dabei, dem Käse weiter Wasser zu entziehen, damit er noch fester wird.«

»Ganz genau.«

Hashi nickte zustimmend.

»Das Salz wird also nicht für den Geschmack hinzugefügt?«, fragte Frau Yoshikado. Sie stand hinter Ryosuke und blickte auf den Käse.

»Doch, dafür auch.«

Diese Erklärung schien Frau Yoshikado zufriedenzustellen. Nachdem Hashi in alle Becher Salz gestreut hatte, schob er den Topf mit der Molke zur Seite und stellte einen weiteren daneben, auf dem er wieder ein Sieb platzierte. Er stellte die zehn Plastikbecher darin auf.

»Jetzt lassen wir sie wieder ungefähr einen Tag lang abtropfen und rühren den Käsebruch ab und zu ein bisschen um. Morgen haben wir einen schönen Frischkäse. Den lassen wir dann ruhen, damit er reifen kann. Dann beginnt die eigentliche Käseherstellung.«

»Wie bitte?«

»Was?«

Kaoru und Tachikawa wirkten schockiert. Hashi wiederholte das Gesagte noch einmal.

»Es dauert noch, bis wir endlich anfangen können. Der wichtigste Teil beim Herstellen von Käse ist das Reifen, denn das Aroma wird vollkommen anders, je nachdem, welche Schimmelsorten und Mikroorganismen sich auf dem Käse ansiedeln. Alles spielt dabei eine Rolle: die Bakterien in der Luft, die Temperatur und die Feuchtigkeit.«

Da Kaoru und Tachikawa immer noch verwirrt aussahen, fuhr Hashi fort.

»Ich dachte früher einmal, dass ich den Käse hier herstellen könnte. Aber offene Räume eignen sich nicht für den Reifeprozess. Der Zufallsfaktor ist zu groß, man kann die äußeren Umstände nicht kontrollieren. Geschmack und Qualität sind vollkommen unvorhersehbar. So kann man kein verkäufliches Produkt herstellen. Ohne spezielle Räumlichkeiten ist das einfach unmöglich. Auf Französisch nennt man diese Orte Cave. Sie sind mit Klima- und Belüftungsanlagen ausgestattet, was sehr viel Geld kostet.«

Sehen Sie, es geht nicht, schien Hashi ihnen sagen zu

wollen. Ryosuke, Kaoru und Tachikawa sahen sich gegenseitig an.

»Aber Ihnen kommt bestimmt noch eine Idee!«

Frau Yoshikado war sichtlich bemüht, zwischen ihnen zu vermitteln.

»Genau. Lassen Sie uns erst mal den Brocciu machen und darauf anstoßen, Herr Hashi!«, meinte Tachikawa.

»Na gut, dann wollen wir mal.«

Tachikawas Enthusiasmus konnte Hashi nichts entgegensetzen. »Sie sind mir wirklich welche ...«, sagte er mit einem resignierten Lächeln, stellte den Topf mit der Molke auf den Herd und goss etwas von der Milch hinzu, die sie gerade gemolken hatten.

»Der Geschmack der Molke allein ist zu schwach, deshalb gebe ich etwas Frischmilch hinzu.«

Die Molke und die Milch kochten sofort auf und feiner Schaum stieg dampfend nach oben. Hashi schöpfte ihn mit einer Kelle ab und gab ihn in eine kleine Schüssel.

»Ist das so etwas wie die Haut, die beim Kochen von Milch entsteht?«, fragte Tachikawa.

»So ähnlich. Aber die Farbe und der Geschmack sind ganz anders.«

Hashi schöpfte Schaum ab und gab ihn in die Schüssel in seiner Hand. Diesen Prozess wiederholte er immer wieder. Ein schwacher, süßlicher Duft hüllte sie ein.

»Toll, wie der glänzt!«

Ryosuke teilte Kaorus staunende Bewunderung. Der abgeschöpfte schneeweiße Käse schimmerte so intensiv wie ein Fisch im Wasser, obwohl er doch nur aus aufgekochter Molke und Milch bestand.

»Er schmeckt auch mit Honig sehr gut«, entgegnete Hashi und es klang fast ehrfurchtsvoll.

Schließlich war er fertig geworden: ein glänzender, voller Brocciu.

Schon lange war die Sonne untergegangen, doch im Schein der Halogenlaterne schenkten sie Wein in ihre verschieden großen Gläser. Auch durch die Glastür sickerte etwas Licht. Die fünf stießen miteinander an. Nachdem sie ihre Lippen befeuchtet hatten, war es endlich an der Zeit, den aus der Molke entstandenen Brocciu zu kosten. Sie steckten ihre Löffel in den kleinen, runden Käse in der Schüssel und führten sie schweigend an ihre Münder.

Hashi war der Erste, der genüsslich seufzte. Dann stießen Kaoru und Tachikawa wie verzückt tief Luft aus und lachten leise.

Frau Yoshikado blinzelte zwei, drei Mal mit ihren feuchten Augen.

»Es ist, als würde man Wolken essen«, sagte sie und der Rand ihrer Augen glitzerte.

Ryosuke blickte lächelnd zu Hanayo hinüber. Die Pinza-Familie schmiegte sich vor ihrem Stall in friedlicher Eintracht dicht aneinander.

»Hanayo und Herr Hashi sind Genies«, sagte er, doch Hashi winkte nachdrücklich ab.

»Im Ernst, Sie sind ein Genie«, meinte Tachikawa und Frau Yoshikado nickte zustimmend.

»Probieren Sie ihn auch einmal hiermit.«

Verlegen stellte Hashi ein Glas Honig auf den Tisch und ließ etwas von der goldgelben Flüssigkeit auf den Brocciu fließen. Als Ryosuke einen Löffel in den Mund nahm, wusste er sofort, dass er gerade etwas ganz Besonderes schmeckte. Ein fast schmerzliches Wohlgefühl entfaltete sich in seinem Mund, von dem zum Schluss nur noch das reine Aroma des Frischkäses zurückblieb.

Ryosuke sah in die Gesichter der anderen. Frau Yoshikado wischte sich die Augen und lachte, doch eine Träne lief ihre Wange hinunter. »Hanayo ist wunderbar«, flüsterte sie und blickte Hashi gedankenverloren an.

Kaoru sah mit offenem Mund in den Nachthimmel.

»Herr Hashi, wir müssen das einfach machen!«, sagte Tachikawa.

»Es freut mich, dass es Ihnen schmeckt, aber ...«

Hashi machte ein müdes Gesicht.

»Wo liegt denn das Problem?«, fragte Frau Yoshikado.

»Überall. Zuallererst einmal kommen wir mit Hanayo allein nicht weit.«

»Und was ist mit den Pinza aus den Bergen?«, fragte Ryosuke. Hashis Antwort klang ernst.

»Die Idee sollten Sie besser sofort vergessen. Die Pinza sehen vielleicht wie Milchziegen aus, aber sie sind keine. Sie können nicht so wie Hanayo gemolken werden. Und außerdem lässt man die Pinza aus einem ganz bestimmten Grund frei herumlaufen.«

»Und warum?«, fragte Tachikawa.

»Um sie zu jagen. Jeder Mann auf dieser Insel wird spätestens bei seinem Mündigkeitsritual eine Pinza jagen. Das ist die Tradition.«

»Aber das ist doch total sinnlos!«

Tachikawa verschränkte die Arme.

»Nun ja, in unserem Land werden sogar Delfine und Wale gejagt. Man kann davon halten, was man will, jedenfalls zeigt es, was für eine bedeutende Rolle Traditionen bei uns spielen. Meiner Meinung nach kann man das Ziegenjagen nicht so einfach verurteilen.«

Hashi zögerte kurz und sein Blick schweifte in die Ferne.

»Vor zwanzig Jahren hatte ich den gleichen Plan wie Ryosuke jetzt. Er ist leider nicht aufgegangen. Doch ich wollte trotzdem nicht in die Stadt zurückkehren. Ich durfte auf der Insel bleiben, weil ich anfing, Pinza-Fleisch auszuliefern. Nur deshalb konnte ich bleiben. Mit dem Fischen habe ich später angefangen, als ich bereits Hunderte von Pinza eigenhändig umgebracht hatte. Irgendwann hat es mir einfach gereicht und jetzt töte ich mit denselben Händen Fische.«

Während Hashi ihnen das mit heiserer Stimme offenbarte, betrachtete Ryosuke dessen Hände. Die knotigen Finger Hashis umklammerten seinen kleinen Löffel.

»Vielleicht«, meinte Tachikawa, »ist das etwas, was Sie für immer beschäftigen wird. Aber Sie haben ein Leben mit Bedeutung, mit echten, tiefen Zweifeln. Ich kann mir gar nicht vorstellen, wie sich das anfühlt. Mein eigenes Leben dümpelt nur so vor sich hin. Und keiner hier denkt, dass es Ihnen Spaß gemacht hat, die Ziegen zu töten.«

Ryosuke nickte und Kaoru sprach als Nächste.

»Um zu überleben, hätte ich vielleicht das Gleiche getan. Außerdem esse ich, seit ich ein Kind bin, Fleisch.«

Wie als Reaktion auf Kaorus Worte hob Frau Yoshikado ihr Glas.

»Ich habe das Gefühl, Sie vergessen heute Abend etwas

Wichtiges. Finden Sie nicht auch, dass wir zuallererst einmal dankbar sein müssen, dass wir heute den Frischkäse aus Hanayos Milch essen durften?«

»Genau!«, pflichtete Tachikawa ihr bei.

Hashi sah noch immer niedergeschlagen aus. Mit einem Lächeln reichte Frau Yoshikado ihm ein Glas Wein.

»Ich denke, das ist ein neuer Anfang.«

Ryosuke hob sein Glas und sah Hashi direkt in die Augen.

»Ihr Brocciu war jedenfalls unbeschreiblich, Herr Hashi. Er hat mich davon überzeugt, dass Pinza-Käse die Mühe wert ist.«

Plötzlich drehte sich Kaoru, die wieder ihr Handy gezückt hatte, ruckartig um.

»Oh, da steht jemand!«

Auf dem Feldweg, in dessen Richtung Kaoru zeigte, parkte Hashis Kleintransporter. Und nicht weit davon stand eine Gestalt.

»Hisao?«

Bei dem Klang von Frau Yoshikados Stimme rannte die Person los.

»War das der Sohn des Vorsitzenden? Soll ich ihm hinterherlaufen?«, fragte Tachikawa und war schon im Begriff loszustürmen.

»Nein, lassen Sie das besser«, hielt Hashi ihn zurück.

»Der Junge ist ...«, setzte Frau Yoshikado an, doch sie führte den Satz nicht zu Ende. Ein Schatten huschte über ihr Gesicht. Das nahm Ryosuke trotz der Dunkelheit im Garten ganz genau wahr. Kaoru sah Frau Yoshikado durchdringend an.

20

Neben dem Schleppangeln, bei dem sie Kunstköder hinter dem fahrenden Kutter herzogen, gehörte das Angeln am Felsriff zu Ryosukes und Hashis täglicher Routine. Ob die Fische, die sie auf offenem Meer zu fangen versuchten, auch wirklich anbissen, war Glückssache. Doch beim Angeln am Riff war ihnen ein Fang sicher.

Tag für Tag glitt Hashis Kutter über das Riff und Ryosuke, der die Technik nun langsam verstanden hatte, fing einen stacheligen Felsenbarsch nach dem nächsten.

»Fische bringen ein viel sichereres Einkommen als Käse. Und Sie scheinen durchaus Talent zum Angeln zu haben«, bemerkte Hashi, als sie wieder einmal zusammen unterwegs waren.

»Nein, überhaupt nicht. Auf dem Schiff werde ich jedes Mal wieder seekrank.«

»So ging es mir am Anfang auch«, lachte Hashi und holte eine Angel aus dem Ruderhaus. »Wenn Sie Interesse an fermentierten Lebensmitteln haben, könnten Sie es doch auch mit Fischen versuchen. Sie kennen doch bestimmt Fischsoße, wie zum Beispiel Nuoc Mam aus Vietnam oder Nam Pla aus Thailand.«

»Ja, auch in Akita wird Fischsoße hergestellt. Sie heißt

Shottsuru und auf der Halbinsel Noto gibt es Ishiru«, ergänzte Ryosuke.

»Genau!«, rief Hashi begeistert. »So eine Soße könnte auch zu einer regionalen Spezialität werden. Außerdem würden wir dadurch einem Streit um die Pinza aus dem Weg gehen. Was halten Sie davon? Wollen Sie nicht auf Fischsoße umsteigen?«

Wieder biss ein Fisch an. Die Spitze von Ryosukes Angelrute wippte kurz auf und ab, dann spürte er ein starkes Ziehen. Hashi stellte seine eigene Angel in die Halterung und griff nach dem Kescher.

Während Ryosuke die Angelschnur einholte, bog sich die Rute und fing wieder an zu wippen.

Im klaren Wasser war der Fisch, der unter der Oberfläche wild zappelte, deutlich zu erkennen.

»Was für ein großer Felsenbarsch«, entfuhr es Hashi, als sie den Fisch langsam nach oben zogen. Noch immer wurde er von den glitzernden Wellen verdeckt, doch es handelte sich ganz offensichtlich um einen sehr guten Fang. Der Fisch kämpfte. Er war so stark, dass Ryosuke befürchtete, bei der nächsten kräftigen Welle würde die gesamte Montage abreißen. Doch schließlich gelang es ihm, den Fisch heranzuziehen. Wasser spritzte, als der große, stachelige Felsenbarsch in Hashis Kescher landete.

»Geschafft.«

»Der ist aber wirklich groß!«

Der Fisch wand sich wild auf den Planken. Seine Schwanzflosse traf Ryosukes Fuß und für einen Moment meinte er, das Tier starre ihn feindselig an. Ohne zu zögern, griff Hashi nach dem Fischtöter und stach mit der Nagelspitze oberhalb der Kiemen auf den Fisch ein. Der Felsenbarsch zitterte kurz und war dann sofort tot.

Hashi legte ihn in die Kühlbox und hob eine Hand, wie um ihm Respekt zu erweisen.

»Ob nun Fermier oder Fischer, bei beiden Berufen nimmt man Leben.«

»Herr Hashi …«

»Ja?«

»Sie haben doch früher mit meinem Vater in demselben Restaurant gearbeitet. Woher kam bei Ihnen beiden eigentlich das Interesse an Käse?«

»Nun ja, wissen Sie …«

Hashi ging zurück zum Steuer und sah Ryosuke an.

»In der Küche, in der wir gearbeitet haben, gab es keine ausgebildeten Köche. Bis eines Tages ein neuer Chefkoch gekommen ist, der sich sehr um uns bemüht hat. Er hat sich über unser Interesse an der französischen Küche gefreut und immer zu uns gesagt, wenn wir uns damit selbstständig machen wollten, müssten wir Französisch lernen. Zum Geburtstag hat er uns dann Wörterbücher und Nachschlagewerke geschenkt. Und nicht nur das. Manchmal hat er uns sogar echtes französisches Essen zum Probieren gegeben. Das hat mächtig Eindruck auf uns gemacht. Ich weiß wirklich nicht, wo er die Sachen immer aufgetrieben hat … Zum Beispiel brachte er uns einmal große, tiefgrüne Kaviar-Rogen und Trüffel mit. Angeblich hatte er beides von einem Handelshaus, das bankrottgegangenen war. Bei einer anderen Gelegenheit hat er uns sogar einen Romanée-Conti zu trinken gegeben.«

»Das wusste ich gar nicht.«

»Und dieser Chefkoch hat uns gezeigt, wie richtiger Käse schmeckt.«

Hashis Blick schweifte in Richtung der Insel Koigakijima und in noch weitere Ferne ab.

»Am meisten hat mich Roquefort fasziniert. Ein richtiger Blauschimmelkäse. Dazu hat er uns einen gekühlten Sauternes aufgetischt ...«

Ryosuke hatte von diesem kostbaren Wein gehört, ohne ihn aber je getrunken zu haben. Auch Roquefort, den sogenannten König der Käse, hatte er nie probiert.

»Und das hat so großen Eindruck auf Sie gemacht?«

»Sie müssen bedenken, dass das zu einer Zeit war, in der es in Japan nur heimischen Käse gab. Man kannte weder Roquefort noch Gorgonzola, ja nicht einmal Brie oder Camembert. Trotzdem hat unser Chefkoch es geschafft, immer wieder neuen Käse für uns zu besorgen. Damit hat er unsere Begeisterung entfacht. Außerdem hat er uns von den Fermes in Frankreich erzählt. Bauernhöfe mit Ziegen und Schafen, auf denen auf traditionelle Weise Käse hergestellt wird. Einen großen Hof mit Kühen zu betreiben, meinte er, sei sehr teuer, aber eine Ferme habe ein Alleinstellungsmerkmal und komme mit weniger Geld aus. Man könne sogar ein Restaurant an den Hof angliedern. Wahrscheinlich wollte er uns zeigen, dass es auch ganz andere Arten zu leben gab. Damit fing alles an. Und leider hatten wir es dann sehr schwer in der Welt.«

Beim Angeln am Riff wurde kein Anker gesetzt, sie ließen sich einfach von der Strömung treiben. Ab und zu sah sich Hashi um, machte aber keine Anstalten, das Schiff zu lenken.

»Was unser ehemaliger Chefkoch jetzt wohl macht? Ich weiß nicht einmal, ob er noch lebt. Wir sind ja auch nicht mehr …«

Hashi brach ab. Nach einer Weile warf er Ryosuke eine Plastikflasche mit etwas zu trinken zu.

In einiger Entfernung zum Boot sprang ein Schwarm kleiner Fische aus dem Wasser. Vielleicht wurden sie von einem größeren Fisch gejagt. Kräuselnde Wellen breiteten sich wie Nebel auf dem Meer aus.

Hashi folgte der Bewegung des Wassers mit den Augen und setzte schließlich erneut zu sprechen an.

»Sie müssen sich Ihrem Vater nicht verpflichtet fühlen. Sie sollten Ihr eigenes Leben leben.«

»Ich weiß. Aber ich habe das Gefühl, die Zeit vergeht so schnell, und ich bin schon fast dreißig … Die Welt um mich herum verändert sich ständig, aber mir selbst geht das Gefühl für die Realität irgendwie verloren. Ich verliere den Halt. Ich verstehe, wie sich mein Vater gefühlt haben muss. Manchmal überkommt mich auch der Wunsch, auf die gleiche Art wie er zu verschwinden. Ein anderer Teil von mir lehnt das aber ab. Ich denke, wenn ich mich dagegen entscheide, wie mein Vater zu sterben, kann ich vielleicht wenigstens erreichen, dass sein Tod nicht umsonst war. Indem ich seinen Traum für ihn verwirkliche …«

»So sollten Sie nicht denken. Sie sind ein vollkommen anderer Mensch als Ihr Vater.«

Nach einer kleinen Pause nickte Ryosuke und führte die Plastikflasche an den Mund. Die Sonne hatte das Wasser darin erwärmt.

»Aber es vergeht kein Tag, an dem ich nicht an meine

frühe Kindheit denke. Ich sehe meinen Vater, seinen Traum von der Käseherstellung, meine Mutter und mich. Waren Sie auch dort, Herr Hashi?«

Ryosuke merkte, wie sich Hashis Körper anspannte. Einen Moment lang wirkte er wie erstarrt, doch dann nickte er kurz. Er streckte seine Hand aus und ließ den Motor an. Das Deck erzitterte und der Kutter fuhr an. Hashi blickte sich um und richtete den Kurs aus.

»Ich denke auch manchmal daran zurück. Obwohl man eigentlich immer die Zukunft vor Augen haben sollte. Was sind das bloß für Zeiten, wenn sich die Gedanken nur darum drehen, was man alles verloren hat?«

Hashi deutete auf die Schar Fische, die aus dem Wasser sprang.

»Entschuldigen Sie, dass ich unser Gespräch unterbreche, aber wir sollten einen Köder auswerfen.«

Ryosuke begann, die Montage für das Schleppangeln vorzubereiten.

21

Die Regenzeit kam dieses Jahr ungewöhnlich spät.

Es wurde heiß und schwül auf der Insel.

Ununterbrochen fiel Regen und die Luft war so feucht und dick, dass man fast meinte, sie mit Händen greifen zu können. Das Grün der Bäume wurde kräftiger und das Zuckerrohr schoss in die Höhe. Für die vier Menschen, die in Hashis kleinem Haus zusammenlebten, begann eine harte Zeit.

Alle möglichen Gegenstände fingen an zu schimmeln. Lebensmittel, Kleidung, Tatami-Matten. Sogar den Stoff von Ryosukes Rucksack befiel grauer Schimmel, nachdem er ihn zwei, drei Tage lang nicht benutzt hatte. Und auch der Ziegenstall bildete keine Ausnahme. In nur einer Nacht wurde das Heu zum Nährboden für weißen Schimmel.

Bald war auch der Käse, den sie zum Reifen auf die Fensterbank in der Küche gelegt hatten, von schwarzen Flecken übersät und erinnerte an verdorbenen Reiskuchen.

»Der ist schlecht geworden.«

Tachikawa ließ entmutigt die Schultern sinken.

»Kein Wunder, bei dieser Feuchtigkeit«, sagte Kaoru.

Ryosuke trat zu ihnen, nahm den Käse in die Hand und roch daran.

»Eigentlich ist Schimmel nichts Schlechtes. Wir brauchen ihn sogar, damit der Käse reifen kann.«

Das schien Tachikawa jedoch nicht verstehen zu können.

»Aber der sieht doch widerlich aus!«, sagte er und verzog den Mund.

»Mikroorganismen und Schimmel verwandeln das Eiweiß in Aminosäure und machen damit aus Nährstoffen Geschmack«, erklärte Ryosuke.

»Hat Eiweiß denn keinen Geschmack?«, fragte Tachikawa.

»Nein.«

»Aber mancher Schimmel soll doch sogar krebserregend sein.«

Kaoru klang besorgt.

»Das hängt von der Art des Schimmels ab«, sagte Hashi, der eben noch das vergammelte Heu verbrannt hatte und nun plötzlich hinter ihnen stand. »Das ist der alles entscheidende Faktor bei der Käseherstellung. Bei Camembert überzieht eine weiße Schimmelschicht den Käse von außen. Blauschimmelkäse wie Roquefort ist innen von Schimmel durchwebt. Ohne Schimmel funktioniert die Käseproduktion nicht.«

Hashi nahm einen Laib Käse in die Hand und rieb die Oberfläche mit einem Geschirrtuch ab.

»Es ist zwar noch etwas zu früh, aber probieren wir ihn doch einmal.«

Die weiße, hart gewordene Käseoberfläche hatte feine Fältchen. Auch nachdem Hashi sie abgerieben hatte, blieb schwarzer Schimmel zurück, als hätte er unzählige kleine Wurzeln geschlagen.

»Das sollen wir essen?«, fragte Tachikawa widerwillig.

»Natürlich. Essen ist Lernen.«

Hashi legte den Käse auf ein Küchentuch und schnitt ihn mit einem scharfen Messer an.

»Die Flüssigkeit ist noch nicht verdunstet.«

Als der runde Käse mit dem Messer in Berührung kam, verformte er sich. Er zerbrach und floss von innen aus.

»Die Witterung hat ihm wohl nicht gut getan«, sagte Hashi.

Trotzdem steckte sich jeder von ihnen ein Stück in den Mund.

»Hm …?«

»Gar nicht so schlecht …«

Die Mienen von Tachikawa und Kaoru hellten sich auf. Ryosuke konnte es nachfühlen. Der Käse hatte nicht besonders gut ausgesehen, doch jetzt war es fast, als streichelte eine Vogelfeder seine Zunge. In seinem Mund breitete sich das Aroma der Milch aus, die noch dabei war, sich in Aminosäure zu verwandeln. Dieser Ziegenkäse war anders als Kuhmilchkäse. In ihm steckten der Duft des Grases, Hanayos Wärme und die plötzlichen Regenschauer. All dies konnten sie schmecken.

Die erste Begeisterung verflog jedoch schnell. Es blieb ein aufdringlicher, schimmliger Nachgeschmack zurück, der ihnen in die Nase stach und nichts mit Blauschimmelkäse zu tun hatte.

»Das ist kein guter Schimmel.«

Das hätten die drei anderen auch ohne Hashis Erklärung erkannt.

»Es kratzt im Hals.«

Kaoru trank ein Glas Wasser.

»Natürlich gibt es je nach Käse Unterschiede, aber in fast jedem Cave, also Reiferaum, wird die Temperatur konstant unter fünfzehn Grad gehalten. An einem so feuchtwarmen Ort wie diesem hier ist es nicht zu verhindern, dass sich allerhand Schimmelsorten auf dem Käse festsetzen. Außerdem kann sich die Flüssigkeit so nicht verflüchtigen. Der Käse wird unter diesen Umständen also niemals richtig hart werden.«

»Beim ersten Bissen dachte ich, er wäre gar nicht so schlecht ...«

Ryosuke sah hoffnungsvoll auf die Reihe Käselaibe, die auf der Fensterbank aufgereiht lagen.

»Manche Fermiers legen es geradezu darauf an, einen Käse herzustellen, bei dem das Resultat unvorhersehbar ist. Aber so etwas kann nur in einem Land wie Frankreich funktionieren, wo außergewöhnlicher Käse fester Bestandteil der Kultur ist. Sie meinen ja, die Zeiten hätten sich geändert, aber was sagen Sie hierzu? Glauben Sie, dass dieser muffige Schimmelgeschmack bei uns in Japan Anklang finden würde?«

Tachikawa und Kaoru schüttelten den Kopf.

Sie konnten nichts dagegen tun: Jeder einzelne Käselaib auf der Fensterbank war von diesem seltsamen Schimmel befallen.

»Schade um Hanayos Milch«, sagte Tachikawa und Ryosuke stimmte ihm zu. Alle drei sahen sie zum Stall hinüber. Im selben Augenblick hoben Hanayo und Tsuyoshi ihre Köpfe und blickten sie an. Puno saugte an den Zitzen seiner Mutter.

In der Ecke des Gartens, dort, wo Hashi das Heu verbrannt hatte, stieg noch immer Rauch auf.

Auf einmal hatte Ryosuke eine Eingebung.

In dem Restaurant, in dem er früher gearbeitet hatte, hatten sie so etwas zwar nicht gehabt, aber Ryosuke hatte in einem Katalog für Importprodukte einmal einen pechschwarzen Chèvre gesehen. Wenn er sich richtig erinnerte, hatte dort gestanden, dass er in einer Schicht aus Holzkohle gereift war.

»Herr Hashi, es ... gibt doch auch schwarzen Chèvre.«

»Ja, das stimmt«, antwortete Hashi, der mit dem Rücken zu Ryosuke stand und das Messer abwusch.

»Kommt die Farbe von Holzkohle?«

»Ja, genau.«

»Lässt man den Käse in Holzkohle reifen?«

»Nein, das glaube ich nicht. Ob der Käse in Holzkohle liegt oder nicht, macht beim Reifen keinen Unterschied. Aber wenn man ihn mit Holzkohleasche bestäubt, schützt man ihn vor schlechtem Schimmel ...«

Hashi stockte und drehte sich abrupt zu Ryosuke um.

»Und was ist mit Heuasche, Herr Hashi?«

»Genau das habe ich mich gerade auch gefragt! Es gibt doch auch Käse, der zum Reifen in Stroh gewickelt wird.«

»Und Strohasche?«

»Keine Ahnung.«

Ohne das Messer abzulegen, verschränkte Hashi die Arme vor der Brust.

22

Immer wenn die Fähre einlief, sammelten sich die Männer der Insel morgens am Hafen, um die Waren auszuladen und auf die Haushalte zu verteilen.

Eine Supermarktkette mit Sitz in R. war der alleinige Lieferant der Insel. Per Telefon und Fax nahm der Laden Bestellungen entgegen. Von Frischware über Kleidung bis hin zu Elektrogeräten und Möbeln wurde alles verpackt und anschließend verschifft.

Für die Fischer der Insel war die Fähre außerdem das einzige Transportmittel, um ihre eigenen Produkte zu exportieren. Sie verluden die toten Fische in Schalen mit viel Eis in den Kühlraum des Schiffes. Die Fischereigenossenschaft in R. kaufte ihnen den Fisch ab und brachte ihn dort auf den Markt.

Da jedes Mal zusätzlich auch noch die Bestellungen des Einwohnerverbandes, der lebenswichtige Güter und Nahrungsmittel auf Vorrat kaufte, ausgeladen werden mussten, war die erste Stunde nach Eintreffen der Fähre immer besonders geschäftig. Jeder arbeitete ohne Pause.

An dem Morgen, als es zu der Prügelei am Hafen kam, regnete es immer wieder in lauwarmen Schauern. Die Inselbewohner trugen beim Verladen der Kisten alle dasselbe

Regenmantelmodell, nur Tachikawa und Ryosuke hatten keinen. Die Regenmäntel, die ihnen für die Arbeit an der Wasserleitung von der Baufirma zur Verfügung gestellt worden waren, befanden sich wieder im Fundus des Bauleiters. Es blieb ihnen also nichts anderes übrig, als die Arbeit in Hashis Fischerjacken zu verrichten. Tachikawa erklärte hinterher, er habe wegen der schwülen Hitze die Kapuze heruntergezogen und den Reißverschluss geöffnet. Jedenfalls nahm er als Einziger pitschnass die Kisten entgegen. Die Männer, die schon zuvor etwas gegen ihn gehabt hatten, deuteten das als Zeichen von Nachlässigkeit.

»He, du! Wisch das gefälligst trocken!«

Der Ruf kam natürlich von einem von Mutsus Freunden.

Als Ryosuke und Hashi sich umdrehten, lag Tachikawa bereits im Regen auf dem Boden. Er drehte sich auf die Seite und versuchte aufzustehen, wobei er sich eine Hand vors Gesicht hielt. Doch der Mann verpasste ihm einen weiteren Tritt an den Kopf. Die Umstehenden kamen herbeigeeilt, um ihn von Tachikawa wegzuzerren.

»Der Kerl arbeitet nicht!«

Der Mann war völlig in Rage. Erneut setzte er dazu an, über den vor Schmerzen stöhnenden Tachikawa herzufallen.

»Er hat die Kiste verwechselt und sie ohne Entschuldigung mitten im Regen abgestellt!«, rechtfertigte der Mann lautstark seinen Gewaltausbruch. Tachikawa blutete so heftig aus der Nase, dass sich die Wasserpfütze auf dem Boden rot verfärbte. Sogar die Matrosen und Fahrgäste blickten erschrocken von der Fähre zu ihm herunter.

»Es tut uns leid!«

Hashi drängte sich zwischen Tachikawa und den wutentbrannten Mann. Ryosuke kam hinzu.

»Was wollt ihr eigentlich? Wieso seid ihr überhaupt noch hier? Die Bauarbeiten sind längst vorbei, verschwindet endlich!«

Plötzlich griff der Mann nach Hashis grauem Haar und zog mit aller Kraft daran.

»Es tut uns leid!«, entschuldigte sich Hashi noch einmal. Ryosuke stürzte sich auf den Angreifer und versuchte, die Hand, mit der er Hashi festhielt, zu lösen. Doch schon schlug ihn ein anderer Mann in die Seite. Es entstand ein Handgemenge, in das etwa ein Dutzend Personen verwickelt waren.

»Aaah!!«

Tachikawa biss dem Mann in den Oberschenkel. Der versuchte sofort, ihn abzuschütteln, und begann wild auf ihn einzuschlagen. Doch Tachikawa hatte sich so fest verbissen, als wollte er dem Mann ein Stück Fleisch aus dem Bein reißen. Mehrere der Umstehenden versuchten, ihn wegzuziehen, Hashi war ebenfalls unter ihnen. Der Mann stöhnte vor Schmerzen, hämmerte aber weiter auf Tachikawa und nun auch wieder auf Hashi ein.

Bis Tachikawa plötzlich zu Boden sank. Mit weit aufgerissenen Augen und krampfartig zuckendem Körper brach er in der Pfütze zusammen. Der Oberschenkel des Mannes war tiefrot, doch nicht von seinem eigenen, sondern von Tachikawas Nasenblut.

Tachikawa ruhte sich auf einem Futon aus, Hashi und Ryosuke lagen neben ihm auf dem Holzboden.

Kaoru brachte feuchte Tücher und rieb Tachikawas Gesicht mit Salbe ein. Er hielt stumm die Augen geschlossen, schien aber nicht zu schlafen, seine Stirn lag in Falten. Noch nie hatte Ryosuke ihn so elend gesehen.

Draußen regnete es ohne Unterlass.

Als Tachikawa endlich seinen Mund öffnete, nahte bereits die bleierne Abenddämmerung. Nicht der leiseste Rotschimmer durchzog den Himmel.

»Herr Hashi, Ryosuke ... Es tut mir leid.«

Hashi war aufgestanden und trank ein Glas Shochu. »Mach dir nichts draus«, erwiderte er bloß.

»Tut es weh?«, fragte Ryosuke, der gerade eine Skizze für einen Käse-Reiferaum in sein Notizbuch zeichnete.

»Ja ... ein bisschen«, sagte Tachikawa und vergrub sein Gesicht in ein feuchtes Handtuch. Er schien zu weinen.

»Es tut mir leid, ich ...«

Tachikawa sprach stockend und er drückte sein Gesicht immer noch in das Handtuch. Kaoru, die gerade das gemähte Gras gebündelt hatte, setzte sich auf die Schwelle zum Flur.

»Also ... ich habe heute den ganzen Tag nachgedacht und ... ich schaffe das nicht. Ich glaube nicht, dass ich hier auf der Insel leben kann, so wie ihr es vorhabt ... Darf ich mit der nächsten Fähre zurückfahren?«

Niemand antwortete.

Kaoru sah in den Himmel.

Hashi öffnete den Mund, blickte dann aber stumm Ryosuke an, der sein Notizbuch und den Stift weglegte und nachdenklich Tachikawa betrachtete. Nur das Geräusch des Regens und Tachikawas ersticktes Schluchzen waren im Raum zu vernehmen.

»Aber natürlich dürfen Sie das!«, brach Hashi endlich das Schweigen, nachdem er einen Schluck Shochu genommen hatte. »Und das gilt nicht nur für Sie. Kaoru, Ryosuke, auch Sie können selbstverständlich gehen, wann immer Sie wollen. Es geht uns doch allen gleich. Wenn wir uns etwas vornehmen, denken wir, wir müssten es um jeden Preis erreichen. Und wenn wir es doch nicht schaffen, fühlen wir uns gleich wie Versager. Aber ich weiß nur zu gut, was es heißt, sein Leben für einen Traum zu opfern. Ein Traum darf ruhig auch ein Traum bleiben.«

Während er das sagte, sah Hashi nicht Tachikawa, sondern Ryosuke an.

»Wenn wir uns in diesem Einvernehmen voneinander trennen, können wir uns auch in Zukunft noch in die Augen sehen. Wir haben zusammen einen Graben ausgehoben und sogar gemeinsam Käse hergestellt. Auch wenn wir nicht mehr an demselben Ort leben, sind wir doch Freunde fürs Leben geworden. Und das ist viel mehr wert als alles andere. Bei einem Leben wie meinem passiert es leider, dass man Menschen verliert, auch wenn man sich wünscht, es wäre anders. Sie will ich als Freunde nicht verlieren.«

Tachikawa weinte noch immer und schluchzte leise, während Kaoru wie erstarrt auf dem Boden saß. Auch Ryosuke verharrte eine Weile still, stand dann aber auf und holte für jeden von ihnen ein Glas aus der Küche, das er mit Shochu füllte.

Kurze Zeit später bekamen sie unerwarteten Besuch.

Als Ryosuke das vertraute »Ähm, ähm, ähm« hörte, nahm er an, Toshio und Frau Yoshikado wären gekommen.

Doch hinter Toshio standen mit aufgespannten Regenschirmen der Vorsitzende und der Bauleiter.

»Heute Morgen scheint es schon wieder einen Zwischenfall gegeben zu haben. Ich weiß wirklich nicht, wie ich euch und die Inselbewohner miteinander versöhnen soll.«

Der Bauleiter streckte ihnen mit dem Wort »Entschuldigung« eine Flasche Shochu entgegen.

Tachikawa setzte sich auf und auch Kaoru erhob sich. Ryosuke begrüßte die Gäste mit einer stummen Verbeugung. Hashi wirkte angespannt. »Kommen Sie doch herein«, bat er.

»Ich möchte mir nicht die Schuhe ausziehen. Außerdem ist mein Hosensaum ganz nass vom Regen«, entgegnete der Vorsitzende.

»Ganz egal. Kommen Sie bitte herein.«

»Nein, wirklich nicht.«

Der Vorsitzende ließ sich nicht umstimmen und so blieben auch der Bauleiter und Toshio auf der Türschwelle stehen.

»Sehr gern würde ich jetzt sagen, zu einem Streit gehören immer zwei, aber Toshio besteht darauf, dass es dieses Mal einer unserer Männer war, der angefangen hat. Toshio zufolge war er an allem schuld. Und deshalb bin ich hier, um mich für ihn zu entschuldigen. Es tut mir leid, was passiert ist.«

Der Vorsitzende verbeugte sich vor Hashi.

»Ich entschuldige mich vielmals.«

»Entschuldigung«, sagte auch der Bauleiter und sogar Toshio verbeugte sich aus einem unerfindlichen Grund.

»Ähm, Entschuldigung.«

Hashi senkte verlegen den Kopf.

»Bestimmt haben wir auch unseren Teil dazu beigetragen, um den Mann zu verärgern. Aber es stimmt, er hat wirklich zuerst zugeschlagen. Trotzdem ist es wohl klüger, wenn Sie den Streit betrachten, als wären beide Parteien gleichermaßen schuld. Es ist auch im Sinne der drei jungen Leute, die Männer der Insel nicht noch mehr zu verärgern.«

Tachikawa und Kaoru machten ein ernstes Gesicht, sagten aber nichts dazu.

»Aber du wurdest doch auch angegriffen, Hashi. Nicht wahr, Toshio?«

»Ähm, ja. Er wurde geschlagen.«

Hashi betrachtete den Fußboden.

»Um mich brauchen Sie sich keine Gedanken zu machen ...«

»Ich habe dich auf diese Insel geholt! Wer dich beleidigt, beleidigt auch mich. Nun ja, auch wenn ich die letzten zwanzig Jahre vergeblich darauf gewartet, dass du für unsere Insel eine regionale Spezialität entwickelst.«

Der Vorsitzende lachte kurz auf.

Hashi fuhr sich mit einer Hand durch das graue Haar.

»Mittlerweile denke ich, dieses Vorhaben, Pinza-Käse herzustellen, könnte diesmal klappen«, fuhr der Vorsitzende an Ryosuke, Tachikawa und Kaoru gerichtet fort. »Die Zeiten haben sich geändert. Wenn ihr mit Hashis Hilfe ein vortreffliches Produkt entwickelt, könnt ihr mit meiner Unterstützung rechnen. Dann dürft ihr, wenn ihr wollt, auf der Insel bleiben. Aber ich bitte euch, auf die Gefühle der Einwohner Rücksicht zu nehmen. Sorgt dafür, dass es keine Reibereien mehr gibt. Sollte es noch einmal Ärger geben, bedeutet das das Ende des Projekts und hat auch für dich Konsequenzen, Hashida. Ich würde mir in diesem Fall mein Grundstück zurücknehmen. Du weißt, ich habe dieses Häuschen auf meinem eigenen Grund und Boden bauen lassen. Alles, was sich darauf befindet, gehört mir, inklusive der Pinza. Nicht wahr, Hashida?«

Hashi nickte mit gesenktem Kopf.

»Natürlich ist es am besten, wenn sich das Ganze friedlich regeln lässt. Aber alles hat seinen Preis. Vergiss das nicht! Also, schauen wir nach vorn. Was hältst du davon?«

»Ja ...«

Hashi nickte erneut.

»Und noch etwas. In drei Tagen wird das erste Wasser aus dem neuen Speicherbecken in die Siedlung fließen. Das Becken ist von dem vielen Regen schon randvoll. Ich werde eine Einweihungsfeier geben und dafür dein letztes Pinza-Lamm schlachten lassen.«

Kaoru sog geräuschvoll die Luft ein.

»Kannst du es bitte hier bei dir schlachten? Bring dann das Fleisch zu mir!«

Hashi antwortete nicht.

»Was ist? Stimmt etwas nicht?«

»Kann es nicht in der Herberge geschlachtet werden?«

»Die Schlachtungen in der Herberge, die dieser verschrobene Alte vornimmt, stehen unter keinem guten Stern. Erinnere dich an das letzte Mal! Da ist bei dem Streit der ganze Eintopf umgekippt. Und danach ist auch noch Mutsus Kuh ausgebrochen und hat ihn verletzt. Ohne die Arbeitskraft von diesem Hohlkopf tun wir uns beim Verladen der Waren von der Fähre ganz schön schwer. Deshalb sollst du die Pinza hier bei dir schlachten. Verstanden?«

»Ja.«

»Dann möchte ich mich verabschieden. Entschuldigt die Störung zu so später Stunde.«

Der Vorsitzende drehte sich um. Mit weit aufgerissenen Augen verbeugte sich der Bauleiter zum Abschied tief. Toshio hatte wohl nicht damit gerechnet, dass sich die Dinge so entwickeln würden, denn er stand wie angewurzelt da und bewegte sich erst von der Stelle, als ihn der Vorsitzende anherrschte.

»Jetzt ist es also so weit«, flüsterte Hashi und drehte sich langsam zu Ryosuke um.

»Es war klar, dass es früher oder später so kommen würde. Wenn Sie wirklich Käse herstellen möchten, müssen Sie auch diese Hürde nehmen.«

Kaoru wurde kreidebleich und sah Ryosuke an. Tachikawa hielt sich den Kopf und Ryosuke blickte auf seine Hände.

23

Ryosuke betrat zum zweiten Mal den Lorbeerwald.

Die Sonne, die zwischen den vielen Wolken am Himmel hervorblickte, erwärmte langsam den Berg.

An unzähligen Lichtsäulen stieg Wasserdampf empor. Und es war, als würden die Lorbeerfeigen, die ihre Äste über dem Himmel ausbreiteten, das Naturschauspiel dirigieren.

Ryosuke war genauso überwältigt wie bei seinem ersten Besuch.

Er begab sich in den Wald hinein und betrachtete jeden einzelnen Baum, jedes einzelne Leben. Er berührte die Rinde der Bäume und sah zum Blätterwerk hinauf. Irgendwann einmal waren diese mächtigen Kolosse nur zarte Triebe gewesen, allein ihr Dasein hatte sie verwandelt.

Bei ihrem Anblick vermeinte Ryosuke, das Universum selbst singen zu hören.

Dann öffnete sich vor ihm im dichten Wald auf einmal die Tür zu wieder einer anderen Welt.

An einer Stelle, wo die Böschung den nackten Fels entblößte, klaffte ein pechschwarzes Loch.

Ryosuke betrachtete die Öffnung und trat einige Schritte hinein. Die Höhle war hoch genug, um aufrecht darin stehen zu können, doch sie war nicht sehr breit. Wenn Ryosuke beide Arme ausstreckte, berührten seine Hände die Wand.

Er sah sich um. Ging vorwärts. Da durch den Eingang etwas Licht fiel, konnte er im Halbdunkel ein wenig sehen. Auf dem Boden lag Ziegenkot. Anscheinend kamen also auch Pinza hierher.

Nachdem Ryosuke ein ganzes Stück weiter ins Innere vorgedrungen war, sank die Temperatur plötzlich schlagartig. Leichter Wind schien durch die Höhle zu wehen, doch er konnte nicht sagen, aus welcher Richtung. Der Schweiß auf seiner Haut kühlte ab.

Ihm kam das, was Hashi erzählt hatte, in den Sinn. Wenn die Höhlen der Insel wirklich miteinander verbunden waren, diese Höhle also zur Höhle der Geflüchteten oder zu den Windlöchern in der Ostklippe führte, dann musste der Luftzug vom Meer her kommen.

Ryosuke folgte dem Weg ins Innere. Nachdem er eine Kurve nach links genommen hatte, holte ihn die Dunkelheit ein. Er sah überhaupt nichts mehr und harrte eine Weile bewegungslos aus. Ihm war, als würde sich die Dunkelheit ganz leicht bewegen. Wieder der Wind.

Ryosuke entschied sich, umzukehren. Hinter der Biegung fiel wieder Licht ein und in der Ferne sah er ganz klein den Ausgang. Er hatte nicht vorgehabt, so weit ins Innere vorzudringen. Schnellen Schrittes lief er zurück.

Beim Verlassen der Höhle traf ihn die schwüle Hitze. Das Grün der Lorbeerfeigen leuchtete satt. Ryosuke sog die feuchte Waldluft ein.

Er spürte die Erleichterung darüber, zurück im Licht zu

sein, am ganzen Körper. Er konnte sich nicht vorstellen, dass irgendein Lebewesen, ob Mensch, Pflanze oder Tier, fähig war, in der Finsternis der Höhle zu überleben.

Warum nur, fragte sich Ryosuke, hatte in der Höhle Ziegenkot gelegen?

An diesem Tag bekam er die Pinza nicht zu sehen.

Auch am nächsten Tag erklomm Ryosuke den Berg.

Dieses Mal begleitete ihn Frau Yoshikado.

Sie hatte Hashi und Ryosuke nach dem Angeln am Kai in Empfang genommen und Ryosuke, während er die Fische zu Hashis Auto trug, nach dem Käse gefragt.

Ryosuke hatte ehrlich geantwortet und berichtet, dass schlechter Schimmel den Käse verdorben habe und er nicht wie erhofft gereift sei. Auch mit Heuasche hatten sie es versucht, doch bei den feuchtwarmen Temperaturen blieb die Konsistenz des Käses zu weich. Sie brauchten einfach einen Reiferaum, in dem von morgens bis abends die Klimaanlage für die richtige Temperatur sorgte. Südliche Inseln wie diese schienen sich von Natur aus nicht besonders für die Käseproduktion zu eignen.

Ohne große Hintergedanken hatte Ryosuke ihr von seiner neuen Idee erzählt.

»Gestern bin ich auf den Aburidake gestiegen, um herauszubekommen, ob sich die wilden Pinza melken lassen. Heute Nachmittag gehe ich noch einmal in den Lorbeerwald.«

»Haben Sie etwas dagegen, wenn ich mitkomme?«

Frau Yoshikado hatte den Wald noch nie betreten.

Mit Frau Yoshikado im Wald der majestätischen Lorbeerfeigen. Bei dieser Vorstellung hatte Ryosuke nicht sofort antworten können.

»Ich habe doch viel mehr Übung im Melken.«

»In Ordnung. Lassen Sie uns zusammen dorthin gehen.«

Sie hatten sich mit gesenkter Stimme verabredet, sodass Hashi es nicht hören konnte.

»Sie sehen besorgt aus«, bemerkte Frau Yoshikado, während sie in Richtung des Lorbeerwaldes wanderten. Ist etwas passiert?, schienen die feuchten Augen zu fragen.

Ryosuke hatte nicht vorgehabt, davon zu sprechen, doch als sich ihre Blicke trafen, berichtete er ihr von den Geschehnissen der letzten Tage.

»Wirklich? Puno?«

»Der Tag rückt immer näher.«

»Und wird Herr Hashi ihn schlachten?«

Ryosuke schüttelte verzagt den Kopf. Ein Schatten huschte über Frau Yoshikados Gesicht.

In diesem Punkt war Hashi sehr deutlich gewesen.

Wenn Ryosuke wirklich die Herstellung von Ziegenkäse als seine Berufung sah, gehörte dazu die Erfahrung, ein männliches Ziegenkitz zu schlachten. Wenn er dazu nicht in der Lage war, musste er sein Vorhaben aufgeben.

Hashis Beschluss hatte bei jedem von ihnen andere Gefühle und innere Konflikte ausgelöst. Von der Käseherstellung zu leben war nicht Kaorus und Tachikawas Traum, sondern vor allem Ryosukes. Die beiden fanden es also nicht richtig, dass er die kleine Pinza, die sie liebgewonnen und der sie sogar einen Namen gegeben hatten, töten sollte. Kaoru forderte Ryosuke auf, seinen Traum noch einmal genau zu überdenken, wenn das Schlachten von Puno ein Teil davon war. Tachikawas Reaktion fiel noch emotionaler aus. Egal, was sich Ryosuke auch erträumte, wenn er Puno jetzt umbrächte, würde ihn diese Entscheidung sein Leben lang verfolgen. Ryosuke müsste den Käse doch nicht unbedingt selbst herstellen, er könnte stattdessen auch einen Käseladen eröffnen. So lautete Tachikawas Argumentation.

Ryosuke selbst hatte noch keine Entscheidung getroffen. Er wusste, wenn er weitermachen wollte, musste er Puno töten, und er war nicht bereit, sich zu diesem Schritt durchzuringen. Doch gleichzeitig kam er sich feige vor. Zwar konnte er sich nicht vorstellen, Puno eigenhändig zu schlachten. Aber für die Menschen dieser Insel gehörte das Schlachten zum Leben dazu. Und nicht nur für sie. Müssten sich alle Menschen ihre Nahrung selbst beschaffen, würde sich jeder einzelne die Hände schmutzig machen.

Seit Punos Schicksal entschieden war, hatte Hashi nur noch wenig gesprochen.

Obwohl er schon so viele Ziegen getötet hatte, war es ihm nie leichtgefallen. Ihm war das Schlachten sogar so zuwider gewesen, dass er seine Arbeit gewechselt hatte. Hashi hatte für das Zicklein seit seiner Geburt gesorgt. Ryosuke verstand sehr gut, dass Hashi den Gedanken nicht ertragen konnte, dass das Tier getötet werden sollte, das er großgezogen, mit Heu gefüttert und im eigenen Garten spielen gelassen hatte.

Im Lorbeerwald angekommen, verschlug es Frau Yoshikado die Sprache.

Fasziniert betrachtete sie die majestätischen, prächtigen

Lorbeerfeigen, sah an ihnen hoch und berührte sie im Vorbeigehen. In der Stille des Waldes hörte Ryosuke nur Frau Yoshikados Atem.

Sie richtete ihren Blick auf den verflochtenen Stamm einer großen Lorbeerfeige. Ryosuke hingegen betrachtete ihre runden Schultern. Frau Yoshikado war jetzt ganz nah, er konnte ihr Haar riechen.

Ryosuke überlegte hin und her, ob er es wagen konnte.

Er sehnte sich danach, sich an ihren weichen Körper zu schmiegen und für einen Moment all seine Probleme zu vergessen.

Er müsste nur die Hand ausstrecken.

Ryosukes Finger bewegten sich. Er war vollkommen konzentriert, sogar der Duft des Waldes schien zu verblassen.

»Wollen wir dort hinauf?«, fragte Frau Yoshikado plötzlich. Ryosuke wandte seinen Blick von ihrem Nacken ab und trat einen Schritt zurück.

Frau Yoshikado zeigte nach oben, auf einen besonders dicken Ast. Der Baum war stark zur Seite geneigt und von wildem Wuchs. Eine mächtige Luftwurzel hing wie eine Schlinge von oben herab. Wenn man es geschickt anstellte, könnte man sicherlich hier hochklettern.

Ryosuke machte den Anfang. Der Ast war noch breiter, als er vom Boden aus gewirkt hatte. Wenn man sich rittlings daraufsetzte, konnte man relativ stabilen Halt finden. Ryosuke hielt sich an der Luftwurzel fest, die ihn an eine Wiege erinnerte.

»Es geht«, sagte Ryosuke.

Frau Yoshikado ergriff Ryosukes Hand, die er ihr vorsichtig entgegenstreckte. Ryosuke fasste Frau Yoshikado am Arm und half ihr, sich auf den Teil des Astes zu setzen, der dem Stamm am nächsten war. Sie lachten beide verlegen, dann ließ sich Ryosuke ihr gegenüber nieder.

Ihre feucht schimmernden Augen waren direkt vor ihm. Sie lächelte und sah Ryosuke an. Einen kurzen Moment nur, dann lösten sich ihre Blicke voneinander.

Ein knackender Ast war der Grund.

Aus Richtung der Küste, durch die Tiefen des Waldes, kamen sie angeschlichen. Das Gebüsch bebte und die schwarze Pinza trat unter die Lorbeerfeige. Dann tauchte Fleckchen auf. Immer mehr wilde Pinza kamen hinzu. Die Zicklein liefen hinter ihren Müttern her, und wenn man gerade meinte, sie fräßen friedlich Gras, schnellten sie plötzlich wie eine Sprungfeder in die Höhe. Sie konnten nicht stillhalten.

Frau Yoshikado kicherte leise. Es war ein fast geräuschloses Lachen, kaum mehr als ein Seufzer, doch die Pinza reagierten sofort. Ihre Körper spannten sich an. Die Tiere harrten still aus. Ihre Ohren zuckten, einige von ihnen reckten ihre Hälse. Die, die Ausschau hielten, entdeckten die beiden Menschen im Baum und sprangen zurück ins Dickicht. Das wiederum scheuchte die übrigen Pinza auf, sodass auch sie im Gebüsch verschwanden. Die Zicklein rannten aufgeregt im Kreis, bevor sie den anderen Pinza folgten.

»Oh, das tut mir leid …«

Frau Yoshikado hielt sich die Hände vor das Gesicht. Ryosuke berührte sie sanft am Arm.

»Keine Sorge, sie kommen bestimmt wieder.«

Wie Ryosuke vermutete, hatten sich die Pinza nicht weit entfernt.

Nachdem die beiden von der Lorbeerfeige hinabgestiegen waren und etwas abgewartet hatten, streckten die Tiere vorsichtig ihre Köpfe aus dem Gebüsch. Als Erstes zeigte sich eine Pinza, die Ryosuke gleich erkannte.

»Fleckchen!«

Beim Klang von Ryosukes Stimme kam Fleckchen sofort herbeigerannt, gefolgt von der weißen Ziege mit dem prallen Euter, die Ryosuke schon einmal gesehen hatte. Ihre Fellfarbe und der Körperbau erinnerten Ryosuke stark an Hashis Milchziege. Neben ihr trottete ein kleines Zicklein. Aus wieder einer anderen Richtung erschien die schwarze Pinza.

Sie kamen alle zurück. Die meisten der Pinza wahrten Abstand zu den Menschen, doch als sie sahen, dass Fleckchen Ryosuke in die Seite stupste, schien ihr Misstrauen nachzulassen, denn sie kamen langsam auf sie zu. Die schwarze Pinza schnüffelte an Frau Yoshikado, doch als diese versuchte, das Tier zu streicheln, sprang es erschrocken zurück. Kurz darauf näherte es sich ihr aber wieder und reckte neugierig den Hals. Dieses Spiel wiederholte sich mehrere Male.

»Vielleicht …«

Bei dem Geräusch von Frau Yoshikados Stimme machten die Pinza nun keine Anstalten mehr, fortzulaufen. Sie wackelten lediglich mit den Ohren.

»Vielleicht sollten wir in die Hocke gehen. Man sagt doch, dass Tiere sich vor Lebewesen fürchten, die größer als sie selbst sind.«

Frau Yoshikado hatte recht.

Als sie in die Hocke gingen, liefen die Pinza alle auf sie

zu. Sie schnupperten neugierig und schoben ihre Gesichter ganz nah an die beiden heran.

Ryosuke musste lachen und die Tiere wichen kurz zurück, sie warteten einen kleinen Moment, als würden sie nachdenken, und näherten sich ihnen dann wieder.

»Sehen Sie mal!«

Frau Yoshikado streichelte den Kopf des weißen Ziegenweibchens.

»Ah ... Sie scheint Sie zu mögen.«

Die Pinza spannte ihre Beine, lief aber nicht davon. Langsam fuhr Frau Yoshikado mit ihren Fingern vom Kopf des Tieres bis zu dessen Rücken. Es blieb ganz ruhig stehen und drückte die Nase gegen ihren Arm. Sie strich durch das Fell des Tieres, hin zu seinem Bauch.

Dann kniete sie sich noch tiefer auf den Boden, streckte ihre Hand aus und berührte den Euter. Ganz sanft, als würde sie nur den Flaum darauf streicheln wollen. Ein Zicklein kam zu ihnen. Es hatte die menschlichen Besucher bis dahin gemieden und sich hinter den erwachsenen Tieren versteckt, doch dass Frau Yoshikado den Euter der Ziege, die offensichtlich seine Mutter war, berührte, schien es zu beunruhigen. Es drängte sich dazwischen. Frau Yoshikado ließ sich jedoch nicht beirren, umfasste die Zitzen und drückte behutsam zu.

Milch floss auf den Boden. Anders als bei Hanayo kam sie nur tröpfchenweise heraus, doch auf dem Waldboden bildete sich ein klarer, weißer Milchfleck.

Frau Yoshikado zog ihre Hand vorsichtig zurück und setzte sich auf, während sie das Tier unentwegt streichelte.

»Belassen wir es für heute dabei«, flüsterte sie Ryosuke

zu. »Sie sollten täglich hierherkommen, um die Tiere an Sie zu gewöhnen.«

Ryosuke nickte. Während er Fleckchen noch streichelte, stand er langsam auf.

Ein Zucken lief durch die Ziegenherde und die Tiere gingen wieder etwas auf Abstand, entfernten sich aber nicht komplett. Mit ihren goldglänzenden Augen starrten sie Ryosuke an.

»Sie sollten ihnen morgen etwas von dem Gras mitbringen, das Hashis Ziegen so gern fressen«, meinte Frau Yoshikado und stand auf. »Ich glaube jedenfalls, die Sache ist nicht aussichtslos.«

»Das war beeindruckend, Frau Yoshikado.«

Sie standen inmitten der Pinzaherde, wo die Zicklein im Rücken der ausgewachsenen Tiere tollten. Über ihnen thronten die riesigen Lorbeerfeigen, deren Blätter und Luftwurzeln sich wie ein Himmelsgewölbe über ihnen ausbreiteten und von der Hochsommersonne in ein sanftes Licht getaucht wurden.

Langsam ging Ryosuke ein paar Schritte. Er drehte sich um, als wartete er auf seine Herde.

Fleckchen lief ihm nach, gefolgt von der schwarzen Pinza.

»Was haben Sie vor, Ryosuke?«

»Ich möchte etwas nachsehen.«

Ryosuke führte sie zum Eingang der Höhle.

»Eine Höhle …?«

Frau Yoshikado blickte in die dunkle Öffnung.

»Die Tiere scheinen sich zu fürchten«, flüsterte sie.

»Ich habe in der Höhle an verschiedenen Stellen Ziegenkot entdeckt. Vielleicht ist das der Schlafplatz der Tiere.«

Ryosuke beobachtete das Verhalten der Pinza. Würde auch nur eine der Ziegen die Höhle betreten, dann könnte er vielleicht etwas mehr über die Gewohnheiten aller herausfinden. Er wusste zwar noch nicht genau, was ihm das nutzen würde, doch er wollte so viel wie möglich über die Lebensweise der Tiere lernen.

Sie warteten eine Weile, doch keine einzige Pinza machte Anstalten, die Höhle zu betreten. Stattdessen sagte Frau Yoshikado etwas, das Ryosuke auf ganz andere Gedanken brachte.

»Ryosuke ... Sie meinten doch, dass der Reiferaum auf Französisch Cave heiße.«

»Genau.«

»Und so einen Raum braucht man unbedingt für die Käseherstellung?«

»Ohne einen solchen ist es jedenfalls sehr schwer.«

»Also ... Ich habe in der Universität ein wenig Französisch gelernt, und es gibt viele Wörter, die im Französischen und Englischen sehr ähnlich sind. Nur die Aussprache ist anders. Es ist eine bloße Vermutung, aber könnte Cave nicht das Gleiche wie im Englischen bedeuten?«

»Wie meinen Sie das?«

»*Cave*, also ›Höhle‹.«

Wie in Zeitlupe öffnete sich Ryosukes Mund.

»Menschen haben doch schon vor Ewigkeiten Käse hergestellt und früher gab es noch keine Klimaanlagen, um die Temperaturen zu regulieren. Bestimmt wurde damals auf solche Orte zurückgegriffen.«

»Frau Yoshikado ...«

Ryosuke wusste noch, wie sich die Luft in der Höhle

angefühlt hatte, die Kälte auf seiner Haut. Selbst im Hochsommer schienen Temperatur und Feuchtigkeit dort weitestgehend konstant zu bleiben.

Ryosuke durchzuckte es, als liefe ein elektrischer Schlag seine Wirbelsäule herunter.

Roquefort, der König der Käse! Jetzt erinnerte er sich wieder daran, woher er seinen Namen hatte.

Wieso war er nicht längst darauf gekommen?

Roquefort war der Name eines Dorfes mit unzähligen Höhlen. Und in diesen Höhlen reifte der weltberühmte Blauschimmelkäse!

»Frau Yoshikado!«

Er konnte seine Gefühle nicht in Worte fassen und so blieb er wie angewurzelt stehen, während die Pinza die beiden beobachteten und mit ihren Ohren wackelten.

24

Als Ryosuke die Siedlung erreichte, war die Sonne bereits untergegangen.

Er lief zwischen den Lichtern der Häuser die Straße entlang.

Was Cave eigentlich bedeutete, hatte er nun herausgefunden, und so wusste er jetzt, dass es auf dieser Insel bereits mehrere Reiferäume gab.

So wie der Seewind die Gräser im Wind schwanken ließ, wurde auch er von einer unsichtbaren Kraft angetrieben. Er spürte es. Seine Beine trugen ihn immer schneller voran.

Doch als er das Schulgebäude hinter sich gelassen hatte und den dunklen Feldweg erreichte, wurden seine Beine wieder schwer.

Der Aufenthalt im Lorbeerwald hatte sein größtes Problem nicht aus der Welt geschafft.

Puno musste bis morgen geschlachtet werden und Ryosuke konnte sich dieser Verantwortung nicht einfach entziehen.

Als er in den Garten trat, sah er Tsuyoshi und Hanayo in ihrem Stall. Puno stand draußen, meckerte laut und drückte sich eng an die Stallwand. Auch Hanayo war lauter als sonst, gerade so, als würde sie sich beklagen.

Hashi saß in der Dunkelheit am Gartentisch und trank Shochu, die Lampe war nicht angeschaltet.

»Willkommen zurück.«

Er hielt Ryosuke ein leeres Glas hin.

»Ich habe auf Sie gewartet. Trinken wir erst einmal einen Schluck.«

»Wo sind Tachikawa und Kaoru?«

Die beiden waren nirgends zu sehen. Ryosuke setzte sich und nahm das Glas, das Hashi ihm immer noch entgegenstreckte.

»Ich habe den beiden gesagt, dass ich auf Sie warten würde, damit wir Puno gemeinsam schlachten. Ich habe ihnen geraten, für eine Weile spazieren zu gehen, wenn sie das nicht mit ansehen wollen.«

Ryosuke sah noch einmal zu Puno.

»Die beiden sind also gegangen?«

Hashi nickte stumm.

Mit dem Glas in der Hand saß Ryosuke starr da.

Hashi schenkte ihnen beiden Shochu ein und führte sich selbst das Glas mit dem unverdünnten Schnaps sofort an den Mund.

»Die beiden waren ziemlich aufgelöst, als es so weit war. Sie haben noch eine Weile mit Puno gespielt und beim Abschied wie Kinder geweint. Ich denke, sie sind ans Meer gegangen.«

»Ach so ...«

»Sie sollten einen Schluck trinken, bevor wir es angehen«, sagte Hashi und leerte sein Glas. Ryosuke starrte auf den Tisch. Sein Körper verkrampfte sich und er begann zu schwitzen.

»Bitte, trinken Sie doch!«, forderte Hashi ihn auf.

Ryosuke nickte wortlos und kippte den Alkohol, wie Hashi es vorgemacht hatte, in einem Zug herunter.

»Ich erkläre Ihnen, was zu tun ist. Beim Pinza-Eintopf wird alles verwertet, auch das Blut. Beim Schlachten schneidet man zuerst die Halsschlagader der Ziege auf, das Blut wird dabei in einem Eimer gesammelt. Wenn der Schnitt sauber und ohne zu zögern gesetzt wird, stirbt das Tier sofort und muss nicht so sehr leiden. Kommen Sie, wir gehen«, sagte Hashi, stellte sein Glas ab und stand auf.

Ryosuke folgte ihm, vor Aufregung war ihm ganz heiß, seine Beine zitterten und der Boden schwankte unter seinen Füßen. Er war kurz davor, sich einfach hinzusetzen. Doch als das Gefühl in seine Beine zurückkehrte, schritt er so hastig voran, dass er Hashi sogar überholte. Er erreichte Puno als Erster.

»Komm, Puno!«, rief er und hob das Tier hoch, bevor es wegspringen konnte. Hanayo meckerte laut und Tsuyoshi stieß geräuschvoll seinen Kopf gegen die Stallwand. Ohne einen Mucks von sich zu geben, ließ Puno sich von Ryosuke tragen.

»Wir gehen jetzt nach hinten, Puno.«

Mit Puno auf dem Arm ging Ryosuke in die Richtung, in die Hashi mit dem Zeigefinger deutete. Hanayo hörte nicht auf, Lärm zu machen. Als sie den Garten verließen, begann Puno plötzlich, wild zu zappeln. Er zitterte am ganzen Leib und meckerte heiser. Als Antwort darauf begann Hanayo, noch lauter zu rufen.

Gegenüber der Eingangstür war eine Plastikplane ausgelegt. Dort stand ein Eimer und ein Messer lag bereit.

Ryosuke drückte den zappelnden Puno an sich und setzte sich auf die Plane.

»Schaffen Sie das?«, fragte Hashi.

»Ich habe so etwas noch nie gemacht.«

»Sie müssen sich nicht dazu zwingen.«

»Nein, ich werde es tun.«

Ryosuke klemmte die Hinterläufe des noch immer strampelnden Puno zwischen seine Oberschenkel. Mit der rechten Hand nahm er das Messer entgegen, das Hashi ihm reichte. Er merkte, wie Punos Herz wild zu pochen begann.

»Du musst jetzt die Zähne zusammenbeißen, Puno!«

Ganz kurz drückte Ryosuke seine Wange an Punos Kopf, dann nahm er die Schnauze des Tieres in die linke Hand und hob den Kopf an, sodass die Halsschlagader gerade vor ihm lag. Puno sträubte sich heftig. Ryosuke schnitt in seinen Hals.

»Tiefer!«, brüllte Hashi.

Ryosuke biss die Zähne fest zusammen und setzte das Messer wieder an. Puno stieß ein Krächzen aus, wie Ryosuke es noch nie gehört hatte. Er zappelte und zitterte, doch schon im nächsten Moment verließen ihn alle Kräfte. Hastig schob Hashi den Eimer unter den Kopf des Tieres. An Ryosukes Händen und Armen rann das Blut entlang. Es färbte Punos Bauch und Hinterteil rot und tropfte in den Eimer.

»Puno, Puno, Puno«, flüsterte Ryosuke dem unter Zittern sterbenden Zicklein immer wieder ins Ohr. Die ganze Zeit über meckerte Hanayo.

Der Eimer füllte sich.

»Sie müssen ihn nicht mehr festhalten, er ist tot«, sagte

Hashi und Ryosuke blickte erneut auf den kleinen Puno in seinen Armen. Sein Kopf war blutverschmiert, er hatte die goldenen Augen leicht geöffnet. Sie schienen weit in die Ferne zu blicken.

»Das Zerlegen übernehme ich.«

Puno war ausgeblutet und Hashi wollte weitermachen, doch Ryosukes Arme hatten sich so sehr verkrampft, dass er das Zicklein nicht loslassen konnte. Erst mit Hashis Hilfe gelang es ihm, Puno auf die Plastikplane zu legen.

Sofort schnitt Hashi das tote Tier mit dem Messer am Nacken auf, um es zu häuten. Er ging sehr geschickt und sorgfältig vor.

Die nächsten Arbeitsschritte waren Ryosuke wie jedem Koch bekannt. Die Zeit schien still zu stehen und er bekam kein Wort über die Lippen. In der Blutlache auf der Plastikplane sah er sich selbst an jenem Abend, als er sich das Messer in die Brust gestoßen hatte. Er stellte sich vor, welche Qualen Puno erlitten haben musste, und sofort begann die Narbe auf seiner Brust mit jedem Herzschlag fürchterlich zu schmerzen.

Ryosuke riss die Augen weit auf und zwang sich, sich den Tatsachen zu stellen. Ein Ziegenlamm wurde gerade in große Fleischstücke zerteilt. Es handelte sich dabei um Puno, der bis eben noch im Garten gespielt hatte. Und er selbst hatte ihn getötet.

»Herr Hashi … Es tut mir leid.«

Mehr konnte er nicht sagen, während er dabei zusah, wie Punos Körper zerlegt wurde.

»Gehen Sie zu den beiden anderen und sagen Sie ihnen, dass es vorbei ist«, trug Hashi ihm auf, ohne ihn anzusehen.

Mit den Armen und Händen voller Blut machte sich Ryosuke wankend auf den Weg.

Hanayos Schreie verfolgten ihn.

Er konnte unmöglich durch den Garten gehen.

Zwischen den Zuckerrohrfeldern hindurch lief Ryosuke hinunter zum stillgelegten Hafen. Er war nicht beleuchtet.

Nur der Halbmond schien schwach auf die steinerne Mole, an deren Ende Tachikawa und Kaoru saßen.

Vielleicht hatten sie seine Schritte gehört, denn sie drehten sich um, bevor er etwas zu ihnen sagen konnte.

Ryosuke setzte sich in einiger Entfernung auf den Boden und Tachikawa und Kaoru wandten ihren Blick wieder dem Meer zu. In dieser Nacht waren viele Leuchttierchen zu sehen. Immer wenn sich eine Welle brach, glitzerte die Wasseroberfläche silbern. Das leuchtende Plankton umrahmte schimmernd die Mole.

»Wir sehen uns das an, weil's so schön ist.«

Tachikawa klang wie immer.

»Das ist wirklich irre. Alle Wellen funkeln«, fügte er hinzu.

»Stimmt«, antwortete Ryosuke.

Sie verstummten wieder.

Ryosuke beobachtete das silberne Flimmern, wie es entstand und sich auflöste, und wusste auf einmal nicht mehr, was er den beiden sagen sollte. Eigentlich wollte er überhaupt nicht sprechen.

Die Stille hielt an, bis Ryosuke sich überwand.

»Ich habe es getan.«

»Wirklich? War sicher nicht leicht.«

Tachikawa warf etwas, das wie ein Stück Beton aussah, ins Wasser. Dort, wo der Brocken aufschlug, leuchtete die Oberfläche kurz auf und beim Versinken bildete sich ein Lichtstreifen im Wasser.

»Ein Komet ist verglüht«, flüsterte Kaoru gedankenverloren.

Dann sah sie Ryosuke an. »Es tut mir leid, aber ich werde auch mit der nächsten Fähre nach Hause fahren«, erklärte sie.

»Wirklich?«

»Eigentlich wollte ich bleiben, bis der Käse fertig ist.«

»Es ist ganz schön hart, eine Sache wirklich durchzuziehen. Wenn man nur mit halbem Herzen dabei ist, kriegt man das nicht hin, egal, worum es geht«, meinte Tachikawa.

»Ja, das stimmt.«

»Wie war es denn?«, fragte Kaoru.

»Wenn ich so etwas noch mal machen muss, schaffe ich das wahrscheinlich nicht und mein Traum wird scheitern«, antwortete Ryosuke.

»Aber jetzt aufzugeben, nachdem du Puno schon geschlachtet hast, wäre auch nicht richtig«, sagte Tachikawa.

»Stimmt.«

Kaoru warf einen Kieselstein ins Meer. Wieder leuchtete die Oberfläche auf.

»Tut mir leid, dass wir jetzt beide vor dir zurück nach Tokio fahren.«

»Das muss euch nicht leidtun.«

Wieder verfielen die drei in Schweigen.

Im schwachen Mondlicht blickte Ryosuke an seinen Armen herab. Er hatte sie am Waschbecken abgespritzt, doch an seinen Ellbogen und der Innenseite seiner Arme klebte noch immer Punos Blut.

Ryosuke kletterte über die Steine zum Wasser hinab und tauchte einen Arm ins Meer. Sogleich wurde er vom blassen Schimmer der Leuchttierchen umrahmt.

»Was machst du da?«, rief ihm Tachikawa von oben zu. Ryosuke zögerte, antwortete dann aber ehrlich.

»An meinen Armen ist noch Punos Blut.«

»Aah ...«

Kaoru atmete tief aus.

Dann stiegen die beiden zu Ryosuke nach unten.

»Die Meeresleuchttierchen zeichnen ja die Form deiner Hand nach«, flüsterte Kaoru, während sich Ryosuke den Arm wusch. Plötzlich brandete eine Welle und bespritzte die drei mit Gischt. Ryosuke sprang auf, aber er war nicht schnell genug und sofort von Kopf bis Fuß durchnässt.

In dem Moment, als wäre es ein Reflex seines Körpers, um der Kälte des Wassers entgegenzuwirken, spürte er plötzlich wieder Punos warmen, zappelnden Körper in seinen Armen und die Narbe auf seiner Brust begann erneut zu schmerzen. Unsicher trat Ryosuke auf die Treppe, die ins Wasser führte, und stieg, ohne die Schuhe auszuziehen, Schritt für Schritt ins nächtliche Meer hinab.

»Was machst du da?«, fragte Tachikawa.

»Deine Kleidung wird doch ganz nass«, sagte Kaoru.

Die beiden streckten ihre Hände nach ihm aus, doch Ryosuke ging weiter, bis er ganz unter Wasser war, und begann entlang der Anlegestelle zu schwimmen.

»Wow! Überall um dich herum sind Leuchttierchen!«

So begeistert hatte Tachikawa schon lange nicht mehr geklungen.

»Dann trennen sich unsere Wege wohl!«, rief Ryosuke.

»Warte!«, kam es sofort von Kaoru. Schnell zog sie sich Schuhe und Jeans aus.

»Wie? Seid ihr völlig durchgedreht?«, schrie Tachikawa.

Mit einem lauten Platschen sprang Kaoru ins Meer. »Ich komme zu dir, Ryosuke!«, rief sie.

Ryosuke war ungefähr zehn Meter von der Mole entfernt. Langsam schwamm Kaoru auf ihn zu. Ein blasser, bläulicher Lichtschimmer umgab ihren Körper. Ryosuke sah die funkelnde menschliche Kontur auf sich zukommen.

»Ihr seid unglaublich, ihr beiden!«, brüllte Tachikawa, während Kaoru fast schon bei Ryosuke war.

»Ryosuke, das Leben ...«

Sie war jetzt direkt neben ihm und hielt sich an der Oberfläche, indem sie unbeholfen mit den Armen auf das Wasser klatschte. Das Meer um sie herum funkelte.

»... kann wirklich wehtun.«

Schwimmen schien nicht Kaorus Stärke zu sein. Inmitten des leuchtenden Wassers tauchte ihr Kopf immer wieder unter. Ryosuke umfasste ihren Rücken und hob sie auf seine Arme. Kaoru umschlang seinen Hals.

»Ich dachte, auf einer Insel wäre das Leben leichter«, sagte sie.

Wange an Wange mit Kaoru nickte Ryosuke.

Er drückte sie fest an sich und ihre Lippen berührten sein Gesicht.

»Also wirklich! Dann muss ich wohl zu euch kommen!«

Tachikawa zog sich die Schuhe und die Hose aus.

»Er könnte ruhig wegbleiben«, flüsterte Kaoru, fest an Ryosuke geklammert. Doch da klatschte es auch schon laut und Tachikawas Gestalt war verschwunden. Hastig ließ Kaoru Ryosuke los.

»Wir leuchten! Total verrückt! So etwas habe ich noch nie gesehen!«, rief Tachikawa, während er auf sie zuschwamm.

»Stimmt, das ist wirklich verrückt.«

Kaoru streckte ihre Hand aus und Ryosuke ergriff sie. Die drei ließen sich auf dem nächtlichen Meer treiben, während sie das nicht enden wollende Funkeln der Meeresleuchttierchen bewunderten. Es war, als ob sie ein riesiges leuchtendes Wesen mit einer undefinierbaren Form wieder und wieder umkreiste.

Ryosuke blickte zur Milchstraße am Nachthimmel hinauf und sah Punos goldene Augen. Als er Puno zum ersten Mal bei Hashi begegnet war, war das Tier pausenlos auf und ab gehüpft, so sehr freute es sich des Lebens.

Wie musste sich Hanayo jetzt fühlen? Eine Mutter ohne ihr Kind. Eine Ziege, an deren prallem Euter nun kein Junges mehr trank. Eine Weile würde sie wohl noch laut meckern.

25

Am nächsten Morgen liefen Tachikawa und Kaoru an den arbeitenden Männern vorbei durch den Hafen und bestiegen die Fähre. Die meisten der Inselbewohner winkten ihnen freundlich zu und Toshio und der Bauleiter schienen ihren Weggang ehrlich zu bedauern. Als längst alle wieder fort waren und die Fähre nur noch in weiter Ferne zu sehen war, standen Hashi und Ryosuke immer noch am Kai.

Es war alles so schnell gegangen. Auf dem Rückweg saß Ryosuke auf der Ladefläche von Hashis Transporter und fühlte sich, als wäre er ganz allein auf der Welt. Nur der kleine Zettel in seiner Hemdtasche mit den Adressen seiner beiden Freunde war ihm geblieben.

Als Tachikawa ihm das Stück Papier an der Landungsbrücke in die Hand gedrückt hatte, hatte er gesagt: »Zwing dich zu nichts!« Jetzt, wo er dabei war, die Insel zu verlassen, wirkte er viel fröhlicher. »Bis dann«, waren Kaorus einzige Worte gewesen.

Ob er die beiden je wiedersehen würde? Ryosuke wusste es nicht und so hatte er ihnen, als er winkend auf der Landungsbrücke stand, nichts weiter als ein »Lebt wohl!« zurufen können. Immer wieder hatte sich Kaoru zu ihm umgedreht und seinen Blick gesucht.

Ob er die beiden hätte näher an sich heranlassen sollen? Ryosuke blickte von seinem Platz auf der Transporterladefläche aus auf das Meer hinab und dachte an die vielen Dinge, die er ihnen nicht hatte sagen können.

Am Nachmittag fanden im Versammlungshaus das Festessen und die Eröffnungsfeier für die Einweihung der neuen Wasserleitung statt. Dort wurde der Eintopf aus Punos Fleisch und Blut aufgetischt.

Ryosuke hatte lange überlegt und schließlich entschieden, nicht an der Feier teilzunehmen, auch wenn er damit möglicherweise wieder das Missfallen der Inselbewohner auf sich ziehen würde. Es war ihm einfach nicht zum Feiern zumute und er war sich sicher, den Anblick des Eintopfes nicht ertragen zu können.

Stattdessen wanderte er allein den Berg hinauf. Über den Frauenhang wollte er zum ersten Mal auf den Gipfel des Aburidake steigen. Er passierte die Böschung, die zum Lorbeerwald führte, und lief ohne Pause immer weiter nach oben.

Je näher er dem Gipfel kam, desto karger wurde die Landschaft, vielleicht, weil der Berg hier stetig dem Wind ausgesetzt war. Irgendwann war kein einziger Baum mehr zu sehen. Hier wuchs nur noch das Gras, das den Weg säumte. Jedes Mal, wenn vom Meer Wind herüberwehte, schwankten die in der Sonne glitzernden Gräser hin und her.

Was, wenn der Dämon in seinem Innern wieder Besitz von ihm ergreifen würde, so wie damals, als er sich an die Klippe des Männerhangs verirrt hatte?, fragte sich Ryosuke. Es gelang ihm nicht, diese Sorge ganz abzuschütteln. Ob ihn oben wohl wieder der Drang überwältigen würde, sich hinabzustürzen? Ryosuke spürte, wie ihm der Angstschweiß im Nacken ausbrach und seine Schritte unsicherer wurden, stieg aber weiter hinauf, den Blick auf das Meer zu seinen Füßen geheftet.

Er erreichte den Gipfel. Der große Sendemast, den Ryosuke von der Fähre aus erspäht hatte, ragte in einiger Entfernung in die Höhe. Er stand nun am höchsten Punkt der Insel und alles, was er von hier aus sehen konnte, befand sich unter ihm.

Ein eindrucksvolles Panorama breitete sich vor ihm aus.

Der endlose, blaue Himmel und das Meer. Ryosuke hatte das Gefühl, am Scheitelpunkt zwischen Firmament und Erde zu stehen.

Der kühle Wind pfiff ihm laut um die Ohren.

Er legte sich auf den Boden und blickte in den Himmel, an dem kleine, leuchtende Wolken vorbeizogen. Sie ähnelten sich, und doch hatte jede Wolke ihre ganz eigene Form. Ein merkwürdiger Gedanke stieg in Ryosuke auf. Vielleicht waren die wallenden Wolken so strahlend weiß, weil sich in ihnen die Seelen unzähliger Lebewesen sammelten.

Er dachte an Puno, der so fröhlich in Hashis Garten herumgesprungen war. Wo war seine kleine Seele jetzt? In den Wolken dort oben? Im Wind?

Und wo, dachte Ryosuke weiter, wo war dann sein Vater, der ihn als kleines Kind an die Hand genommen hatte? Wo war die Seele dieses Mannes, der sich eigenhändig erhängt hatte?

Jetzt hier zu sein. Früher einmal gewesen zu sein. Was machte es für einen Unterschied?

Eingetaucht in das strahlende Sonnenlicht grübelte Ryosuke über den Anfang und das Ende der Dinge nach. Manchmal hatte er das Gefühl, sich selbst nicht mehr spüren zu können. Er fragte sich, ob es das, was er sein Selbst nannte, überhaupt gab. Vielleicht war seine Existenz eine bloße Sinnestäuschung, nicht mehr als ein Licht, das das Universum aus einer Laune heraus kurz aufflackern ließ. Schon früher waren ihm solche Gedanken gekommen. Und Ryosuke wusste, dass darin einer der Gründe lag, warum er sich das Messer in die Brust gestoßen hatte.

Er setzte sich im Gras auf. Während er den Horizont in der Ferne betrachtete, überlegte er, was es bedeutete, dass sich seine Seele hier auf dieser Welt befand. Er wusste, dass er keine Antwort finden würde, konnte die Frage aber nicht loslassen.

Gedankenverloren berührte er seine linke Brust. Vielleicht war sein Selbst wirklich nur etwas Flüchtiges, doch unter der wulstigen Narbe pulsierte deutlich spürbar sein Herz.

Als er zurückkehrte, war es bereits kurz vor Sonnenuntergang. Hashi saß in der Küche und trank Shochu.

»Unser Kleiner ist gut angekommen«, sagte er und man hörte, dass er schon etwas beschwipst war. Der Eintopf aus Punos Fleisch hatte wohl reißenden Absatz gefunden.

Ryosuke schenkte sich ein Glas Shochu ein und setzte sich auf den Boden. Hashi erzählte ihm verschiedene Anekdoten über die Teilnehmer der Feier, doch auf einmal wurde er ernst.

»Ich muss Ihnen etwas mitteilen ...«, sagte Hashi und

meinte damit Hisaos Mündigkeitsritual. Der Vorsitzende hatte bei der Feier verkündet, dass sein Sohn es nach Ende der Regenzeit vollziehen würde. Das bedeutete, dass die wilden Pinza in den Bergen gejagt werden würden.

»Und noch etwas ganz anderes ... Punos Eintopf hat sehr gut geschmeckt.«

Hashi füllte Ryosukes Glas bis zum Rand mit Shochu.

»Das Fleisch war sehr zart und hatte einen vollen, sanften Geschmack. Ich hätte mir gewünscht, Sie hätten es probiert.«

»Es tut mir leid.«

Ryosuke wusste, dass Hashi recht hatte. Er hätte das Fleisch essen müssen. Sie hatten dem Zicklein seinen Namen gegeben, es aufgezogen und dann geschlachtet. Aber er hatte es einfach nicht gekonnt.

»Dass man einem toten Tier durch den Verzehr seines Fleischs Respekt erweist, hört sich nach einer Plattitüde an, aber meiner Meinung nach hat man das Schlachten nicht vollendet, wenn man das Produkt nicht isst.«

»Ja ...«

»Sie haben doch in einer Küche gearbeitet und wollen nun Chèvre herstellen. Ich würde mir wünschen, dass Sie unerschrockener werden und lernen, Verantwortung zu übernehmen, indem Sie das Schlachten auch tatsächlich vollenden.«

Diese Ansprache schien Hashi einige Anstrengung gekostet zu haben, denn als er fertig war, ließ er die Schultern sinken. »Ich bin erschöpft«, murmelte er und rieb sich die Augen.

Ryosuke starrte eine Zeit lang in sein Glas, bevor er etwas entgegnete.

»Ich möchte Ihnen auch etwas sagen«, meinte er und berichtete Hashi von der Höhle, die er im Lorbeerwald entdeckt hatte, und von der Bedeutung des Wortes Cave.

»Ursprünglich hat es einfach nur Höhle bedeutet. Man hat Käse doch früher in Höhlen reifen lassen, nicht wahr?«

Hashi, der bis eben noch betrübt den Kopf hängen gelassen hatte, reagierte auf diese plötzliche Offenbarung mit vollkommener Sprachlosigkeit. Ihm fiel die Kinnlade herunter. Es schien ihm genauso wie Ryosuke zu gehen, als er von Frau Yoshikado auf diese Idee gebracht wurde.

»Ja, das stimmt ... Auch Roquefort reift in einer Höhle.«

Hashi schlug sich mit der Hand gegen die Stirn und nickte heftig.

»Mir hat einmal jemand erzählt, dass Roquefort schon seit Hunderten von Jahren in Höhlen gelagert wird und sich genau deshalb der besondere Blauschimmel entwickeln kann.«

»Das heißt also ...«

»Moment, Moment!«

Hashi trank hastig seinen Shochu. Seine Pupillen huschten aufgeregt hin und her.

»Moment ... Denken Sie einmal ganz in Ruhe darüber nach. Ich kann mir nicht vorstellen, dass in dieser Höhle das Gleiche wie in Roquefort möglich ist. Wäre das Ganze so einfach übertragbar, dann könnte man in jeder beliebigen Höhle überall auf der Welt Blauschimmelkäse herstellen.«

»Wurde denn jemals das Gegenteil bewiesen?«

»Nein, also ... So etwas Absurdes ...«

Was Hashi sagte, klang nicht besonders optimistisch,

doch gleichzeitig hatte sich sein Gesichtsausdruck verändert. Ryosuke lehnte sich zu ihm vor.

»Natürlich glaube ich nicht, dass hier derselbe Blauschimmel wie in Roquefort entstehen kann, aber irgendwelche Schimmelkulturen gibt es bestimmt. Und in einer Höhle bleiben Temperatur und Feuchtigkeit konstant. Das allein würde uns doch sehr beim Reifen unseres Käses helfen. Solange wir es nicht wenigstens versucht haben, können wir jedenfalls nicht wissen, ob es funktioniert.«

»Nun ja ... Ja, das stimmt. Man muss es wohl ausprobieren ...«

Hashi nahm noch einen Schluck Shochu und streckte sich.

»Roquefort wird aus Schafsmilch hergestellt. Und bereits beim Erwärmen wird die Milch mit Schimmelkulturen versetzt, damit sich der Blauschimmel im Inneren entwickelt. Wir könnten versuchen, einen Blauschimmelkäse aus Ziegenmilch herzustellen. Ein vergleichbarer Käse ist der Persillé de Chèvre, ein sehr edler Ziegenkäse, bei dem der Blauschimmel auf natürliche Weise wächst. Wenn wir uns also daran orientieren und probieren, eine Art Persillé herzustellen, könnte es schon sein, dass ...«

»Dass wir es hinkriegen, in einer Höhle auf dieser Insel Käse reifen zu lassen! Richtig?«

»Ja«, nickte Hashi. »Aber wenn Sie das tun wollen, müssten Sie täglich bis zu der Höhle auf dem Aburidake hochsteigen. Wenn Sie das allein schaffen, versuchen Sie es. Ich bin leider zu alt dazu.«

»Es ist gar nicht nötig, bis auf den Berg zu steigen.«

»Wie meinen Sie das?«

»Es gibt doch noch die Höhle der Geflüchteten.«

»Wie bitte ...? Moment mal ...«

»Mit dem Boot kommt man bis zum Höhleneingang. Wir können unser kleines Käseexperiment sogar neben dem Angeln erledigen.«

»Halt! Stopp!«

Hashis Stimme wurde lauter.

»Niemand darf die Höhle betreten! Ich habe Ihnen doch erklärt, dass der Ort tabu ist. Es ist eine Grabstätte. Dort wurden alte Menschen zum Sterben ausgesetzt.«

»Ja, aber ...«

»Nein! Auf gar keinen Fall!«

Hashi setzte sich auf und schüttelte energisch den Kopf.

»An solch einem Ort Käse reifen zu lassen, ist einfach falsch! Wir würden mit Sicherheit verflucht!«

»Aber haben Sie nicht gesagt, dass die Höhle sowieso alle zehn Jahre betreten wird?«

»Ja, aber nur für die Totenandacht, um die Seelen zu beschwichtigen! Das ist eine sehr ernste Angelegenheit.«

»Mir ist es auch ernst.«

»Nein, niemals! Unmöglich!«

Demonstrativ kreuzte Hashi die Arme vor der Brust.

»Wenn das herauskommt, werden wir fortgejagt. Die Höhle ist eine heilige Stätte für die Inselbewohner.«

»Wir entweihen den Ort doch nicht.«

»Darum geht es nicht. Jede Familie, jeder Ort, ja jeder Mensch hat Dinge, von denen er nicht will, dass sie angetastet werden. Das sind Dinge, die den Betroffenen sehr wichtig sind. Und Außenseiter wie Sie oder ich dürfen es uns nicht anmaßen, die Tradition, mit der die Menschen hier aufgewachsen sind, einfach so mit Füßen zu treten. Die Konflikte wären vorprogrammiert. Was denken Sie sich eigentlich?«

»Wer würde es denn schon merken?«

Ryosuke blieb hartnäckig.

Hashi starrte ihn entgeistert an.

»Wer es merken würde …?«

»Ja, Herr Hashi, wer würde uns schon dabei erwischen können? Wenn ein anderes Boot in unsere Nähe kommt, angeln wir einfach weiter, so wie immer. Und sowieso sind kaum Schiffe in der Nähe der Höhle.«

»Das mag sein, aber Sie sind nur so übermütig, weil Sie noch nie in der Höhle waren. Gehen Sie erst mal allein dort hinein! Sie werden vor Angst erstarren. An einem Ort zu sein, an dem Menschen unfreiwillig sterben mussten, ist unvorstellbar bedrückend. Und wenn man zwanzig oder dreißig Meter in die Höhle hineingeht, wird es stockfinster. Vielleicht liegen sogar noch Knochen herum. Und da wollen Sie Käse reifen lassen? Sind Sie noch bei Sinnen? Da mache ich nicht mit!«

Hashi schüttelte stur den Kopf. Doch nach einer Weile huschte hin und wieder ein Lächeln über sein Gesicht, als hätte er den Höhepunkt seines Entsetzens langsam überschritten. »Ausgeschlossen«, murmelte er weiter vor sich hin. »So eine törichte Idee.«

»Ist es in der Höhle wirklich so unheimlich?«

»›Unheimlich‹ ist eine maßlose Untertreibung. Es ist, als würde die Höhle direkt ins Höllenreich führen!«

»In die Hölle? Menschen, die ein langes, beschwerliches Leben geführt haben, wurden dort zum Sterben ausgesetzt.

Und dann sollen sie auch noch in der Hölle gelandet sein? Das kommt mir aber reichlich grausam vor.«

»Nein, nein, so meinte ich das nicht. Ich sage ja nur, dass es einem so vorkommt.«

»An so etwas glaube ich nicht.«

»Ah … Sie sind unverbesserlich …«

»Probieren wir es doch wenigstens aus. Es gibt bestimmt nicht viele Menschen auf der Welt, die das schon einmal versucht haben.«

Hashi sah auf den Boden und stützte seinen Kopf in die Hände.

»Wir riskieren unser Leben.«

»Mit diesen Händen habe ich Puno geschlachtet. Ich habe den Tod also schon einmal herausgefordert.«

Hashi griff verzweifelt nach seinem Glas und leerte es in einem Zug.

26

Eine Schlechtwetterfront war vorübergezogen und der Himmel wieder aufgeklart. Auch die See hatte sich beruhigt.

An diesem Tag fuhren sie mit ihrem Fischkutter an der Nordseite der Insel entlang. Sie hatten es auf die Fische im Riff abgesehen. Zwei Mal fuhr auf offener See ein Kutter an ihnen vorbei, andere Schiffe sahen sie nicht.

Als die Gezeitenströmung die Richtung wechselte und Stillwasser einsetzte, bissen die Fische nicht mehr an. Es war beinahe Mittag und die meisten Kutter waren bereits auf dem Rückweg zum Hafen.

»Dann fangen wir mal an!«

Hashi startete den Motor. Wie beim letzten Mal, als sie sich der Höhle genähert hatten, manövrierte er den Kutter geschickt zwischen den Felsen hindurch. Währenddessen trat Ryosuke eifrig auf das Pedal der Luftpumpe, um an Deck das Schlauchboot aufzublasen.

»Die Pumpe ist aber schon ziemlich alt.«

»Anstatt zu jammern, sollten Sie sich besser beeilen!«

Wenn die Inselbewohner anlässlich der Totenandacht zur Höhle fuhren, hatten ihre Schiffe ein Ruderboot im Schlepptau, damit sie dorthin gelangen konnten, hatte Hashi erklärt. Das kam für sie nicht infrage, denn mit einem angehängten Ruderboot würden die Fischer sofort Verdacht schöpfen, wenn sie sie beim Verlassen des Hafens sähen. Ihnen blieb also nur das Schlauchboot, das sie normalerweise für die Jagd auf Langusten und Oktopusse verwendeten. Sie hatten es vor dem Auslaufen ihres Kutters zusammengefaltet und an Deck versteckt. Als sie sich der Höhle näherten, begann Ryosuke mit dem Aufpumpen. Während Hashi weiter nach Felsenbarschen fischte, trat Ryosuke beharrlich die Pumpe.

Vorsichtig lenkte Hashi sie an die Felsenküste. Mit dem Bug steuerten sie direkt auf den Eingang zur Höhle der Geflüchteten zu. Schäumend brandeten die Wellen an die Felsen.

»Das sollte reichen.«

Hashi ließ den Blick über das Meer und die Klippe schweifen. Weit und breit waren weder Menschen noch Schiffe in Sicht. Ryosuke zog das Schlauchboot zum Heck und warf es auf das Wasser. Das Seil, mit dem das Boot vertäut war, hielt er fest. Als er über die Schiffsleiter ins Meer hinabstieg, zog er das Boot, das auf den Wellen bereits abgetrieben worden war, wieder zu sich heran.

»Nicht fallen lassen!«

Hashi reichte Ryosuke Ruder und eine kleine Kühlbox. Darin befanden sich der Käsebruch, dem sie erst vor wenigen Tagen die Molke entzogen hatten, und einige Laibe des reifenden Ziegenkäses in einer Schicht Heuasche. Der Käse musste an einem Ort in der Höhle gelagert werden, wo er vor äußeren Einflüssen geschützt wäre, dann regelmäßig kontrolliert werden. Beides lag in Ryosukes Verantwortung.

»Kommen Sie so schnell wie möglich zurück! Sollten Sie allerdings ein anderes Schiff sehen, dürfen Sie die Höhle auf keinen Fall verlassen. Wenn ich gleich nicht mehr da bin, drehe ich irgendwo eine Runde, aber ich hole Sie wieder hier ab, versprochen!«

Ryosuke gab ihm mit der Hand ein Zeichen der Zustimmung und ruderte los. Das Meer hatte eben noch ruhig gewirkt, doch in dem kleinen Schlauchboot schaukelte er auf den Wellen nach links und rechts. Einmal fiel fast die Kühlbox ins Wasser, aber Ryosuke schipperte unbeirrt weiter, bis er den steinernen Steg an der Küste erreichte.

Er schulterte die Kühlbox und ließ sich in seinen Turnschuhen vom Boot gleiten. Das Wasser reichte ihm bis zur Hüfte. Vorsichtig, damit er sich nicht die Knie oder Hände aufschnitt, kletterte er auf den Bootssteg, der aus aufeinandergestapelten Steinen bestand und an dem kleine, spitze Muscheln hafteten. Er hatte sich das Tau am Arm festgebunden und holte es jetzt ein. Das Boot musste an Land gezogen und im Schatten eines Felsens versteckt werden. Ansonsten könnte es von einem vorbeifahrenden Fischer entdeckt werden, dem sofort klar wäre, dass jemand hier an Land gegangen war.

Es kostete Ryosuke einige Anstrengung, das Schlauchboot aus dem Wasser zu holen. Diese Arbeit würde er jetzt, wenn auch nicht täglich, aber doch so oft verrichten müssen, bis er sein Ziel erreicht hatte. Ryosuke wusste, dass es nicht leicht sein würde, seinen Plan zu verwirklichen, doch er wollte unter keinen Umständen davon abrücken.

Er hievte das Schlauchboot auf den Steg und sein Blick wanderte in Richtung der Höhle.

Völlig unerwartet packte ihn das Gefühl, von einer sonderbaren Macht niedergedrückt zu werden.

Es war, als würden die Hunderte von Augenpaaren, die den felsigen Küstenstreifen schmückten, alle an ihm haften. Sie lagen übereinander, nebeneinander, hintereinander und gehörten zu den unzähligen Steinbuddhas, die den Eingang der Höhle flankierten und alle einen ganz eigenen Ausdruck hatten. Ihre Gesichter wirkten nicht wie das Ergebnis feiner Steinmetzarbeit, sondern vielmehr so, als hätten die Bewohner der Insel sie einfach aus den abgebrochenen Felsen herausgemeißelt. Die verwitterten, vom Meer rund geschliffenen Statuen sahen Ryosuke an, als würden sie einen eigenen Willen besitzen. Inmitten des angespülten Mülls sah sich Ryosuke den vergessenen Wünschen und Sehnsüchten all derer gegenüber, die hier ihr Leben gelassen hatten.

Er stand an der Küste, doch es kam ihm so vor, als hätte er sich an das steinige Flussbett der Unterwelt verirrt.

Und vor ihm tat sich ein schwarzer Schlund auf.

Jetzt verstand Ryosuke, warum Hashi den Eingang der Höhle mit dem Tor ins Höllenreich verglichen hatte.

Auch im Inneren schienen Buddhastatuen zu stehen. Unwillkürlich faltete Ryosuke die Hände und verneigte sich vor den vielen Menschen, die hier hatten sterben müssen.

Er betrat die Höhle.

Hinter dem Eingang hing ein Shimenawa, ein geweihtes Strohseil, das quer durch den Raum lief. Es schien noch nicht besonders lange dort befestigt zu sein, doch hatten sich bereits Plastiktüten und anderer Müll darin verfangen.

Der Weg ins Innere der Höhle wies eine leichte Steigung auf. Bei jedem Schritt trat Ryosuke Geröll aus dem Sedimentgestein los. Anders als draußen an der Küste standen die Statuen hier überwiegend aufrecht, wahrscheinlich weil sie dem Wind und den Wellen weniger ausgesetzt waren. Abseits des Weges waren jedoch keine Statuen zu sehen, dort floss dunkel das Grundwasser in Richtung Küste. Vorsichtig tastete Ryosuke sich entlang des Flusses weiter in die Höhle vor.

Mit jedem Schritt kühlte die Temperatur spürbar ab. Eine klamme Kälte umhüllte ihn. Plötzlich wurde es dunkel. Ryosuke war nun ganz auf seine Stirnlampe angewiesen, in deren schwachem, orangefarbenem Schein er die Steinbuddhas wieder erkennen konnte. Ab und zu flog eine Fledermaus an ihm vorbei. Die kleinen Tiere streiften das Licht und flatterten in die Finsternis hinein.

Je weiter Ryosuke dem Weg folgte, desto leiser wurde das Geräusch der Wellen. Rechts und links waren immer weniger Statuen zu sehen.

Als er sich ungefähr fünfzig Meter vom Eingang entfernt hatte, löschte er versuchsweise das Licht.

Die plötzliche Dunkelheit ließ seinen Atem stocken, und die Blicke der Steinbuddhas hörten nicht auf ihn zu verfolgen.

Hastig griff Ryosuke nach der Lampe und schaltete sie wieder ein.

Beruhig dich, beschwor er sich und konzentrierte sich auf den Windhauch, den er am Körper spürte.

Er spitzte die Ohren. Hielt die Luft an. Schloss sogar die Augen.

Es war ihm, als bewegte sich die Dunkelheit. Ganz langsam nur.

Diese Höhle musste doch mit einer anderen verbunden sein. Vielleicht mit der Höhle im Lorbeerwald? Oder mit den Windlöchern in der Ostklippe? Und war es möglich, dass hier tatsächlich Blauschimmel entstand wie in Roquefort?

Im Licht der Stirnlampe sah Ryosuke sich um und beinahe entfuhr ihm ein Ausruf des Erstaunens.

Aus einem unerfindlichen Grund lag vor ihm ein Boot, direkt am Rand des Stroms.

Es war einfach gebaut und weiß angestrichen, etwas größer als ein Ruderboot und hatte eine Sitzplanke. Mehrere Ruder waren mit Seilen daran festgebunden.

Vielleicht wurde es bei der Totenandacht verwendet. Oder es war vom Sturm an Land gespült und von den Wellen hierhergetragen worden.

Während er noch darüber nachdachte, kam ihm plötzlich eine Idee.

Warum auch immer das Boot hier lag, es war der ideale Ort, um den Käse reifen zu lassen.

Zunächst hatte Ryosuke gedacht, es würde keinen Unterschied machen, wo er den Käse deponierte. Aber dann waren ihm die Ratten eingefallen. Wenn es hier Fledermäuse gab, dann bestimmt auch Ratten. Stellte er den Käse einfach auf den Boden, würde er wohl nicht einmal die Nacht überstehen. Aber was wäre, wenn er ihn in dem Boot verstauen würde? Die Längsseite war nach außen gewölbt, sodass die Ratten, sollten sie versuchen, hochzuklettern und sich dem Käse zu nähern, herunterrutschen würden. Die

Sitzplanke war zudem beinahe waagerecht, also müsste Ryosuke nicht einmal eine Vorrichtung zum Lagern des Käses anfertigen.

Er öffnete die Kühlbox und nahm etwas Aluminiumfolie heraus, mit der er die Planke umwickelte. Dann reihte er den Käsebruch und den bereits reifenden Chèvre vorsichtig nebeneinander auf.

Er erhob sich und legte die Hände zusammen.

»Mach, dass wir mit gutem Schimmel gesegnet sein werden.«

Ryosuke wusste nicht, an wen er diese Bitte richtete. Als er den Kopf bewegte, huschte der Lichtstrahl der Lampe hin und her und holte die Gesichter der Steinbuddhas aus der Dunkelheit.

Hashi zog das Schlauchboot mitsamt Ryosuke zurück an Deck. Obwohl außer ihnen weit und breit niemand zu sehen war, sprach er im Flüsterton. Er war sichtlich angespannt. »Wie war es?«, fragte er.

Während Ryosuke die Luft aus dem Schlauchboot presste, erzählte er von den vielen Steinbuddhas, die ihn umringt hatten, und musste zugeben, dass er sich tatsächlich ein wenig so gefühlt habe, als ob er sich nicht mehr im Diesseits befunden hätte.

»Ja, genau so ist es da drin!« Hashi nickte energisch. »Ich hab's doch gesagt«, schien er sagen zu wollen. »Und wo haben Sie den Chèvre gelassen?«

»Hinten in der Höhle lag ein Boot. Da habe ich ihn deponiert.«

»Wie bitte?«

Hashi, der im Ruderhaus stand und gerade den Motor anlassen wollte, drehte sich entsetzt um.

»War das nicht richtig?«

»Der Chèvre liegt jetzt in dem Boot?«

Hashi kam wankend zu Ryosuke nach draußen.

»Das ist das Totenschiff!«

»Wie, Totenschiff?«

»Das Schiff, mit dem die Toten abtransportiert werden.«

»Die Toten?«

»Nein, falsch, die Seelen der Verstorbenen. Sie werden zurück ins Meer gebracht.«

»Die Seelen der Verstorbenen?« Auch Ryosuke war nun beunruhigt. »Aber davon haben Sie mir nichts erzählt, Herr Hashi ...«

»Ja, ich hätte es erwähnen sollen. Aber wie hätte ich denn ahnen können, dass Sie den Käse ausgerechnet in das Boot legen ...?«

Hashi ging zurück ins Ruderhaus und setzte sich ans Steuer. Er war sichtlich entsetzt. Ryosuke stellte sich zu ihm.

»Vor der letzten Totenandacht wurde das Boot frisch gestrichen. Es ist schon sehr alt. Bei der letzten Feier hieß es, dass es schon vier Mal zum Einsatz gekommen ist. Das bedeutet, es wurde vor über vierzig Jahren gebaut. Es ist ein symbolischer Leichenwagen. Ein Leichenschiff.«

Hashi erklärte, dass das Boot im Normalfall lediglich das »Schiff« genannt werde und ein Priester es bei der Totenandacht aus der Höhle rudere, um den Seelen der dort Verstorbenen die Heimkehr ins Meer zu ermöglichen und ihre Leiden zu lindern. Als es den Brauch des Aussetzens alter Menschen noch gegeben habe, seien tatsächlich auf einem solchen Schiff die Leichname aus der Höhle geschafft worden. Damals hätten die Männer der Insel in regelmäßigen Abständen in die Höhle rudern müssen, um die Toten abzutransportieren.

»Sie wurden dann auf offener See versenkt.«

»Und die Gräber? Auf dem Weg zum Berg gibt es doch Gräber.«

»Die sind sicherlich erst entstanden, als der Brauch des Aussetzens nicht mehr praktiziert wurde. Früher gab es auf dieser Insel keine Gräber. Die Körper der Verstorbenen sind immer vom Boot aus dem Meer zurückgegeben worden. Und in dieses Totenschiff haben Sie Käse gelegt!«

Hashi lachte vor lauter Fassungslosigkeit schallend auf.

»Diese Ignoranz sucht wirklich ihresgleichen. Jemand von hier hätte mehr Ehrfurcht besessen und wäre nie im Leben auf die Idee gekommen, etwas zu essen in das Boot zu legen. Wenn das herauskommt, werden wir ganz bestimmt davongejagt. Aber davor wird man uns wohl umbringen.«

»Und dann werfen sie unsere Körper vom Totenschiff ins Meer?«

Es hatte ein Witz sein sollen, aber Hashis Lachen verstummte.

»Was ich gesagt habe, ist mein voller Ernst.«

»Keine Sorge, Herr Hashi. Wir können gar nicht auffliegen.«

Demonstrativ klopfte Ryosuke auf das zusammengefaltete Schlauchboot.

27

Sie konnten gar nicht auffliegen. Ryosuke glaubte wirklich daran.

Ebenso Hashi. Wenn sie nur aufpassten, würde es schon irgendwie gut gehen.

Während die beiden wieder und wieder Chèvre in die Höhle brachten, verblasste langsam das Gefühl, etwas Verbotenes zu tun.

Der Käse zeigte zwar noch keine Anzeichen von Schimmel, aber Hashi versicherte, dass das genau so sein müsse. Dass schwarzer Schimmel, der sich sofort ausbreitete, nicht besonders schmackhaft war, hatte Ryosuke ja selbst festgestellt. Blauschimmelkäse wie Roquefort oder Persillé de Chèvre benötige zum Reifen mindestens ein oder zwei Monate, betonte Hashi. Demnach wäre es sogar gut, wenn der Schimmel erst spät als leichte Verfärbung erkennbar würde.

Hashi schien große Hoffnungen in ihr Experiment zu legen. Wenn Ryosuke mit dem Schlauchboot ins Wasser stach, war in Hashis Gesicht nichts mehr von der anfänglichen Anspannung zu sehen. Und während er auf Ryosukes Rückkehr wartete, fischte er seelenruhig nach Felsenbarschen.

Doch die Gewohnheit ließ sie unvorsichtig werden.

Eines Tages zogen sie das Misstrauen eines Fischers auf sich, der weiter draußen auf dem Meer beim Schleppangeln seine Runden drehte.

Die Höhle war der einzige Ort auf der Insel, um den jeder einen großen Bogen machte. Alle fuhren ab und zu daran vorbei, doch kein Inselbewohner hielt sich dort länger als unbedingt nötig auf. Aber für ein Schiff galt das nicht. Da konnte etwas nicht stimmen, folgerte der Fischer. Obendrein war besagtes Schiff Hashis Kutter, auf dem eigentlich auch dieser Ryosuke sein müsste. Bereits als der Fischer das Boot zum zweiten Mal an derselben Stelle sichtete, hatte er keinen Zweifel, dass etwas Unredliches im Gange war.

Bei dem Fischer auf dem Schleppfischkutter handelte es sich um Mutsu.

Seine ausgerenkte Schulter war fast vollständig verheilt, doch konnte er sein Boot noch nicht wieder allein steuern und musste notgedrungen auf dem Kutter eines Freundes mitfahren. Das alles nur wegen der Verletzung. Mutsus Groll und sein tiefes Misstrauen gegenüber Ryosuke waren noch nicht verflogen.

Als Mutsu ein weiteres Mal Hashis Kutter in der Nähe des Höhleneingangs entdeckte, wies er seinen Kollegen an, wie gewohnt weiterzufahren, bis sie etwas in Deckung waren. Dann hielten sie an. Mutsu nahm das Fernglas und spähte vom hinteren Teil des Decks zu Hashis Kutter hinüber.

Weder Hashi noch Ryosuke bemerkten, dass sie beobachtet wurden. Wie immer steuerte Hashi das Boot hoch konzentriert über das Riff, damit sie nicht aufliefen. Dabei vergaßen sie wachsam zu bleiben und übersahen den Fischkutter in der Ferne.

Mutsu hingegen sah sie sehr wohl. Er beobachtete, wie sie das Schlauchboot ins Wasser ließen. Und wie Ryosuke an Land ging.

»Er geht an Land? Etwa bei der Höhle?«

»Zweifellos!«

Mutsu konnte es nicht glauben und auch die anderen Fischer auf dem Kutter waren schockiert. Hatten die Zugezogenen vom Festland vollends den Verstand verloren? Ohne einen Priester an seiner Seite durfte sich niemand dieser Höhle nähern.

Mutsu legte das Fernglas nicht aus den Händen. Er beobachtete, wie Ryosuke nach einer Weile mit einer Kühlbox aus der Höhle kam.

»Das ist wirklich eine ernste Angelegenheit.«

Nachdem er zum Hafen zurückgekehrt war, suchte Mutsu sofort den Vorsitzenden auf und erzählte ihm alles, was er gesehen hatte.

»Bestimmt hat er etwas aus der Höhle geklaut!«, beendete er seinen Bericht.

Der Vorsitzende verschränkte die Arme und schloss die Augen.

Abends, als Ryosuke und Hashi sich gerade ein Glas Shochu einschenken wollten, fuhr ein Transporter vor und einige Männer stiegen aus. Sie teilten Hashi und Ryosuke mit, es gebe etwas Dringendes wegen der Fischereigewässer zu besprechen und die beiden sollten umgehend zum

Versammlungshaus fahren. Als Hashi sich nach dem Grund für die Eile erkundigte, gaben die Männer keine Antwort. Stattdessen beharrten sie auf ihrer Forderung.

»Ihr müsst sofort kommen.«

»Und was passiert, wenn wir das nicht tun?«

Einer der Männer lehnte sich zu Hashi vor.

»Dann werdet ihr abgeholt.«

»Verstanden.« Hashi nickte.

Als die Männer wieder verschwunden waren, machte Hashi sich daran, den Gartentisch zu decken. Er hatte einen kleinen Felsenbarsch, den sie nicht verkauft hatten, in Sojasoße gekocht. Während er aß, trank er weiter Shochu.

»Sollten wir jetzt nicht besser aufhören zu trinken?« Ryosuke setzte sich an den Tisch. Er hatte eine böse Vorahnung. »Ich vermute, uns ist ein Fehler unterlaufen.«

Hashi wirkte nicht besonders besorgt. In aller Ruhe löste er das Fleisch des Felsenbarsches von den Gräten.

»Sie meinen, wir sind aufgeflogen?«

»Ja, wahrscheinlich wurden wir bemerkt.«

Hashi schenkte Shochu in Ryosukes Glas.

»Bevor wir losfahren, sollten wir uns etwas Mut für den bevorstehenden Streit antrinken.«

»Und wenn wir uns gar nicht erst auf einen Streit einlassen?«

Ryosuke machte keine Anstalten, sein Glas zu heben, also sagte Hashi: »Prost!«, und stieß an das Glas seines jungen Freundes, das noch immer unberührt auf dem Tisch stand.

»Wir haben die Inselbewohner schon allein dadurch gekränkt, dass wir die Höhle betreten haben. Es ist gar nicht die Frage, ob wir uns auf einen Streit einlassen oder nicht. Wir selbst haben einen Streit angezettelt.«

Hashi wirkte sehr entspannt.

»Aber wie ...«, sagte Ryosuke und geriet ins Stocken.

»Wir sollten erst einmal zu ihnen gehen und alles offenlegen. Bislang haben wir niemandem erklärt, wie wir bei der Käseherstellung vorgehen. Also erzählen wir es ihnen. Ganz bestimmt kommen wir nicht ungeschoren davon, aber es ist immer besser, die Wahrheit zu sagen, als zu lügen. Wenn sie uns dann von der Insel jagen, werden wir wenigstens für etwas bestraft, das wir auch wirklich getan haben.«

Hashi wirkte gefasst. Er schien ein völlig anderer Mensch zu sein als der, der noch vor Kurzem solche Angst vor dem Betreten der Höhle gehabt hatte.

Ryosuke leerte sein Glas in einem Zug.

Mit Ausnahme der Alten hatten sich fast alle der auf der Insel lebenden Männer im Versammlungshaus eingefunden. Als Ryosuke und Hashi ankamen, bemerkten sie, dass alle der vorrätigen vierzig bis fünfzig Klappstühle im Raum aufgestellt waren.

Der Vorsitzende erwartete sie an der Tür und quittierte ihre Begrüßung mit einem kurzen Nicken. Er deutete auf die beiden Stühle in der Mitte des Raumes. Ringsherum saßen die Inselbewohner.

Während sich Ryosuke und Hashi durch die Sitzreihen schoben, begrüßten sie die Anwesenden knapp. Das Stimmengewirr, das sogar draußen zu hören gewesen war, war verstummt. Aus allen Richtungen schlug ihnen Schweigen entgegen und aufmerksame Blicke folgten ihnen.

»Erzähl bitte den Anwesenden, was du gesehen hast!«

Der Vorsitzende rief Mutsu bei seinem Hausnamen auf und bedeutete ihm mit einer Handbewegung aufzustehen.

Mutsu hatte sich wohl auch Mut angetrunken, denn als er sich erhob, konnte man sehen, dass sich seine Gesichtsfarbe von der der sonnengebräunten Männer unterschied. Offensichtlich sprach Mutsu nicht gern vor großem Publikum, seine Stimme war zittrig und dünn. »Ich verstehe kein Wort!«, rügte ihn der Vorsitzende, woraufhin Mutsu um so vieles lauter wurde, dass er fast brüllte. Er berichtete den Anwesenden ohne Ausschmückungen, was er vom Kutter aus beobachtet hatte. Dass Ryosuke die Höhle der Geflüchteten betreten und wieder verlassen habe und dass Hashi ihm geholfen habe, dort an Land zu gehen.

Von den dicht gedrängt sitzenden Männern war nicht einmal ein Räuspern zu vernehmen. Ryosuke vermutete, dass sie die Geschichte bereits kannten.

»Hashida, Kikuchi, ist das wahr?«

Der Vorsitzende forderte Mutsu auf, sich zu setzen, und wandte sich nun den beiden Beschuldigten zu, fast so als leitete er einen Strafprozess. Mutsu starrte Ryosuke an wie eine Muräne kurz vor dem Zubeißen. Ryosuke kam nicht umhin, das zu bemerken, auch wenn er den Fischer nur aus dem Augenwinkel erblickte, als er und Hashi aufstanden.

»Ja, das stimmt«, antwortete Ryosuke und Hashi nickte.

»Mit welcher Absicht? Jeder auf der Insel weiß, dass die Höhle nicht betreten werden darf. Hashida?«

Hashi setzte langsam zu sprechen an.

»Ich weiß, es ist zu spät für eine Entschuldigung, aber ich möchte trotzdem betonen, dass wir uns unseres Fehltritts bewusst sind.«

»Fehltritt? Pah! Das war Absicht! Ein vorsätzliches Verbrechen!«, schrie Mutsu. Der Vorsitzende bedeutete ihm zu schweigen.

»Es tut uns leid.«

Hashi verbeugte sich und Ryosuke tat es ihm nach.

»Aber warum habt ihr es getan? Befindet sich irgendetwas in der Höhle, das man zu Geld machen kann?«

Der Vorsitzende schien sie des Diebstahls zu verdächtigen.

»Nein. Wir haben ausprobiert, ob man in der Höhle Käse reifen lassen kann.«

»Käse?«

Ein Raunen lief durch die Zuschauermenge.

»Ryosuke Kikuchi wird es Ihnen genauer erklären, der junge Mann, der neben mir steht.«

Hashi klopfte Ryosuke auf die Schulter. Ryosuke verbeugte sich noch einmal entschuldigend vor den Anwesenden.

»Ich, ähm ... heiße Ryosuke Kikuchi und ich bin für die Bauarbeiten an der Wasserleitung auf diese Insel gekommen. Warum ich auch nach Beendigung der Bauarbeiten nicht auf das Festland zurückgekehrt bin, liegt daran, dass ...«

»Ja, er ist ganz ein Schlauer«, hörte er jemanden flüstern. Zwei, drei Männer lachten.

Doch Ryosuke ließ sich nicht beirren. Er sprach langsam weiter und wählte seine Worte mit Bedacht.

Er erläuterte, dass einige der wilden Pinza die Eigenschaften von Milchziegen aufwiesen, dass es außer dem Verzehr von Pinza-Fleisch auch eine andere Möglichkeit gebe, die Tiere zu nutzen, indem man Joghurt und Käse aus ihrer Milch herstelle, und dass so ein Produkt möglicherweise das Zeug zu einer regionalen Spezialität habe. Er erzählte, dass sie versuchten, den Käse aus Hanayos Milch reifen zu lassen. Und dass sie herausfinden wollten, ob es in der Höhle vielleicht eine gute Schimmelkultur gebe.

Es schien ihm zu gelingen, den Sachverhalt einigermaßen deutlich zu machen. Die meisten Zuhörer blickten ihn noch immer misstrauisch an, doch hier und da war auch ein neugieriges »Ach!« zu vernehmen.

»Herr Hashi hat versucht, mich zurückzuhalten. Er hat mir erklärt, dass die Höhle für die Insel ein sehr bedeutsamer Ort ist. Aber ich habe mich darüber hinweggesetzt, weil ich unbedingt ausprobieren wollte, ob man dort Käse reifen lassen kann. Ich trage also die Verantwortung und es tut mir sehr leid, wenn ich Ihre Gefühle verletzt habe.«

Ryosuke verbeugte sich und setzte sich wieder.

»Und das ist die Wahrheit?« Der Vorsitzende sah Hashi an.

»Ja«, sagte dieser und nickte. Der Vorsitzende blickte an die Decke und stieß einen langen Seufzer aus.

»Was meint ihr dazu?«, fragte er und blickte in die Runde. Die Männer sahen sich gegenseitig an. Sie wirkten sehr ernst. Nur Mutsu lärmte noch immer. »Sie sollen von der Insel verbannt werden!«, rief er laut.

»Weg mit ihnen!«, stimmten seine Freunde ein.

Eine Weile beobachtete der Vorsitzende das Geschehen. »Hashida«, sagte er dann. »Meinst du, ihr bringt einen guten Käse zustande?«

»Es ist noch zu früh, um das beurteilen zu können«, antwortete Hashi ehrlich.

»Jetzt zu dir, Kikuchi.«

Als der Vorsitzende ihn beim Namen nannte, setzte Ryosuke sich noch aufrechter.

»Als du damals vom Käse angefangen hast, dachte ich mir schon, dass das Scherereien geben würde. Denn mit genau dem Plan, den du gerade umzusetzen versuchst, ist Hashida vor langer Zeit schon einmal gescheitert. Deshalb habe ich ihn auch darum gebeten, dich von diesem Vorhaben abzubringen und dich aufs Festland zurückzuschicken. Aber auf einmal war er selbst wieder Feuer und Flamme für die Sache! Ich habe euch versprochen, dass ich euch unterstütze, wenn ihr einen guten Käse hinbekommt ... Aber das, was ihr da tut, ist einfach nicht richtig. Wie konnte es nur so weit kommen ...? Setzt es langsam bei dir aus, Hashida?«

»Hashida soll auch ausgewiesen werden!«, schrie Mutsu, doch der Vorsitzende funkelte ihn nur finster an und brachte ihn zum Schweigen.

»Kikuchi, du bist nicht für das Leben auf unserer Insel geeignet. Du versuchst nicht einmal, uns zu verstehen. Zum Beispiel redest du die ganze Zeit von wilden Pinza, als würden sie niemandem gehören. Aber das ist völlig falsch. Wir halten die Pinza auf unserer Insel, um sie zu jagen. Wir zähmen sie absichtlich nicht. Die Insel ist wie ein riesiges Gehege für die Tiere. Bei uns werden Pinza nun mal gegessen. Aber ihr Zugezogenen wollt das einfach nicht verstehen und kommt dann auf dumme Gedanken. Käse? Tja ... Ich kann jedenfalls auch ohne Käse leben. Auf dem Festland seid ihr doch auch jahrhundertelang ohne Käse ausgekommen!«

Einige Männer klatschten Beifall.

»Unsere Vorfahren haben über die Generationen hinweg dafür gesorgt, dass es möglich ist, hier zu leben. Sie mussten dafür viele Schwierigkeiten überwinden. Und irgendwann haben sie gemerkt, was sie jagen müssen und wie sie das erlegte Vieh essen können. Das ist eine wichtige Tradition. Wenn man eine regionale Spezialität herstellt, sollte diese auch zur Region passen. Käse? So etwas brauchen wir eigentlich nicht. Auf Aburi-jima werden Pinza gegessen. Das ist unsere Kultur. Hashida, Kikuchi. Ihr versucht, euch in unsere Tradition einzumischen. Unter der Voraussetzung, dass ihr die Höhle nie wieder betretet, werde ich euch trotzdem gestatten, noch ein wenig länger mit dem Käse zu experimentieren. Vielleicht gelingt es euch ja, etwas herzustellen, das uns alle begeistert. Aber wenn ihr scheitert, möchte ich, dass ihr die Sache endlich vergesst. Dann sorge ich dafür, dass wir eine andere regionale Spezialität bekommen, die aus Pinza-Fleisch oder Fisch besteht. Denn davon ernähren wir uns hier auf der Insel. Das wäre sowieso für alle am besten. Nun gut. Heute werde ich euch noch nicht von dieser Insel verweisen. Aber ihr solltet wenigstens versuchen, unsere Traditionen zu verstehen! Hashida, das habe ich dir schon vor langer Zeit mit auf den Weg gegeben.«

Ungefähr die Hälfte der Männer nickte zustimmend.

»Kikuchi, übrigens, wenn du meinen Entschluss nicht akzeptieren kannst und ohne Rücksicht auf andere Menschen Käse herstellen willst, solltest du auf eine einsame Insel ziehen. Wie wäre es mit Koigaki-jima? Die Häuser stehen dort leer und es gibt nichts als Pinza. Da kannst du alles so machen, wie du es willst. Ganz allein.«

Die Umsitzenden brachen in jähes Gelächter aus.

»Weil gerade von Esskultur die Rede war ...«

»Widersprich nicht«, flüsterte Hashi hastig, doch Ryosuke tat es bereits.

»Sie haben recht mit dem, was Sie sagen. Ganz sicher hatten es die Bewohner dieser Insel in der Vergangenheit nicht leicht. Und da man nun mal essen muss, um zu überleben, wurden seit Menschengedenken unterschiedlichste Lebewesen geopfert. Bis heute nehmen wir das zu uns, was unsere Vorfahren als geeignete Nahrung identifiziert haben. Dennoch möchte ich Ihnen allen gern eine Frage stellen. Warum essen Sie Pinza?«

»Weil es unsere Tradition ist.«

Der Vorsitzende zog seine buschigen Augenbrauen hoch.

»Und wir sind stolz auf unsere Traditionen. Pinza zu essen gehört zum Leben auf dieser Insel.«

»Und warum ist es nicht möglich, Pinza zu essen und gleichzeitig Käse aus der Milch der Tiere herzustellen?«

»Du bist ganz schön penetrant!«

Mutsu sprang auf.

»Warum lassen Sie ihn überhaupt so lange reden? Rufen wir lieber gleich die Polizei. Schließlich hat er meine Kuh losgebunden! Die Polizei soll mit der nächsten Fähre kommen. Bis dahin fesseln wir ihn.«

»Übertreib mal nicht!«, rief einer der Männer, doch Mutsu war nicht mehr zu bremsen. Er drängte bereits nach vorn.

»Fesselt sie beide! Wir übergeben sie der Polizei!«

»He!«

Der Vorsitzende versuchte, ihn aufzuhalten, doch Mutsu wehrte sich. Plötzlich stand er vor Ryosuke und packte ihn am Kragen.

»Du hast meine Kuh freigelassen!«, schrie er.

Ryosuke erwiderte Mutsus Blick. Als Hashi versuchte, zwischen die beiden zu treten, stieß Mutsu ihn unsanft beiseite. Es kam zu einer kurzen Rangelei zwischen den dreien.

»Ähm, also, ähm, ähm, nein, nein ... Er war es nicht!«

Toshio stürzte auf sie zu. Seine Augen blitzten so zornig, dass es allen Anwesenden die Sprache verschlug, niemand hatte ihn je so wütend gesehen. Plötzlich brach er in Tränen aus. »Er war es nicht, er war es nicht«, wiederholte er und trommelte Mutsu mit den Fäusten auf die Brust.

»Und wer war es dann?«

Toshio zitterte heftig und biss sich auf die Unterlippe. Nacheinander blickte er Mutsu, den Vorsitzenden und die Umstehenden an, um dann auf einen der Männer zu zeigen.

»Ähm, ähm, ich, ähm, habe die Post ausgetragen, bevor ich mit Frau Yoshikado zu Hashi gegangen bin. Da habe ich ihn gesehen!«

Wie vom Blitz getroffen, schnellte der Mann, auf den Toshio gewiesen hatte, in die Höhe. Es war der Bauleiter, der in der hintersten Ecke des Raumes saß.

»Toshio!«, rief er und zwang sich zu einem Lachen.

»Was erzählst du schon wieder für einen Unsinn?«

Doch im nächsten Moment schon verging ihm das Lachen. Er krümmte sich zusammen und schluckte. Sein Gesicht wurde kreidebleich. Er wirkte wie versteinert.

»Du hast doch nicht etwa ...?«, fragte der Vorsitzende und dem Bauleiter entglitten die Gesichtszüge. Er begann bitterlich zu weinen.

»Aber dieser Mistkerl ...«

Er zeigte auf Mutsu.

»Dieser Mistkerl hat sich vor den Bauarbeiten gedrückt und die Feier ruiniert. Nur weil er mich geschlagen hat, ist der Pinza-Eintopf umgefallen. Und nicht einmal entschuldigt hat er sich für die Brandwunde, die ich deshalb bekommen habe!«

»Also warst du es wirklich?«, fragte der Vorsitzende.

»Ja, ich habe die Kuh freigelassen! Ah ... Aah!«, jammerte der Bauleiter.

Die anderen Männer waren aufgesprungen, doch jetzt setzten sie sich seufzend wieder hin, den Blick auf den Bauleiter gerichtet, der stöhnend auf seinem Stuhl zusammensackte. Er stützte beide Hände auf die Knie und schluchzte.

»Entschuldigung! Verzeiht mir! Es tut mir leid. Ah, es tut mir wirklich leid. Entschuldigung. Aber ich hab es nur gemacht, weil er mich geschlagen hat. Das mit der Kuh tut mir leid. Aber wie behandelt dieser Kerl denn andere Menschen? Was denkt er sich? Ah, aber ja, ich war es. Und ich verspreche, ich mache so etwas nie wieder ... Es tut mir leid. Bitte vergebt mir.«

Das Bekenntnis des Bauleiters war reichlich sonderbar. Erst entschuldigte er sich mit großer Leidenschaft, dann machte er seinem Ärger wieder Luft. In einem Tempo, dem man so schnell kaum folgen konnte, spiegelten sich unterschiedliche Empfindungen in seinem Gesicht.

Dann sprang der Bauleiter mit einem Mal auf, warf dabei seinen Stuhl um und stürmte hinaus.

Niemand lief ihm hinterher. Toshio lag zusammengekrümmt in einer Ecke des Raumes und weinte, als hätte das Schluchzen des Bauleiters ihn angesteckt.

»Mein Fehler!«

Mutsu klopfte Ryosuke auf die Schulter und legte so viel Kraft in die Geste, dass Ryosuke beinahe das Gleichgewicht verloren hätte. Dann verließ er mit seinen Freunden das Versammlungshaus.

Die Männer begannen wild durcheinanderzureden, sodass die Luft in ihrem Stimmengewirr vibrierte. Der Vorfall um Ryosuke und Hashi schien fast in Vergessenheit geraten. »Hoffentlich überlebt er das«, hörten sie die Männer murmeln.

»Umbringen wird er ihn schon nicht.«

Der Vorsitzende zog eine Augenbraue hoch und verschränkte seine Arme.

»Was soll ich dazu noch sagen? Er wird sich mit der nächsten Fähre aus dem Staub machen, wie so oft schon. Ich entschuldige mich für ihn, aber ich bitte euch, diese Sache nicht weiter zu verfolgen.«

Niemand widersprach.

»Und jetzt noch einmal zu dir, Kikuchi. Wegen der Angelegenheit mit der Höhle werde ich nicht die Polizei rufen. Du hast ja kein Gesetz gebrochen, sondern einen Brauch der Insel missachtet.«

Der Vorsitzende fixierte Ryosuke.

»Das ist abscheulich. Aber wie gesagt, dieses Mal drücke ich ein Auge zu, doch ihr dürft die Höhle nie wieder betreten. Und noch etwas, Kikuchi. Mein Gefühl sagt mir, dass es wieder Schwierigkeiten geben wird, wenn du auf der Insel bleibst. Es wäre das Beste, wenn du zusammen mit meinem Neffen die nächste Fähre zum Festland nehmen würdest. Und zu deinem eigenen Besten möchte ich dir dringend raten, zukünftig mit mehr Bedacht zu handeln. Und nun zu dir, Hashida. Das Verbot, die Höhle zu betreten, hält für dich eine Ausnahme bereit: Vor der nächsten Totenandacht wirst du die Höhle sauber machen. Das ist die Strafe für dein Vergehen. Damit ist diese Angelegenheit beendet. Verstanden?«

Abgesehen von Ryosuke und Hashi, die wie angewurzelt in der Mitte des Raumes standen, und Toshio, der noch immer weinte, riefen alle Anwesenden wie aus einem Mund: »Jawohl!«, und klatschten Beifall.

28

Der Regen war zurück.

Ein feuchter Schleier hing über dem Aburidake und es gingen so starke Schauer nieder, dass das Wasser geradezu in Flüssen durch die Straßen der Siedlung strömte.

Es war kaum mehr möglich, den Berg hinaufzusteigen, um in den Lorbeerwald zu gelangen.

Auch die See war rau. Hohe Wellen spritzten schäumend an die Felsenküste und Hashi mied das Angeln am Riff. Trotzdem fuhren sie täglich zum Fischen hinaus. Und wenn die Fähre eintraf, halfen sie beim Ausladen. Die Männer sagten nichts dazu, dass Ryosuke sich immer noch auf der Insel aufhielt.

Man erzählte sich, der Bauleiter sei auf dem Schiff eines verwandten Fischers bei Nacht und Nebel von der Insel geflohen. Aber alle gingen davon aus, dass er schon bald zurückkommen würde. Da sich Ryosuke und seine Freunde als Enttäuschung erwiesen hatten, würde der Vorsitzende binnen kurzer Zeit wieder jemanden beauftragen müssen, unter einem Vorwand junge Aushilfskräfte vom Festland auf die Insel zu locken. Und dann wäre der Bauleiter wahrscheinlich einfach wieder da, als wäre nie etwas gewesen.

»Er hat Aburi-jima zwar verlassen, aber er ist immer noch einer von uns. Wir von der Insel müssen zusammenhalten«, hatte einer der Männer Ryosuke am verregneten Kai erklärt.

Das bedeutete im Umkehrschluss, folgerte Ryosuke, dass man niemals mit der kompletten Unterstützung der Inselbewohner rechnen durfte, wenn man nicht hier aufgewachsen war.

Unabhängig von dem, was der Vorsitzende zu ihm gesagt hatte, war es vielleicht wirklich an der Zeit, die Insel zu verlassen. Dieser Gedanke beschäftigte ihn immer wieder, während er seine tägliche Arbeit verrichtete.

Dann aber müsste er endlich das in die Tat umsetzen, wofür er hierhergekommen war. Er müsste Hashi das überreichen, was er mit auf diese Insel genommen hatte, und das Gespräch führen, das er bislang vermieden hatte. Ryosuke dachte an das, was noch immer tief unten in seinem Rucksack lag.

Eines Abends, als Ryosukes Stimmung ziemlich finster war, tauchte Frau Yoshikado mit einer Flasche Rohrzucker-Shochu bei ihnen auf. Es regnete stark, sodass sie nicht in den Garten gehen konnten. Also setzten sie sich ins Haus direkt vor die Glastür und blickten durch den Regenschleier zu Tsuyoshi und Hanayo hinüber, während sie den Shochu tranken.

»Was machen die Pinza im Wald bei diesem Regen? Wie es ihnen wohl geht?«, fragte Frau Yoshikado.

»Ich weiß es nicht. Ich war länger nicht mehr dort«, entgegnete Ryosuke.

Wenn Hashi ihnen wie jetzt Gesellschaft leistete, tat Frau Yoshikado stets so, als hätte sie den Lorbeerwald noch nie betreten. Ryosuke aber machte ihr nichts vor. Da er seit einiger Zeit nicht mehr auf den Berg gestiegen war, hatte er wirklich nichts zu berichten.

Auch in Sachen Käseherstellung gab es nichts Neues. Seit der Anklage im Versammlungshaus hatte Ryosuke allein weitergearbeitet und war zu ihrer ursprünglichen Methode zurückgekehrt. Nach wie vor fehlte ein geeigneter Raum zum Reifen und so war der Käse wieder voll der Feuchtigkeit und Wärme des Hauses ausgesetzt. Ryosuke führte einen unentwegten Kampf gegen schlechten Schimmel und Hitze.

»Wenn sich schwarzer Schimmel bildet, wische ich ihn mit einem alkoholgetränkten Tuch ab. Es soll Käse geben, der reift, wenn man diesen Vorgang nur oft genug wiederholt.«

Ryosuke machte eine Handbewegung, als würde er ein Stück Käse abreiben.

»Oh je«, sagte Frau Yoshikado teilnahmsvoll. »Die allermeisten Menschen wissen gar nicht, wie viel Arbeit in einem einzigen Stück Käse steckt.«

»Wie wahr«, nickte Hashi. »Die meisten Menschen denken, man müsste bloß Milch in eine Fabrik karren und damit hätte es sich schon. Deswegen wissen sie auch nicht, wie wertvoll Käse eigentlich ist. Ryosuke, wenn Sie auf der Insel bleiben möchten, sollten Sie sich etwas anderes als Chèvre suchen, um Ihren Lebensunterhalt zu finanzieren. Wäre dies hier ein Dorf in Frankreich, dann würde ich so etwas nicht sagen, aber hier stehen der Sache einfach zu viele Schwierigkeiten im Weg. Es ist fast so, als ob man heißen Eintopf in den Tropen verkaufen wollte.«

»Ich würde jetzt gern einen heißen Eintopf essen.« Frau Yoshikado lachte, doch Ryosuke ließ entmutigt die Schultern sinken.

»Warum haben Sie sich eigentlich so auf Käse fixiert?«, fragte Frau Yoshikado.

Erst jetzt fiel Ryosuke auf, dass er ihr nie von seinen Beweggründen erzählt hatte. Er überlegte kurz und entschied sich dann, die Wahrheit zu sagen.

»Mein verstorbener Vater hatte den Traum, Käse herzustellen.«

Hashi erhob sich und ging in die Küche. Sie hörten, wie er die Kühlschranktür öffnete.

»Ihr Vater ist gestorben?«

»Ja.«

»Heißt das, dass Sie bereits als Kind mit Käse zu tun hatten?«

»Daran erinnere ich mich nicht mehr.«

»Was ist mit Ihrer Mutter?«

Ryosuke wurde bewusst, dass er Frau Yoshikado nicht nur verschwiegen hatte, warum er unbedingt Käse herstellen wollte, sondern ihr im Grunde gar nichts über sich erzählt hatte.

In der Küche begann Hashi, etwas zu braten, sie hörten das Fett brutzeln. Ryosuke sprach jetzt ganz leise, damit Hashi nicht mitbekam, was er sagte.

»Meine Mutter lebt auch nicht mehr.«

»Oh, das tut mir leid«, murmelte Frau Yoshikado, die offensichtlich das Gefühl hatte, zu neugierig gewesen zu sein. Ryosuke lächelte.

»Aber deshalb bin ich völlig frei, ich kann tun und lassen, was ich will. Geschwister habe ich nämlich auch keine. Nur weil zu Hause niemand auf mich wartet, konnte ich so spontan entscheiden, auf der Insel zu bleiben, um zu versuchen, Chèvre herzustellen …«

»Das wusste ich alles überhaupt nicht.«

»Ich habe es Ihnen ja auch nicht erzählt.«

Sie schwiegen.

Hanayo meckerte laut.

Anscheinend war Hashi bereits fertig mit dem Essen, denn sie hörten, wie er den Inhalt der Pfanne auf einen Teller gab. Frau Yoshikados Blick war fest auf Ryosuke gerichtet, doch als sie Hashis Schritte hörte, sah sie schnell weg.

»Eine Papayapfanne. Bedienen Sie sich!«

Dampf stieg vom Teller auf.

»Die Papayas sind also schon reif«, stellte Frau Yoshikado fest.

»Einige meiner Fischerkollegen sind auf Koigaki-jima an Land gegangen und haben Papayas gepflückt. Diese hier haben sie mir geschenkt.«

Das Essen in der Pfanne dampfte, es war von grünlicher Farbe. Als Koch hatte Ryosuke zahlreiche Gerichte probiert, aber dieser Geschmack war etwas völlig Neues für ihn. Die gebratene Papaya war fest im Biss und Ryosuke konnte schmecken, dass es sich um eine der ersten Früchte der Saison handelte. Ihr Aroma war nicht sehr ausgeprägt, aber mild und rund. Er spürte es überall auf der Zunge.

Auf Koigaki-jima, berichtete Hashi, befänden sich in den Ruinen der einstigen Siedlung noch immer die Obstgärten der ehemaligen Bewohner, in denen Papayas, Bananenstauden und Mangobäume wüchsen. Da nur noch selten jemand auf die Insel komme, um das reife Obst zu ernten, verfaulten die Früchte Jahr für Jahr.

»Deshalb gehen wir ab und zu dort an Land, damit diese Gaben der Natur nicht alle verkommen.«

Die Papayapfanne passte sehr gut zum Shochu. Nachdem Ryosuke einige Gläser getrunken hatte, hob sich seine Stimmung ein wenig. Er wollte mehr über die Insel Koigakijima wissen, die er bislang nur als Silhouette auf dem Meer kannte.

»Außer Papayas gibt es dort auch Pinza, richtig?«

Ryosuke erinnerte sich an das, was ihm der Vorsitzende im Versammlungshaus an den Kopf geworfen hatte.

»Ja, das stimmt. Die ehemaligen Inselbewohner haben dort auch Pinza gehalten«, antwortete Hashi.

»Milchziegen?«

»Unter anderem Milchziegen. Aber so wie hier leben auch auf Koigaki-jima wilde Pinza, mit denen sich die Milchziegen sicherlich gekreuzt haben.«

»Wie hoch ist der Bestand wohl insgesamt?«

»Ziemlich hoch. Wenn man mit dem Schiff an der Insel vorbeifährt, sieht man unzählige schwarze Punkte an den Berghängen. Das sind die Pinza. Wahrscheinlich ist der Bestand sogar zu hoch. Die Berge sind stellenweise fast abgegrast. Bei so vielen Pinza bleiben nur die Bäume verschont.«

»Deshalb hat er das also gesagt ...«

»Hat Ihnen jemand etwas von Koigaki-jima erzählt?«, fragte Frau Yoshikado. Sie schien vermeiden zu wollen, direkt über die Vorkommnisse im Versammlungshaus zu sprechen, wusste aber natürlich Bescheid. Ryosuke hatte sogar den Eindruck, dass sie an diesem Abend nur gekommen war, um Hashi und ihn aufzumuntern.

»Der Vorsitzende hat zu Ryosuke gesagt, wenn er ohne Rücksicht auf andere Menschen Käse herstellen will, kann er es auf Koigaki-jima versuchen.«

»Womit er durchaus Weitblick bewiesen hat.« Ryosuke lächelte, doch Hashi und Frau Yoshikado sahen ihn ernst an.

»Damit hat er nichts anderes gemeint, als dass Sie zur Hölle fahren sollen«, sagte Hashi.

»Das stimmt. Auf der Insel ist es nicht möglich zu überleben, deshalb haben die Menschen sie nach und nach verlassen«, pflichtete ihm Frau Yoshikado bei.

»Warum sollte es nicht möglich sein, dort zu überleben?«

»Tja ...«, Hashi stellte sein Glas ab. »Eine einfache Erklärung gibt es nicht, aber seit der ersten schriftlichen Erwähnung der Insel ist nicht bekannt, dass es jemandem gelungen wäre, sich dort langfristig niederzulassen. Und da es bislang niemand geschafft hat, muss es wohl unmöglich sein, auch wenn keiner weiß, warum. Auf Aburi-jima waren die Lebensbedingungen für eine bescheidene Existenz gegeben. Und so wohnen hier auch heute noch Menschen. Bei manchen einsamen Inseln aber ist es wie verhext. Wenn sich Menschen dort niederlassen, halten sie nicht lange durch. Vielleicht ist es auch Gott, der sie abweist.«

»Für das Fortbestehen eines Volksstammes ist nun mal eine gewisse Anzahl an Individuen nötig.«

Frau Yoshikados Erklärung klang kompliziert.

»Nehmen wir den Tiger, der ja bekanntermaßen vom Aussterben bedroht ist. Sogar Einzelkämpfer wie er sterben sehr schnell aus, wenn der Bestand seiner Art eine bestimmte Grenze unterschreitet. Menschen aber sind Herdentiere, das macht es noch schwieriger. Mindestens einhundert bis zweihundert Individuen braucht es, um sicherzustellen, dass es eine nächste Generation geben wird. Ohne Gesellschaft stirbt der Mensch aus. Zuletzt lebten auf Koigaki-jima nur noch fünf Familien, nicht wahr, Herr Hashi?«

»Ja, das stimmt.«

»Früher gab es dort sogar eine Mittelschule«, fuhr Frau Yoshikado fort. »Aber es war abzusehen, dass die Insel irgendwann verwaisen würde. Stellen Sie sich nur einmal vor, wenn hier auf Aburi-jima nur fünf Familien leben würden ...«

»Dann käme das Fährschiff nicht mehr und wir hätten außer Pinza nichts zu essen«, führte Hashi ihren Gedanken fort. »Es gäbe noch weniger Ablenkung und wir müssten jeden Tag die gleichen paar Gesichter sehen. Und wenn wir uns mal streiten würden ... Es ist unvorstellbar schwierig, auf so einer kleinen Insel zu leben.«

»Ist es hier denn nicht auch so schon schwierig? Könnte man nicht gleich nach Koigaki-jima übersiedeln?«

Hashi und Frau Yoshikado schüttelten gleichzeitig den Kopf.

»Ich hatte gehofft, Sie würden nicht auf dumme Gedanken kommen, als der Vorsitzende Koigaki-jima erwähnte«, meinte Hashi.

»Wenn hundert Menschen gleichzeitig auf die Insel übersiedeln würden, dann wäre es vielleicht möglich, dort zu leben. Aber so ...«, sagte Frau Yoshikado.

Beide schienen sich Sorgen um Ryosuke zu machen.

»Ich habe noch eine Frage. Nur aus Interesse ... Gibt es Höhlen auf Koigaki-jima?«

Hashi presste die Lippen fest aufeinander, als wollte er sagen: »Was soll diese Frage?«

»Denken Sie nicht einmal daran!«, entfuhr es Frau Yoshikado.

»Es interessiert mich einfach«, erwiderte Ryosuke.

Hashi verschränkte die Arme.

»Meines Wissens nach gibt es hier auf jeder Insel Höhlen. Die geologischen Hintergründe kenne ich nicht, aber ich weiß, dass sie während des Krieges als Bunker genutzt wurden. Koigaki-jima wird sicher keine Ausnahme sein. Irgendwo wird es auch dort eine Höhle geben. Aber, Ryosuke ...«

»Ja?«

»Ich kann wirklich nur dringend davon abraten, nach Koigaki-jima überzusiedeln.«

»Ich habe auch gar nicht vor, Robinson Crusoe zu spielen.«

»Das ist auch gut so, denn, wissen Sie, die Familie, die bis zuletzt dort gelebt hat ...«

»Bitte sprechen Sie nicht davon«, flüsterte Frau Yoshikado, doch Hashi fuhr bereits fort.

»... ist ganz plötzlich verschwunden. Vielleicht haben sie sich einfach bei Nacht und Nebel gemeinsam davongemacht, oder aber ...«

Ryosuke schloss die Augen. Hashi räusperte sich.

»Das Leben auf Aburi-jima ist hart. Wenn sich ein Mensch aber aufgibt, empfindet er sein Leben bestimmt nicht als *hart.* Das Wort reicht gar nicht mehr aus, um seine Gefühle zu beschreiben. Ich glaube, wer diese Art Verzweiflung empfindet, steht außerhalb der Gesellschaft und ist grenzenlos einsam. Als ich auf die Insel gekommen bin, war ich zwar allein, hatte aber immer jemanden, der mir bei einem Glas Shochu Gesellschaft geleistet hat. Und dann gab es auch noch jede Woche die Arbeit am Hafen. Wenn ich mir vorstelle, ich hätte das nicht gehabt, läuft es mir kalt den Rücken herunter. Niemand auf dieser Welt hält es aus, ganz isoliert und einsam zu leben.«

»Das denke ich auch. Falls Sie also auch nur im Entferntesten mit dem Gedanken spielen sollten, nach Koigaki-jima zu gehen, dann vergessen Sie das bitte sofort wieder«, beschwor Frau Yoshikado Ryosuke.

»Das …«, setzte Ryosuke an, aber Frau Yoshikado sprach bereits weiter.

»Wenn Sie für sich herausgefunden haben, dass Sie Pinza-Käse herstellen wollen, dann hat sich Ihr Aufenthalt auf Aburi-jima doch schon gelohnt. Hier haben Sie einen Plan gefasst, der Ihr ganzes Leben verändern wird. Aber Sie können Ihr Ziel überall auf der Welt weiterverfolgen. Ob Sie nun in Japan auf dem Festland in aller Ruhe weiter daran arbeiten oder in Frankreich noch mehr über die Käseherstellung lernen. Den Anfang haben Sie gemacht und darauf können Sie jetzt aufbauen.«

»So ist es!«

Hashi sah Ryosuke eindringlich an, stellte sein Glas ab und klatschte zustimmend in die Hände.

Ryosuke nickte halbherzig und sah, um sich den Blicken der beiden zu entziehen, zu Tsuyoshi und Hanayo hinüber.

Ganz schwach meinte er, zwischen den beiden Tieren die Gestalt von Puno auszumachen.

Ryosuke begleitete Frau Yoshikado auf ihrem Heimweg.

Seite an Seite gingen sie unter ihren Regenschirmen den Feldweg entlang. Frau Yoshikado sprach stockend.

»Wenn ich meine Schüler dieses Jahr zu Ende betreut habe, höre ich vielleicht auf, hier als Lehrerin zu arbeiten.«

Ryosuke fragte nicht nach dem Grund. Er schwieg.

»So wie es aussieht, werden Sie wohl auch in absehbarer Zeit die Insel verlassen, nicht wahr?«

»Ich weiß es noch nicht«, antwortete Ryosuke ehrlich. Ursprünglich war er hierhergekommen, um Hashi aufzusuchen und um ihm etwas zu überreichen. Doch allmählich war der wiederentdeckte Traum seines Vaters sein eigener geworden. Er war regelrecht besessen davon, stieß aber gegen eine dicke Wand aus Widerständen.

Gleichzeitig hatte Ryosuke das Gefühl, dass sich sein Schicksal wie die gewundenen Wurzeln der Lorbeerfeigen immer mehr mit dieser Insel verband. Er hatte Fleckchen an der Klippe getroffen. War im Lorbeerwald von den Pinza umringt worden. Hatte viel Zeit mit Tachikawa und Kaoru verbracht. Frau Yoshikado kennengelernt. Immer wieder hatte es Auseinandersetzungen gegeben, aber die Insel hatte ihn beschützt und ihm sogar den Weg gewiesen. Ryosuke musste sich eingestehen, dass er Angst davor hatte, nach Tokio zurückzugehen.

»Ich weiß noch nicht, was das Beste für mich ist.«

»Das Beste?«, wiederholte Frau Yoshikado. »Ich hätte nicht gedacht, dass Sie so denken.«

»Warum nicht?«

»Ich hatte immer das Gefühl, Sie meistern Ihr Leben, ohne je in Kategorien wie *das Beste* oder *das Schlechteste* zu bewerten.«

»Ja, vielleicht ...« Ryosuke lachte säuerlich. »Aber ›meistern‹ ist nicht das richtige Wort. Ich zweifle ständig.«

»Ich auch«, flüsterte Frau Yoshikado und verstummte. Dann senkte sie ihren Schirm und hielt ihr Gesicht in den Regen. Schließlich blickte sie Ryosuke an.

»Was soll ich nur tun? Es ist beides nicht leicht. Ob ich nun bleibe oder gehe.«

»Ja, das stimmt.«

Sie kamen am Ende des Feldwegs an, ohne weiter darüber zu sprechen. Kurz nachdem sie die Schule hinter sich gelassen hatten, erreichten sie die Siedlung. Ryosuke begleitete Frau Yoshikado bis kurz vor ihre Haustür.

Dort stand eine Gestalt.

Ein Junge unter einem Regenschirm harrte wenige Meter von der Straßenlaterne entfernt in der Dunkelheit aus.

Beide wussten sofort, wer es war: der Sohn des Vorsitzenden.

Als Hisao sie bemerkte, wirkte er erschüttert, sein Gesicht verzerrte sich zu einer regelrechten Fratze. Er stürmte davon, den Regenschirm noch immer in der Hand.

»Hisao!«, rief Frau Yoshikado, aber er blieb nicht stehen, rannte einfach weiter, bis die Dunkelheit ihn verschluckte.

Frau Yoshikado machte einen bestürzten Eindruck. Sie biss sich auf die Unterlippe und starrte in die Richtung, in die Hisao verschwunden war.

»Hat er Ihnen schon mal irgendetwas …?«

»Nein.«

Sie schüttelte den Kopf.

»Es ist wahrscheinlich die Pubertät«, flüsterte sie.

Sie hielt ihren Schirm schräg, sodass der Regen auf sie einprasselte.

»Machen Sie sich keine Sorgen.«

Frau Yoshikado schien sich wieder gefasst zu haben, also wünschte Ryosuke ihr eine gute Nacht. Sanft lächelte sie ihn aus Augen an, die noch feuchter waren als der nächtliche Regen.

29

Die Regenzeit ging zu Ende.

Alles, was zuvor in feuchtwarmem Dampf vor sich hin geköchelt hatte, wurde nun gnadenlos verbrannt.

Unerbittlich schien die Sonne auf sie herab. Mittags explodierte das Licht förmlich. Als Ryosuke zum Angeln ein kurzärmliges Hemd anziehen wollte, belehrte Hashi ihn eines Besseren.

»Im Hochsommer verbrennen Sie sich schlimm die Haut, wenn Sie nur das tragen.«

Und er hatte nicht übertrieben. Ryosuke hatte sich schließlich auf seinen Rat hin ein langärmliges Hemd angezogen, doch an den Händen und am Nacken, den Stellen, die nicht bedeckt waren, rötete sich seine Haut und schwoll an. Es fühlte sich an, als hätten sich Brandblasen gebildet. Allein den Arm zu heben tat weh. Am nächsten Tag legte er sich ein Handtuch um den Hals und lieh sich von Hashi einen Strohhut. So war Ryosuke nun nicht mehr von den anderen Fischern der Insel zu unterscheiden.

Mit dem Wechsel der Jahreszeit änderte sich auch Hashis und Ryosukes Tagesablauf. Sie fuhren bereits vor Sonnenaufgang auf das Meer hinaus und kehrten vor zehn Uhr morgens zum Hafen zurück. Mittags war es zu heiß, um sich im Freien aufzuhalten, sodass sie diese Zeit nutzten, um den Stall zu säubern, Tsuyoshi und Hanayo Heu zum Fressen zu geben und neuen Chèvre herzustellen. Am frühen Abend machte sich Ryosuke nun auch wieder auf den Weg in den Lorbeerwald, um die wilden Pinza zu zähmen.

Doch selbst zu dieser Tageszeit kannte die Sonne kein Erbarmen. Das Laub der Büsche übertrug die gewaltige Hitze und schien jeden, der das Dickicht durchquerte, verbrennen zu wollen. Zu alledem hatte Ryosuke immer schwer zu tragen. Tag für Tag schleppte er Plastikkanister und Eimer zum Melken in einem Rucksack mit sich. Die stets zusätzlich geschulterte Kühlbox enthielt den Käsebruch und den reifenden Chèvre. Während er dann mit dem heißen Wind im Rücken den Aburidake bestieg, lief ihm am ganzen Körper der Schweiß herunter. Doch unermüdlich kletterte er jeden Abend den Weg zum Lorbeerwald hinauf, wo die Bäume auch nach der Regenzeit unverändert wie stumme Riesen standen.

Schon als Ryosuke den Wald zum ersten Mal wieder betreten hatte, war er der Pinza-Herde begegnet. Fleckchen und die schwarze Pinza waren dort gewesen und auch das weiße Ziegenweibchen hatte sich Ryosuke vorsichtig genähert.

Im Gegensatz zu den Lorbeerfeigen hatten sich die Tiere verändert.

Anstelle der Zicklein, die vor nicht allzu langer Zeit noch wie Kuscheltiere ausgesehen hatten und stets fröhlich herumgehüpft waren, hatte Ryosuke links und rechts von sich junge Ziegen versammelt gesehen.

Er hatte sofort erkannt, welches Zicklein sich zu welcher Ziege entwickelt hatte.

Mit dem Wechsel der Jahreszeiten waren diese Tiere andere geworden.

Ryosuke versuchte jeden Tag, die Pinza zu melken.

Frau Yoshikado war es auf Anhieb gelungen, also nahm er an, dass auch er es mit der Zeit schaffen würde. Fleckchen und die schwarze Pinza waren bereits sehr zutraulich, und auch die anderen Tiere gewöhnten sich allmählich an ihn. Die Weibchen ließen sich bereitwillig an Kopf und Rücken streicheln, aber sobald Ryosuke ihre Euter berührte, liefen die Ziegen weg. Nur die weiße Pinza erlaubte ihm das Melken. Im Vergleich zu Hanayo war ihr Euter jedoch kleiner und sie gab weniger Milch.

Ryosuke erinnerte sich daran, was Hashi gesagt hatte. Die Pinza sahen wie Milchziegen aus, hatten sich aber mit wilden Ziegen gekreuzt. Ihre Milch versiegte, wenn sie ihre Jungen nicht mehr ernähren mussten, das war der natürliche Lauf der Dinge. Sobald die kleinen Pinza keine Milch mehr brauchten, konnte Ryosuke auch keine mehr melken, wie sehr er sich auch anstrengen mochte.

Die Tage zogen ins Land und Ryosuke sah sich mit einer Schwierigkeit konfrontiert, die er so nicht vorhergesehen hatte. Die Brücke, von der er angenommen hatte, sie irgendwann überqueren zu können, war vor ihm zusammengestürzt.

»Im Gegensatz zu Menschen haben Tiere Fortpflanzungsperioden, also feste Paarungszeiten. Ryosuke, Sie dachten doch wohl nicht wirklich, dass Sie die Pinza das ganze Jahr über melken könnten?«, erklärte Hashi, nachdem ihm Ryosuke sein Problem geschildert hatte.

»Kann man den Zeitpunkt der Geburten denn nicht beeinflussen?«

»So etwas wird natürlich erforscht. Als ich zum ersten Mal Chèvre hergestellt habe, hieß es noch, das sei unmöglich. Mittlerweile habe ich aber gehört, dass es doch irgendwie gehen soll. Allerdings hat das dann nichts mehr mit der Philosophie eines Fermier zu tun. Fermiers arbeiten mit dem, was ihnen die Natur schenkt. Wenn Sie Einfluss auf die natürliche Lebensweise der Tiere nehmen, können Sie den Käse auch gleich in einer Fabrik herstellen lassen. Haben Sie das wirklich erst jetzt begriffen …? Vielleicht sollten Sie tatsächlich für eine Weile nach Frankreich gehen, um erst einmal die Grundlagen der Käseherstellung zu lernen.«

Ryosuke musste Hashi recht geben. Er würde noch einiges über die Pinza lernen müssen, wenn er eine Ziegenfarm gründen wollte. Ihm fehlten entscheidende Kenntnisse.

Pinza paaren sich im Herbst und sie werfen ihre Jungen im Winter oder Frühling, erläuterte Hashi. Im Winter schwelle der Euter der Mütter an und gegen Ende des Sommers, wenn sie ihre Zicklein großgezogen haben, geben sie keine Milch mehr. Nach diesem Zyklus lebten alle Pinza.

»Auch deshalb ist es so wichtig, dass der Chèvre eine Weile reift. Eine Käserei ist darauf angewiesen, dass sie das ganze Jahr über Käse verkaufen kann. Die Pinza können ja nur ein paar Monate lang gemolken werden. Wer nur auf Frischkäse setzt, hat in den restlichen Monaten nichts zu tun und das Einkommen bleibt aus. Käse ist überhaupt nur entwickelt worden, weil man aus der Milch ein haltbares Produkt gewinnen wollte. Man lässt ihn nicht nur wegen des Geschmacks ruhen. Kurzum, ohne Reifung kein Chèvre.«

Während Hashi diese Ansprache hielt, aß er ein Stück des misslungenen, schwarz gefleckten Ziegenkäses und trank ein Glas Shochu.

Ja. Noch immer bestand das Problem darin, einen geeigneten Ort zu finden, an dem der Käse reifen konnte.

Ryosuke betrat den hinteren Teil der Höhle im Lorbeerwald und suchte im Licht der Stirnlampe nach einer Stelle, die sich zur Lagerung des Chèvre eignen würde. Doch auch hier wurde er nicht fündig. Und wenn er ein Regal bauen wollte, um die Ratten fernzuhalten, müsste er Holz und Werkzeuge aus der Siedlung auf den Berg schleppen. Ganz allein konnte er das unmöglich bewerkstelligen.

Nach langem Überlegen wickelte er die Unterseite der Käselaibe in Aluminiumfolie ein und legte sie einzeln in kleine Mulden in der Wand, die er auf dem Weg durch die Höhle entdeckt hatte. Er vermutete, dass er die Ratten so nicht dauerhaft abwehren konnte, hoffte aber, dass wenigstens einige Laibe unbeschädigt bleiben würden. Die Zeit war ohnehin noch nicht reif, um an den Verkauf des Käses zu denken. Zuerst musste er herausfinden, welcher Schimmel auf dem Käse wachsen und ob er hier reifen könnte.

Obwohl er sich auf Verluste eingestellt hatte, fühlte es sich nicht gut an, Tag für Tag so viel angefressenen Käse zu entsorgen. Offenbar gab es mehr Ratten, als Ryosuke angenommen hatte. Selbst der Käse, den er in ein bis zwei

Metern Höhe deponierte, war stets vollständig zerkrümelt. Das Klettern schien für die Ratten kein Hindernis darzustellen. Zum Glück waren weiter im Inneren der Höhle weniger Verluste zu beklagen. Dort blieben fast alle Käselaibe unversehrt.

Ohne das Licht der Stirnlampe war es in diesem Teil der Höhle stockfinster. Auch war es deutlich kälter, sodass Ryosuke in seinem Hemd stets zu frieren begann. Er glaubte nicht, dass es die Dunkelheit war, die die Ratten abhielt, bis hierher vorzudringen. Er konnte sich nicht vorstellen, dass sich die Tiere hier drin auf ihr Sehvermögen verließen. Es musste der Temperaturunterschied sein, der sie verschreckte.

30

Wieder einmal war Ryosuke zur Höhle zurückgekommen.

Er entfernte die Aluminiumfolie von einem der Käselaibe, die in den Mulden in der Wand lagerten, und prüfte ihn im Licht der Stirnlampe. Dann wendete er den Käse, umwickelte die untere Seite wieder mit Folie und legte ihn zurück. Diesen Vorgang wiederholte er bei allen Laiben.

Der Käse wurde bereits fester, was wohl dem Höhlenklima zu verdanken war. Das war ein erster Erfolg. Doch noch immer wusste Ryosuke nicht, ob und welche Art Schimmel sich auf dem Käse ansiedeln würde. Bis er das herausfände, würde es noch einige Zeit dauern.

An diesem Tag begab er sich weiter als je zuvor in die Höhle hinein. Zwei Dinge fielen ihm im Licht der Stirnlampe besonders auf.

Zum einen bemerkte er, dass der Weg langsam anstieg. Wenn die Höhle aber tatsächlich mit der Höhle der Geflüchteten verbunden war, müsste der Weg eigentlich abfallen. Ihr Aufbau war ihm ein Rätsel.

Zum anderen fand er es merkwürdig, dass auch so tief in der Höhle noch Pinza-Kot lag. Hier fiel schon lange kein Sonnenlicht mehr ein und es war kalt genug, um sogar die Ratten abzuschrecken. Warum also befanden sich eindeutige Zeichen in der Höhle, dass Pinza hier gewesen waren? Warum waren die Tiere überhaupt so weit vorgedrungen? Er lief durch die Finsternis, ohne eine Antwort auf seine Fragen zu finden.

Ein Lichtpunkt im Dunkel.

Für Ryosuke, der alles daransetzte, dass die Käseherstellung endlich funktionierte, gab es momentan keinen wichtigeren Ort als diese finstere, kühle Höhle. Und trotzdem erschien ihm nach getaner Arbeit der Lichtpunkt in der Ferne, der den Ausgang markierte, wie ein Versprechen auf Erlösung. Je näher er ihm kam, desto wärmer wurde es wieder, und seine Schritte beschleunigten sich.

An diesem Tag jedoch ließ ihn etwas innehalten. Ein Schatten schob sich vor das Licht am Ausgang.

Für eine Pinza war er zu groß.

Ryosuke spürte eine böse Vorahnung.

Langsam näherte er sich der ovalen Öffnung und achtete darauf, kein Geräusch zu machen. Er sah die Blätter der Lorbeerfeigen im Wind schwanken und trat vorsichtig hinaus ins Licht.

Der Lorbeerwald breitete sich unverändert vor ihm aus und das grüne Blättergewölbe raschelte im Wind.

Er wusste es sofort.

Die Pinza rannten ins Gebüsch.

Jemand zielte mit einer Armbrust auf sie.

Hisao.

Ryosuke hielt den Atem an. In genau diesem Moment schoss der Sohn des Vorsitzenden den Pfeil los. Er pfiff durch die Luft und flog hinein ins Gebüsch, verfehlte aber die Pinza und landete schließlich im Stamm einer großen Lorbeerfeige.

Wütend schnalzte Hisao mit der Zunge.

Gehörte das bereits zum Mündigkeitsritual? Offensichtlich jagte Hisao die Pinza. Direkt neben Ryosuke raschelte es und aus dem grünen Dickicht beim Eingang der Höhle trat Fleckchen hervor.

Wahrscheinlich war die Pinza nur gekommen, weil sie Ryosuke erkannt hatte.

Hisao hatte das Knacken der Äste ebenfalls wahrgenommen, ging in die Hocke und drehte sich um.

»Lauf weg, Fleckchen!«, rief Ryosuke, aber das Tier blieb wie erstarrt stehen und sah Ryosuke verwirrt an.

Aus dem Augenwinkel erkannte Ryosuke, dass Hisao seine Armbrust hob.

»Tu es nicht!«, schrie er im Versuch, ihn aufzuhalten.

Was dann passierte, begriff Ryosuke kaum. Ihm schoss das Blut in den Kopf.

Hisao hatte nämlich nicht mehr Fleckchen, sondern Ryosuke im Visier. Die Armbrust war direkt auf ihn gerichtet.

Ssst, hörte er den Pfeil durch die Luft sirren, als er sich auch schon zur Seite warf. Der Pfeil verfehlte ihn nur knapp, prallte auf den Fels und fiel zu Boden.

Ryosuke hatte Mühe aufzustehen.

Als er sich endlich zitternd erhoben hatte und in die Richtung blickte, wo eben noch Hisao gestanden hatte, war dieser bereits über alle Berge.

Maßlose Wut kochte in ihm hoch. Ihm wurde schwindelig und schwarz vor Augen, so wie damals, als Mutsu ihn getreten hatte. Unterdessen war Hisao längst nicht mehr zu sehen, flink, wie er war.

Ryosuke ging zu der Stelle, an der der Pfeil lag, und hob ihn auf.

Er hatte eine ungefähr acht Zentimeter lange, dicke Spitze. Eine Pinza könnte man zweifellos damit umbringen, aber auch ihn hätte dieser Pfeil das Leben kosten können. Und es gab keinen Zweifel, Hisao hatte auf ihn gezielt.

Er konnte nicht glauben, was ihm gerade widerfahren war, und berührte die Pfeilspitze immer und immer wieder.

Fleckchen war verschwunden und auch die anderen Pinza ließen sich nicht mehr blicken.

31

Nach Sonnenuntergang setzte sich Ryosuke mit Hashi zusammen und erzählte ihm von dem Vorfall. Hashis Miene verfinsterte sich. »Damit hat er also auf einen Menschen gezielt«, murmelte er, während er mit dem Finger über die Pfeilspitze strich.

»Wird beim Mündigkeitsritual immer mit einer Armbrust gejagt?«, fragte Ryosuke scheinbar beherrscht. Er versuchte, sich irgendwie wieder zu beruhigen.

»Es gibt keine festen Regeln, wie gejagt werden muss. Man kann Pfeil und Bogen benutzen oder auch die Tiere lebend fangen, mit Seilen. Einige der Pinza sind an Menschen gewöhnt, so schwer ist das also nicht.«

Ryosuke nahm den Pfeil, den Hashi zurück auf den Tisch gelegt hatte, in die Hand.

»Haben denn auch andere schon mit Pfeilen geschossen?«

»Vielleicht nicht mit so einem wie diesem, aber in der Vergangenheit wurde bestimmt auch mit Pfeilen gejagt. Das Mündigkeitsritual wurde sehr lange nicht mehr abgehalten, weil kaum noch junge Leute auf der Insel leben. Jedenfalls gibt es keine Regeln, außer, dass man die Pinza eigenhändig jagen muss. Da sind sich alle einig. Man kann

Hisao also nicht ankreiden, dass er mit einer Armbrust geschossen hat.«

»Auch nicht, wenn er mit dieser Armbrust auf mich gezielt hat?«

»Ja, genau da liegt das Problem.« Hashi verschränkte die Arme. »Wenn wir uns beschweren, wird der Vorsitzende lediglich sagen, er werde Hisao ermahnen, in Zukunft vorsichtiger zu sein. Und wir könnten uns noch glücklich schätzen, wenn es so kommt. Immerhin haben wir schon einmal die Regeln dieser Insel verletzt. Vielleicht würden sie die Sache auch so drehen, dass wir jetzt das Mündigkeitsritual infrage stellen wollen.«

»Aber das ist doch ...«

Hashi trank seinen Shochu aus. Er wischte sich die Lippen mit dem Handrücken ab und machte ein ernstes Gesicht.

»Hisao kann sich leicht herausreden. Er wird behaupten, dass er nicht auf Sie gezielt hat.«

Entmutigt ließ Ryosuke die Hand sinken, die er gerade nach seinem Glas ausgestreckt hatte.

»Wie ist das denn überhaupt beim Mündigkeitsritual? Wird dabei nur eine einzige Pinza erlegt?«

Hashi schüttelte den Kopf.

»Es wird ganz bestimmt nicht bei einer Pinza bleiben, die anlässlich des Mündigkeitsrituals von Hisao sterben muss. Nicht bei dieser einflussreichen Familie. Hisao wird irgendwann seinen Vater ablösen und selbst der Vorsitzende werden. Die Leute auf der Insel überlegen im Moment alle, was für ein Geschenk sie Hisao machen sollen. Normalerweise verschenken die Männer zu so einem Anlass eine große Bernsteinmakrele oder eine Meerbrasse. Oder eben eine Pinza, die sie selbst gefangen haben.«

»Das heißt also, viele der wilden Pinza werden getötet werden oder zumindest lebend gefangen.«

»So ist es. Wie der Vorsitzende gesagt hat: Das ist der Grund, warum wir die Pinza überhaupt frei herumlaufen lassen.«

»Das sind auch die Pinza, aus deren Milch wir Chèvre herstellen wollen ...«

Hashi schloss die Augen und verschränkte die Arme vor der Brust, in einer Hand sein Glas. Er atmete tief aus.

»Ryosuke.«

»Ja?«

»Ich denke, es ist langsam an der Zeit. Sie sollten diese Insel bald verlassen.«

Wieder strich Ryosuke mit dem Finger über den Pfeil.

»Sie sind schon ein halbes Jahr hier.«

Ryosuke nickte.

»Ja, bald ist es ein halbes Jahr.«

»Ich weiß nicht, ob ein halbes Jahr eine lange oder kurze Zeit ist, aber Sie wissen nun, was Sie mit Ihrem Leben machen möchten. Wenn Sie Ihren Traum verwirklichen wollen, dann eignet sich ein anderer Ort besser dafür als dieser. Fliegen Sie nach Europa, um mehr über Käse zu lernen. Ich bin mir sicher, Ihre Eltern hätten das auch gutgeheißen.«

Ryosuke senkte den Blick und schwieg.

»Sehen Sie das hier als wertvolle Erfahrung. Ich möchte Ihnen gern einen Rat geben, auch weil Sie der Sohn meines verstorbenen Freundes sind: Sie dürfen Ihre Zeit nicht verschwenden!«

»Ja, aber … ich habe das Gefühl, hier nichts richtig zu Ende gebracht zu haben. Ich habe nichts erreicht. Es waren alles nur halbe Sachen.«

Wieder schloss Hashi die Augen. Eine Falte bildete sich zwischen seinen Brauen.

»Gegen halbe Sachen ist nichts einzuwenden.«

»Wie meinen Sie das?«

»Sie sind ein Perfektionist. Aber Menschen, die es partout nicht ertragen können, auch mal halbe Sachen zu machen, laufen Gefahr, alles an der Wurzel herauszureißen. Bevor sie ihr Leben halbherzig führen, löschen sie ihre Existenz lieber gleich aus. Aber im Grunde ist genau das eine vollkommen halbherzige Handlung. Ryosuke, ich sage Ihnen das, weil mir etwas an Ihnen liegt. Jeder Mensch hat am Ende seines Lebens das Gefühl, nicht alles geschafft zu haben. Und das ist weder gut noch schlecht. Perfektionisten, die zu ernsthaft an das Leben herangehen, sollten sich besser an das Gefühl gewöhnen, etwas nicht zu Ende bringen zu können. Das ist nämlich immer noch tausendfach besser, als sich selbst das Leben zu nehmen.«

Vielleicht hat er recht, dachte Ryosuke. Gleichzeitig keimte in ihm jedoch ein Widerwille auf, den er selbst noch nicht richtig einordnen konnte. Es war ein Widerwille gegen irgendetwas an diesen Inselbewohnern. Und gegen Hashi. Das Gefühl nährte sich aus den Worten, die er ihm noch immer nicht gesagt hatte.

»Der Vorfall mit dem Pfeil … Werden Sie die Sache einfach auf sich beruhen lassen?«

»Das habe ich nicht gesagt.« Hashi spülte hastig den Shochu herunter. »Lassen Sie uns morgen nach dem Angeln zum Haus des Vorsitzenden fahren, um den Pfeil zurückzugeben. Dann sagen wir, was gesagt werden muss.«

»Ja«, antwortete Ryosuke, ohne zu zögern, und schenkte Hashi Shochu nach. Dieser blickte ihn an.

»Wobei ... es ist noch gar nicht sicher, ob wir morgen überhaupt aufs Meer hinausfahren können. Vielleicht müssen wir uns auch um andere Dinge kümmern.«

»Wie meinen Sie das?«

»Ein Taifun kommt auf die Insel zu.«

»Ein Taifun?«

»Ja, ab morgen wird die See rauer. Wenn der Taifun nicht noch die Richtung ändert, trifft er uns direkt.«

Ryosuke konnte sich das kaum vorstellen.

Am Nachthimmel funkelten die Sterne und es war nicht eine einzige Wolke zu sehen. Die Milchstraße leuchtete hell über ihnen Köpfen.

Kein Wind. Kein Grashalm bewegte sich.

Vermutlich bezog Hashi seine Informationen aus dem Wetterbericht, doch Ryosuke kam das Ganze völlig unwirklich vor.

32

Am nächsten Morgen leuchtete der Osthimmel so intensiv, als spuckte er Flammen. Es war eine Morgenröte, die ankündigte, dass das Wetter bald umschlagen würde. Erst beim Anblick dieser plötzlichen Lichtexplosion begriff Ryosuke, dass sich tatsächlich ein kräftiger Wetterumschwung näherte.

Dennoch fuhren sie auf das Meer hinaus. Schon an der langen Mole spritzte die Gischt empor.

Die Wellen wurden immer stärker, schwerer und höher. Sobald sie den Hafen verlassen hatten, musste Ryosuke sich hinsetzen. Jedes Mal, wenn sie mit dem Bug voran in einen der Wasserberge stachen, neigte sich der Kutter stark zur Seite. Wenn Ryosuke sich nicht mit beiden Händen am Rand des Schiffes oder dem Drahtseil fürs Fischen festhielt, lief er Gefahr, über Bord geworfen zu werden. Aber vor einem Sturm bissen die Fische nun einmal besonders gut. Sie schienen zu merken, dass sich eine Veränderung ankündigte, wohl durch den niedrigeren Luftdruck oder das rauere Meer, und zeigten deshalb größeren Appetit als sonst. Ryosuke und Hashi fuhren mit ausgeworfenem Köder an der Grenze zwischen zwei Meeresströmungen entlang, da sich dort oft größere Fische tummelten, die die kleineren jagten.

Ryosuke kämpfte mit der Übelkeit und übergab sich mehrmals, holte aber trotzdem einen Fisch nach dem anderen an Deck. Beim Schleppangeln dicht unter der Wasseroberfläche fingen sie eine große Goldmakrele, einen Sawara und einige Bonitos. Danach ließen sie sich mit der Strömung treiben und machten mit Jig-Angeln weiter, wobei sie den Köder über den Meeresgrund hüpfen ließen. Eine über zwanzig Kilogramm schwere große Bernsteinmakrele biss an Hashis Angel an. Immer mehr Wasser spritzte in den Kutter, sodass sie sich schneller als geplant auf den Rückweg machten.

Der Hafen war in Aufruhr.

Stimmten die Luftdruckwerte aus dem Wetterbericht, dann handelte es sich um einen so starken Taifun, wie es ihn nur einmal in zwanzig oder dreißig Jahren gab, hieß es. Die Wellen würden wohl weit über die Mole an Land rollen. Alle Boote wurden am hinteren Teil der Anlegestelle miteinander vertäut, damit der Wind sie nicht umkippte.

Hashi fuhr mit ihrem Fang zum Versammlungshaus, während Ryosuke alle Hände voll damit zu tun hatte, an der Längsseite ihres Kutters alte Autoreifen anzubringen. Die Reifen dienten als Polster zwischen den zusammengebundenen Schiffen. Ryosuke hatte so etwas noch nie gemacht und wurde einige Male von den Männern angebrüllt, weil er so langsam war. Der Anspannung in ihren Stimmen konnte er entnehmen, wie sehr sie sich vor dem Taifun fürchteten.

»Überall ist die Hölle los«, stellte Hashi fest, der vom Versammlungshaus zurückgekehrt war, und zuckte ratlos mit den Schultern.

Alle Fischer hatten heute einen großen Fang gemacht und der Platz in den Kühlschränken im Versammlungshaus reichte nicht aus. Und während sich die Inselbewohner darum stritten, was mit den Fischen geschehen sollte, rückte der Taifun unaufhörlich näher. Zudem mussten die Kutter vertäut und die Häuser sturmsicher gemacht werden. Da die Fischer das selbst nur zu gut wussten, wurde ihre Stimmung immer gereizter. Hashi jedoch blieb ruhig.

»In den nächsten drei Tagen wird keiner mehr sein Haus verlassen können, also sollten wir gelassen bleiben und diesen Sturm, sobald wir alles erledigt haben, mit ein paar Gläsern Shochu aussitzen.«

»Ist der Taifun wirklich so gefährlich?«

»Er soll eine Stärke von neunhundertzwanzig Hektopascal erreichen. Wenn er die Insel direkt trifft, ist das einer der stärksten Taifune, die wir hier je erlebt haben. Der Wind wird durchgehend eine Geschwindigkeit von rund zweihundert Kilometern pro Stunde haben. Auf dem Festland kennt man Stürme dieser Größenordnung überhaupt nicht. Ich werde Hanayo und Tsuyoshi ins Haus holen, und die Glastür zur Meerseite müssen wir mit Brettern vernageln, damit sie nicht von umherfliegenden Steinen zerschmettert wird. Bevor wir uns heute also ein Glas genehmigen können, haben wir noch einiges zu tun.«

Mit diesen Worten griff Hashi nach dem Tau und half beim Festbinden des Kutters.

Der Himmel wandelte sich beinahe im Minutentakt. Als Ryosuke nach dem Vertäuen des Kutters seinen Blick nach oben richtete, war noch Blau zu erkennen. Doch als sie vom Hafen in Richtung der Siedlung losfuhren, hatte sich das bereits geändert. Ein starker, böiger Wind war zu spüren und die Luftströmung fegte graue Wolken über den Himmel. Das Meer war stürmischer und die Wellen schlugen höher als am Morgen beim Fischen. Weiße Schaumkronen tanzten auf unzähligen Wasserhügeln.

Die Siedlung war in Alarmbereitschaft. Alle Inselbewohner standen vor den Türen ihrer Häuser und versuchten, sich gegen den Sturm zu sichern. Sie schlossen die Fensterläden und vernagelten sie mit Brettern.

Während Ryosuke den Menschen aus dem Auto heraus bei ihrer Arbeit zusah, strich er mit dem Finger über den Pfeil, den er auf das Armaturenbrett gelegt hatte. Der Radioempfang war schlecht, aber Ryosuke konnte den Ansagen entnehmen, dass es in dieser Gegend womöglich schon in der kommenden Nacht heftige Unwetter geben würde.

»Heute Abend können wir alle unsere Häuser nicht mehr verlassen.«

Hashi saß am Steuer und zeigte auf einen Mann, der auf einer Leiter stand und sein Dach ausbesserte.

»Wenn der Wind wirklich so stark weht wie angekündigt, werden die Ziegel trotzdem abfliegen.«

»Tatsächlich?«

»Wir müssen unser Haus auch noch sichern. Bringen wir den da also schnell zurück.«

Hashi warf einen Blick auf den Pfeil und trat aufs Gaspedal.

Vor dem Haus des Vorsitzenden drängten sich Menschen. Mindestens zehn Männer standen dort, unter anderem auch Mutsu und seine Freunde. Sie bemerkten die Ankömmlinge.

»Haben sich Mutsu und seine Freunde eigentlich noch mal ordentlich bei Ihnen entschuldigt?«

Hashi bezog sich auf die Gewaltausbrüche der Männer, die sie mit der Anschuldigung gerechtfertigt hatten, Ryosuke und Tachikawa hätten Mutsus Kuh freigelassen.

»Nein, haben sie nicht«, antwortete Ryosuke. Hashi schnappte sich den Pfeil, den Ryosuke gerade hatte nehmen wollen, und hielt ihn vor seine Brust, als wollte er böse Geister abwehren. Er stieg aus dem Wagen und ging auf die Männer zu. Ryosuke folgte ihm.

»Was ist los?«, fragte Mutsu, als sich die beiden näherten.

Hashi hielt den Pfeil hoch.

»Den bringen wir dem Sohn des Hauses zurück«, antwortete er schroff. »Der junge Mann scheint nämlich Menschen mit Pinza zu verwechseln.«

Mutsu betrachtete den Pfeil aufmerksam. »Gib ihn mir, ich kann ihn zurückgeben«, sagte er und streckte die Hand aus.

»Nein, danke.« Hashi wandte ihm den Rücken zu. Mutsus Miene verhärtete sich.

»Er schlachtet gerade die Pinza, die er erlegt hat. Ihr könnt jetzt nicht zu ihm.«

Hashi drängte sich zwischen den Männern hindurch, blieb dann aber kurz stehen und drehte sich zu Ryosuke um. Dieser erwiderte seinen Blick und folgte ihm.

Die Blätter der großen Sagopalme tanzten im Wind. An ihrem Stamm lehnte der Vorsitzende mit verschränkten

Armen. Vor ihm lag ein etwa anderthalb Quadratmeter großes Holzbrett, auf dem Hisao in Sportkleidung und Schürze kniete und mit einem Messer einen Fleischklumpen zerteilte. Das Brett, das Fleisch und Hisaos Hände waren voller Blut. Und inmitten der großen Blutlache lag der Kopf einer schwarzen Pinza.

Ryosuke konnte kaum mehr atmen.

Er ballte die Faust. Wandte den Blick ab. Sah wieder hin.

Tatsächlich.

Bei dem geköpften Tier, dessen Körper Hisao gerade bis auf die Knochen zerlegte, handelte es sich um die schwarze Pinza, der er immer wieder begegnet war.

»Herr Hashi ...«

»Ja?«

»Ich bin dieser Pinza im Wald begegnet.«

An Hisaos Kinn und Nase klebten die Blutspritzer seines Opfers. Sein Gesichtsausdruck war todernst. Er biss sich auf die Unterlippe und runzelte die Stirn. Hisaos Augen, die denen des Vaters glichen, funkelten wild und standen in starkem Kontrast zu den leeren, leicht eingedrückten Augen der toten Pinza.

Ryosuke fühlte sich immer beklommener und trat einige Schritte zurück. Hashi berührte vorsichtig seinen Ellbogen.

»Da ist noch eine«, raunte er und deutete mit einer Kopfbewegung zum Kuhstall.

Darin stand eine lebende Pinza.

Fleckchen.

33

»Hisao hat diese Pinza heute Morgen mit einem Pfeil erlegt.«

Ohne sich an jemand Bestimmtes zu richten, begann der Vorsitzende zu schildern, was passiert war.

»Er hat ein lebenswichtiges Organ getroffen und die Pinza auf Anhieb getötet. Jetzt lässt er sie ausbluten und zerlegt sie, damit ihr Fleisch nicht verdirbt. Am liebsten würde ich heute Abend schon das Fest zu Ehren meines Sohnes abhalten, aber wie ihr wisst, kommt der Taifun. Wir feiern, wenn er vorübergezogen ist. Für den Eintopf brauche ich aber noch mehr Pinza aus den Bergen. Das Fleisch wird nicht reichen, auch wenn wir die hier noch schlachten.«

Der Vorsitzende zeigte auf Fleckchen.

»Mutsu und seine Freunde haben sie gefangen«, flüsterte ein Mann. Ryosuke hatte schon so etwas vermutet. Der Vorsitzende sah Mutsu eindringlich an, als wollte er ihm nahelegen, noch mehr Pinza zu bringen.

Dann wandte er sich mit einer knappen Verbeugung Hashi und Ryosuke zu.

»Hashida, wenn es trotzdem nicht reichen sollte, nehme ich das Männchen zurück, das ich in deine Obhut gegeben habe.«

»Ja …«

Hashi nickte widerwillig. Genau in diesem Moment hob Hisao den Kopf und sah kurz zu Ryosuke herüber. Er verzog die Mundwinkel, griff wieder nach dem Fleischmesser und hackte damit auf das Kniegelenk der Pinza ein. Krack. Das Geräusch jagte ein Prickeln durch die Narbe auf Ryosukes Brust.

Als sie zum Auto zurückgingen, trugen sie den Pfeil noch immer bei sich.

Den gesamten Rückweg über schwiegen sie.

Auf der Straße tanzte der Sandstaub im Wind. Doch während Ryosuke durch das Fenster auf der Beifahrerseite die vorbeiziehende Siedlung betrachtete, sah er Fleckchen vor sich.

Fleckchen hatte ihn die ganze Zeit über stumm angestarrt.

Dort, wo das Tier festgebunden gewesen war, hatte es sicherlich genau sehen können, wie die schwarze Pinza zerlegt wurde.

Ein einziges Mal nur hatte Fleckchen versucht, fortzulaufen. Aber das Seil, mit dem es festgebunden war, hatte sich unbarmherzig gestrafft, sodass Fleckchen auf die Seite fiel. Die Ziege war, am ganzen Leib zitternd, sofort wieder aufgestanden, hatte aber keinen Laut von sich gegeben. Hatte nur wieder stumm Ryosuke angestarrt.

Ihre goldfarbenen Augen hatten ihn erkannt.

Das wusste Ryosuke.

Fleckchens Augen legten sich als Nachbild über alles, was Ryosuke auf dem Rückweg zu Hashis Haus erblickte.

Bäume in Gärten wankten im Wind. Heu aus Ställen flog umher. Ineinanderlaufendes Rot und Gelb der Hibisken. Vergnügte, jauchzende Kinder auf ihrem Heimweg im wirbelnden Sand. Wild wogende Blätter von Sagopalmen.

Und über alldem Fleckchens goldene Augen.

»Jetzt müssen wir schnell das Haus sturmsicher machen.«

Ryosuke hatte nicht gemerkt, dass sie bereits den Feldweg hinter sich gelassen hatten.

Sein Blick glitt auf den Pfeil, der jetzt wieder auf dem Armaturenbrett lag.

»Wir ... haben ihn nicht zurückgegeben.«

Er deutete mit dem Finger auf den Pfeil und Hashi nickte.

Der Gartentisch war umgefallen. Ryosuke schraubte ihn auseinander und stellte ihn ins Haus. Dann schlossen sie die Fensterläden und vernagelten sie von außen mit Holzbrettern. Für die Glastür, die sie auf die gleiche Weise sicherten, verwendeten sie die Bretter des Ziegenstalls. Als sie damit fertig waren, führte Hashi Tsuyoshi und Hanayo in Richtung des Eingangsbereichs des Hauses. Hanayo überquerte die Türschwelle sofort, Tsuyoshi hingegen sträubte sich. Er spannte die Beine und bockte.

»Wenn du nicht hereinkommst, holt dich der Taifun.«

Als er Hashis strenge Stimme vernahm, gab Tsuyoshi auf, senkte den Kopf und trat ins Haus.

»Na also. Du hörst ja doch auf mich.«

Hashi streichelte Tsuyoshis Kopf. Ryosuke konnte im Moment nur schwer ertragen, wie Hashi mit dem Tier umging.

Sicherlich hatte Tsuyoshi seine Gründe gehabt, sich erst zu sträuben und dann auf Hashis Zureden hin doch ins Haus zu gehen. Natürlich konnte das Tier den Anweisungen eines Menschen gehorchen, wenn es wollte. Aber Tsuyoshi war nun mal ein Lebewesen mit eigenen Gefühlen. Mit einer Seele.

Fleckchen hatte Ryosuke an der Klippe das Leben gerettet. Und die schwarze Pinza hatte ihn im Lorbeerwald mit der Nase angestupst. Puno hatte in seinen Armen gezappelt. Und Hanayo hatte kläglich gemeckert, als sie ihr Kind verlor.

Vielleicht dachten Tiere nicht so wie Menschen, aber auch sie bekamen Nachwuchs, für den sie sorgten. Sie mussten Gefühle und auch ein Bewusstsein haben. Und deshalb hatte Fleckchen ihn unentwegt mit seinen goldenen Augen angestarrt.

Ryosuke wusste einfach, dass es so war. Er konnte es sich nicht anders erklären.

»Dann verschanzen wir uns wohl erst mal eine Weile und hören Radio«, sagte Hashi, der in der Küche stand.

Da Ryosuke schon die ganze Zeit über schwieg, war es, als redete Hashi mit sich selbst.

Als Hashi ihnen Shochu einschenkte, klirrten die Gläser und Ryosuke musste unwillkürlich an Frau Yoshikado denken. Doch ihre feuchten Augen verwandelten sich sogleich wieder in Fleckchens goldfarbene.

Sie hatten sich gerade einander gegenüber an den niedrigen Esstisch gesetzt, als der Regen einsetzte. Hashi hatte eine Goldmakrele, die sich nicht verkaufen ließ, als Filet in einer Plastikschale mit nach Hause gebracht. Er hatte den Fisch als Sashimi zubereitet und dazu gab es Rohrzucker-Shochu. Doch Ryosuke rührte das Essen und den Schnaps kaum an.

Der Regen brach ganz plötzlich los.

»Es hat begonnen.«

Da die Fensterläden fest verrammelt waren, regte sich im Haus kaum ein Luftzug. Damit die stickige Luft wenigstens ein wenig zirkulieren konnte, hielten sie das Fenster in der Küche noch ein bisschen geöffnet. Die Zuckerrohrfelder waren hinter dem Regen und dem weißen Dunst vollständig verschwunden.

Ryosuke stand auf, um den Chèvre, der auf der Fensterbank lagerte und von Regenwasser bespritzt wurde, zur Seite zu legen. Aber der mit schwarzem Schimmel gesprenkelte Käse war bereits pitschnass. Die Laibe fühlten sich weich an. Dieser Käse war alles andere als reif.

Ryosuke wollte erst einen neuen Platz, an dem es trocken war, für den Käse suchen, hielt dann aber inne. Er nahm eine Schüssel aus dem Regal und warf die Käselaibe hinein.

»Essen wir den Käse, der noch genießbar ist. Es reicht mir. Ich höre auf.«

Ryosuke stellte die Schüssel auf den Tisch. Hashi starrte ihn mit offenem Mund an.

»Sie hören auf?«

»Ja, ich höre auf. Ich habe genug.«

»Wirklich?« Hashi nahm einen Chèvre aus der Schüssel. Er kratzte den Schimmel mit den Fingern ab und wischte noch einmal mit einem in Shochu getränkten Küchentuch darüber. Dann steckte er sich den Käse in den Mund und kaute eine Weile. »Hm«, meinte er und spülte ihn mit einem Schluck Alkohol herunter.

»Ja, der ist eindeutig misslungen. Es tut mir leid, das so deutlich sagen zu müssen, aber kein einziger Käse, den wir hier hergestellt haben, ist gut geworden.«

»Der Meinung bin ich auch.«

Ryosuke nahm sich ebenfalls einen Chèvre.

»Es klingt vielleicht hart, aber ich bin der Meinung, Sie sind gescheitert. Genauso wie ich vor zwanzig Jahren.«

»Gescheitert?«

»Ja, gescheitert. Sie sollten Ihre Niederlage anerkennen.«

Hashi stieß an Ryosukes Glas, das dieser noch kaum angerührt hatte.

»Sie haben alles gegeben und sind gescheitert. Das ist ein wichtiger Meilenstein in Ihrem Leben. Stoßen wir darauf an.«

Ryosuke legte den Chèvre zurück. Am liebsten hätte er die ganze Schüssel an die Wand geschleudert. Dass er es nicht tat, hatte nur zum Teil mit Vernunft zu tun, vor allem aber damit, dass Hanayo und Tsuyoshi zusahen. Für diesen verdorbenen Käse hatten sie Hanayos Milch verschandelt. Die Milch, die eigentlich für Puno und ihr zweites Junges bestimmt gewesen war. Sie hatten damit herumexperimentiert und nicht einmal etwas Anständiges daraus gemacht.

»Es ist wichtig zu scheitern.«

Da Ryosuke beharrlich schwieg, versuchte Hashi die Stille zu füllen.

»Wer sein Scheitern nicht akzeptiert, trägt es sein Leben lang mit sich und es ist ein Gefühl, das in einem fault.«

»Aber ich kenne auch jemanden, der genau deshalb gestorben ist, weil er sein Scheitern akzeptiert hat ...«

Hashi schüttelte den Kopf.

»Sie sollten die Sache mit Ihrem Vater ...«

»Ja?«

»Sie sollten sich damit nicht so belasten.«

»Das tue ich auch nicht.«

»Doch, das tun Sie.«

Hashi kippte den Shochu herunter und schenkte sich nach.

»Ryosuke, ich denke ... Wenn Sie aus einer Erfahrung etwas lernen wollen, macht es gar keinen großen Unterschied, ob Sie nun eine Niederlage oder einen Erfolg zu verzeichnen hatten. Bei einem Erfolg bleibt die tiefere Einsicht aus und das hat einen schalen Beigeschmack. Ja, es ist gut, dass Sie gescheitert sind.«

Hashi begann langsam zu lallen.

34

Während die beiden wortlos Shochu tranken, klopfte es plötzlich an der Tür. Hashi stützte sich auf die Kante des Tisches und versuchte aufzustehen, setzte sich aber sofort wieder hin. »Entschuldigung, könnten Sie ...?«

Als Ryosuke die Tür öffnete, stand Toshio vor ihm, der trotz des Regenmantels, den er trug, bis auf die Knochen durchnässt war.

»Ähm, ähm, ähm ... Ein Brief für Herrn Soichi Hashida und Herrn Ryosuke Kikuchi.«

Ryosuke konnte sich das kaum vorstellen und bat Toshio dennoch herein. Er half ihm, sich mit einem Handtuch abzutrocknen. »Vielen Dank, Herr Postbote«, lallte Hashi. Toshio lächelte erfreut, als er Tsuyoshi und Hanayo sah.

»Ähm, ähm, ähm, es regnet und windet sehr, sehr stark!«

Hashi richtete sich mühsam auf. »Trinkst du auch was?« Das Glas Shochu, das Ryosuke ihm reichte, leerte Toshio in einem Zug.

»Ähm, ähm, ähm, was da draußen passiert, ist unglaublich.«

Toshio erzählte ihnen, dass die Wellen bereits über die Mole schwappten. Der Regen falle nicht schräg auf die Erde herab, sondern peitsche waagerecht von der Seite.

»Also, ähm, ähm, wenn der Regen einen am Kopf trifft, tut das ganz schön weh. Und, ähm, überall ist Wasser. Da, wo sonst die Wege sind, sind jetzt richtige Flüsse. Ganz viele Blätter und Äste treiben darauf.«

Auch als Toshio sich zu ihnen gesetzt hatte, ließ ihn die Aufregung nicht los. Er erzählte in einem fort von dem Taifun und davon, was gerade auf der Insel geschah.

»Immer wenn ein Taifun kommt, dreht er völlig durch und läuft draußen herum«, erklärte Hashi.

Toshio nickte eifrig.

»Genau! Wenn ein Taifun kommt, bin ich immer ganz aufgeregt. Aber als ich einmal zu meiner Mutter gesagt habe, dass ich Taifune mag, hat sie mit mir geschimpft. Bäh! Aber diesmal ist es anders.«

»Was ist denn anders?«

»Es ist einfach anders.«

Hashi schob Toshio den Teller mit dem Goldmakrelen-Sashimi hin. »Ganz, ganz anders«, wiederholte er. »Ich habe gestern sogar vergessen, die Briefe, die mit der Fähre angekommen sind, auszuliefern. Und das hat mich den ganzen Tag beschäftigt. Ich dachte, wenn ich sie jetzt nicht ausliefere, kann ich heute Nacht bestimmt nicht schlafen. Wisst ihr, ich bin so jemand, der nicht schlafen kann, wenn er nicht vorher erledigt, was er zu erledigen hat.«

»Tu doch nicht so verantwortungsbewusst! In Wirklichkeit wolltest du doch bestimmt nur während des Taifuns draußen herumlaufen.«

»Nein, wirklich nicht! Ich bin wirklich nur nach draußen gegangen, weil ich etwas zu erledigen hatte.«

Toshio zog die Posttasche, die er auf den Boden geworfen hatte, zu sich heran. Er hatte sie wohl unter seinem Regenmantel getragen, denn sie war halbwegs trocken.

»Ähm, ähm, Moment.«

»Bist du dir sicher, dass deine Post für uns ist?«, fragte Ryosuke.

Toshio nickte und zog zwei weiße Umschläge hervor.

»Hier, bitte!«

Tatsächlich war einer der Briefe an Hashi und der andere an Ryosuke adressiert. Als Ryosuke Hashi den Umschlag reichte, hellte sich sein müdes Gesicht sofort auf. Beide Briefe waren von Kaoru.

Sie saßen still am Esstisch und lasen jeder für sich ihren Brief.

»Ich hätte nicht gedacht, dass Kaoru noch so viel an uns denkt.«

Hashi blätterte die Seiten des Briefs um, als hielte er einen teuren Schatz in den Händen. Endlich breitete sich auch auf Ryosukes Gesicht ein Lächeln aus. Vielleicht war Kaoru beim Schreiben angetrunken gewesen, ihre Schrift war nämlich hier und da sehr unleserlich.

Sie schrieb, dass sie sich auch nach ihrer Rückkehr manchmal noch mit Tachikawa treffe. Erst letztens seien sie zusammen in einer Kneipe gewesen. Außerdem erzählte sie, dass sie jetzt eine Fachhochschule für Fotografie besuche. Ryosuke dabei zuzusehen, wie er sich in die Herstellung von Chèvre stürzte, habe ihr gezeigt, dass jeder Mensch etwas für sich finden müsse, dem er sich mit Leidenschaft widmen könne.

Über das Fotografieren schrieb Kaoru:

»Vor einer Weile ist mir der Gedanke gekommen, dass Fotografieren bedeutet, jedes Mal beim Abdrücken das aus dem Augenblick herauszuschneiden, was gerade neu entstanden ist. Da mir das jetzt klar geworden ist, sehe ich viele Dinge in einem anderen Licht und finde jeden Tag etwas, was es noch zu entdecken gilt.

Ich glaube, auch die Menschen wandeln sich im Fluss der Zeit. Vielleicht sind wir sogar dazu geboren worden, immer wieder Neues zu empfinden. Meine bitteren und schmerzhaften Erfahrungen waren nur Neues. Und wenn ich darüber hinwegkomme, kann ich bestimmt irgendwann wieder ein Foto machen, auf dem ich lächle. Daran glaube ich jetzt jedenfalls.«

Am Ende des Briefes schrieb Kaoru, dass sie Fotos von Ryosuke und seiner Ziegenfarm machen wolle und deshalb noch einmal zu Besuch kommen würde. Und ganz am Schluss stand drei Mal derselbe Satz: »Ich will dich sehen, ich will dich sehen, ich will dich sehen.«

Hashi und Ryosuke erzählten sich gegenseitig nicht, was in ihren Briefen stand.

»Kaoru ist wirklich viel netter, als sie aussieht.«

Hashi steckte die Briefbögen zurück in den Umschlag. Er klang gerührt.

»Ich möchte mich natürlich über ihren Brief freuen, aber in meiner jetzigen Situation ist das gar nicht so einfach …« Ryosuke stockte.

»Aber warum denn?«, fragte Hashi und sprach weiter, als ob er ahnte, was in Ryosukes Brief stand. »Auf dieser

Insel haben Sie eine Niederlage erlitten, aber Ihr Traum wird dadurch nicht aus Ihrem Leben verschwinden. Kaoru scheint große Hoffnungen in Sie zu setzen. Sie können doch irgendwo anders weitermachen und sich dann wiedertreffen.«

»Niederlage?«, fragte Toshio, der ihnen zugehört hatte. »Ähm, heißt das, jemand hat verloren?«

Ryosuke nickte.

»Wer hat denn verloren?«

»Ich.«

»Und wobei? Bei einem Spiel?«

»Nein ... oder doch, vielleicht ist es doch eine Art Spiel gewesen.«

»Ach so.«

Ja, wobei hatte er eigentlich verloren? Ryosuke konnte es nicht sagen. Doch der Gedanke, versagt zu haben, war erdrückend. Und es ging dabei nicht nur um die Erfahrung mit dem Käse. Seit seiner Kindheit begleitete ihn dieses Gefühl.

Hashi hatte gesagt, er müsse seine Niederlage anerkennen, doch es war viel mehr als diese Niederlage, was ihn verfolgte.

Er brauchte nicht anzuerkennen, dass er versagt hatte, das Scheitern war ohnehin tief in seinem Wesen verwurzelt. Es klebte nicht an seiner Haut, seinem Fleisch oder seinen Knochen, sondern quoll tief aus seinem Inneren hervor. Ein angeborenes, erbarmungsloses Gefühl des Versagens, das er von seinem Vater geerbt hatte.

Jedes Mal, wenn er die Augen schloss und sich das Gesicht seines Vaters vorstellte, an das er sich kaum noch erinnern konnte, zerfloss das Bild in der Dunkelheit. Das Gefühl des Versagens schien das Einzige zu sein, was Ryosuke wirklich mit ihm verband.

Er konnte es nicht richtig erklären. Er wusste es einfach. Auch der unkontrollierbare Drang zu sterben, der ihn dazu getrieben hatte, sich ein Messer in die Brust zu stoßen, hatte darin seinen Ursprung.

Ryosuke ließ sein Glas in der Hand kreisen und beobachtete, wie der Lichtreflex der Glühbirne auf der Oberfläche des Shochus tanzte.

Als das flackernde Licht plötzlich erlosch, war es draußen hinter dem Fenster bereits dunkel. Es war noch nicht Abend, aber dennoch finster wie in der Nacht.

»Die Stromleitung muss unterbrochen worden sein.«

Hashi nahm eine Kerze und stellte sie in einer leeren Blechbüchse auf den Tisch. Toshio hüpfte aufgeregt um sie herum.

Als Ryosuke die Halogenlaterne und die Stirnlampe holte, riet Hashi, sie besser noch nicht einzuschalten, da sie keine Ersatzbatterien hätten.

Um das Licht der Kerze gedrängt, tranken die drei Männer Shochu.

»Was Frau Yoshikado wohl gerade macht?«, fragte Hashi unvermittelt. Toshio berichtete, dass er sie gesehen habe, bevor er sich auf den Weg zu ihnen gemacht habe. Frau Yoshikado sei mit dem Schulleiter und seinem Stellvertreter ins Haus des Vorsitzenden gegangen.

»Ähm, ähm, ähm, der Vorsitzende und Hisao haben sie an der Tür begrüßt und dann sind die drei lachend hineingegangen. Ähm, jetzt gibt es dort bestimmt gerade ein Festessen.«

»Das kann nicht sein«, sagte Hashi und sah Ryosuke an.

»Ähm, ähm, ähm, doch, wirklich ... Der Schulleiter hat sich beim Eintreten ganz oft verbeugt. Dann hat er davon gesprochen, wie schlimm der Taifun ist oder so. Und Frau Yoshikado hat die ganze Zeit gelächelt.«

»Sie zwingt sich bestimmt dazu ... Frau Yoshikado würde niemals freiwillig das Haus des Vorsitzenden betreten. Sie konnte vor dem Schulleiter wahrscheinlich nicht Nein sagen. Sicherlich hat der Vorsitzende sie unter irgendeinem Vorwand herbeigeordert. Dass sie bei den Vorbereitungen auf den Taifun helfen soll, zum Beispiel.«

Hashi nahm Frau Yoshikado lallend in Schutz. Ryosuke sagte nichts.

Wahrscheinlich hatte Hashi recht. Freiwillig würde Frau Yoshikado den Vorsitzenden bestimmt nicht besuchen. Es musste einen Grund dafür geben.

Doch wenn sie die Einladung des Vorsitzenden nicht hatte ablehnen können, könnte sie ihm bestimmt auch die Teilnahme am Essen nicht abschlagen. Und bei diesem Unwetter und dem Stromausfall wäre es ihr unmöglich, wieder den Heimweg anzutreten. Das bedeutete, sie würde wohl die Nacht im Haus des Vorsitzenden verbringen. Dort, wo auch Hisao schlief. Und wie würde sie reagieren, wenn Hisao im Dunkel der Nacht seine Finger nach ihr ausstrecken würde?

Das Ganze war nur eine wilde Fantasie, sagte sich Ryosuke, doch er konnte die Vorstellung nicht verscheuchen. Und über alledem schwebte auch jetzt das Bild der Pinza.

Ob Frau Yoshikado wusste, dass die schwarze Pinza getötet und zerlegt worden war? Ob sie wusste, dass Fleckchen im Stall gefangen gehalten wurde? Und, falls sie es wusste, wie fühlte sie sich, während der Vorsitzende sie bewirtete?

Es schmerzte Ryosuke, daran zu denken, und er trank mehr unverdünnten Shochu als sonst. Das knisternd aufplatzende Etwas in seiner Brust konnte aber auch der Alkohol nicht fortjagen.

Und wieder kamen ihm Fleckchens Augen in den Sinn.

35

Das Unwetter wurde stärker.

Der Wind donnerte unaufhörlich gegen das Haus, als peitschte ein riesiger Drache mit seinem Schwanz dagegen. Etwas schlug gegen die Fensterläden und die Hauswand, wahrscheinlich waren es kleine Steine, die vom Zuckerrohrfeld herübergeweht wurden. Es regnete immer heftiger, sodass sie das Fenster vollständig schließen mussten, damit das Wasser nicht hereinspritzte. Dennoch tropfte es durch die Ritzen zwischen Scheibe und Rahmen.

Sie hörten im Radio die Nachrichten über den Taifun. Der niedrige Luftdruck, die Weite des Sturmgebietes, die Windgeschwindigkeit und die Niederschlagsmenge brachen alle Rekorde, hieß es. Es wäre sogar möglich, dass sich auf der direkten Route des Taifuns Tornados bildeten.

Während sie alldem lauschten, lag Toshio schlafend in einer Ecke des Zimmers und atmete tief.

»Ob seine Mutter weiß, dass er hier ist?«

Hashi torkelte in das benachbarte Zimmer und holte eine Decke, die Ryosuke über den schlafenden Toshio legte.

»Wenn er in so einer Nacht nicht nach Hause kommt, macht sich seine Mutter bestimmt große Sorgen.«

»Herr Hashi.«

»Ja?«

Ryosuke wusste, dass es zu nichts führen würde, das Thema noch einmal zur Sprache zu bringen, tat es aber trotzdem.

»Wir haben den Pfeil wieder mit nach Hause genommen.«

»Ja, das stimmt.«

Hashis Kiefer mahlte.

»Das ist auch eine Niederlage.«

»Ja ... Aber in der Situation hätten wir unmöglich die Sache mit dem Pfeil ansprechen können.«

Hashi hatte wohl recht. Und Ryosuke hatte es selbst auch nicht über sich gebracht, etwas zu sagen. Während der Regen im Hintergrund ununterbrochen prasselte, sprach er weiter.

»Werde ich wohl wie mein Vater als Versager enden?«

»Ich sagte doch schon, dass Sie nicht ...«

»Ich erinnere mich kaum noch an meinen Vater, aber ich stelle mir gerne vor, dass er auch manchmal ein fröhlicher Mensch gewesen ist.«

Hashi nickte fast unmerklich und nahm sein Glas in die andere Hand.

»Ja, er hat viel gelacht und viel geredet. Und er war ein sehr fürsorglicher Mensch ...«

»Für mich sind die Erinnerungen an meinen Vater nichts weiter als bloße Bilder in meiner Vorstellung. Reine Einbildung.«

»Nein, er war wirklich so ein Mensch.«

»Aber ...«

»Aber?«

»Aber dann muss er allen etwas vorgemacht haben.«

Hashi riss die Augen weit auf.

»Wie meinen Sie das?«

»Ich meine ... Wenn er meine Mutter und mich wirklich geliebt hätte, hätte er es dann über sich gebracht, vor uns zu sterben? Egal, wie sehr ihn die Schulden in die Enge getrieben haben mögen ... Ein Mensch, dem seine Familie wichtig ist, würde so etwas doch nicht tun.«

»Er war ein sehr pflichtbewusster Mensch, den diese Dinge wirklich belastet haben ... Bitte bringen Sie Verständnis für ihn auf.«

Ryosuke schüttelte den Kopf.

»Das würde dann aber bedeuten, dass meine Mutter und ich an allem schuld sind.«

»Wie kommen Sie darauf?«

»Warum konnte meine Mutter meinen Vater nicht retten? Warum konnte ich ihn nicht retten? Hätte ich meinem Vater als Kleinkind mehr Liebe entgegengebracht, dann hätte er seine Entscheidung vielleicht noch einmal überdacht. Wenn ein Mensch beschließt zu sterben, ist das eine unglaublich schwierige Entscheidung. Er muss eine unvorstellbare Verzweiflung empfunden haben. Und diese Verzweiflung haben sicherlich meine Mutter und ich mitverursacht.«

»So dürfen Sie das nicht betrachten.«

Hashi sah ihn scharf an. Er schien die Zähne fest zusammenzubeißen, jedenfalls waren seine Lippen angespannt.

Eine Zeit lang sagte keiner etwas. Der Regen kam in Schüben von den Zuckerrohrfeldern herübergeweht und war mal lauter und mal leiser. Tsuyoshi und Hanayo schienen sich zu fürchten, denn sie legten ihre Köpfe eng aneinander.

Auch Pinza suchten also gegenseitige Nähe, wenn sie Angst hatten, dachte Ryosuke. Was nur war es gewesen, das das Herz seines Vaters so gequält hatte, dass er freiwillig aus dem Leben geschieden war, obwohl er eine Familie gehabt hatte?

»Ich erinnere mich an nichts mehr richtig. Meine Mutter hat mir auch nie etwas über meinen Vater erzählt.«

»Wirklich? Das kann ich mir nicht vorstellen ...«

»Was für eine Familie waren wir, Herr Hashi? Sie waren doch bei uns, als ich geboren wurde, nicht wahr?«

»Ja.«

»Haben Sie in demselben Haus wie wir gewohnt?«

»Nein ... aber wir haben zusammen gearbeitet.«

Ryosuke nahm einen Chèvre aus der Schüssel. Es war ein misslungener, dürftig gereifter, viel zu feuchter Käse.

»Hatten Sie damals auch keinen Erfolg?«

»Ganz so war es nicht.«

Hashi stellte sein Glas auf den Tisch und sah Ryosuke fest an.

»Wir hatten Erfolg. Wir hatten einen bescheidenen Hof mit drei Milchkühen und fünf Ziegen, aber Ihr Vater, Ihre Mutter und ich haben es mit vereinten Kräften geschafft, einen wirklich guten Käse herzustellen. Sie haben diesen Käse als kleines Kind probiert.«

»Einen Chèvre?«

»Nicht nur einen einfachen Chèvre. Der Käse kam sogar an einen Persillé heran, einen richtigen Edelkäse. Als er uns das erste Mal gelang, hat Ihr Vater diesen Erfolg sofort mit

Ihnen geteilt. Er hat den Chèvre in kleine Stücke geschnitten und Ihnen eins davon in den Mund gesteckt. Ich erinnere mich noch an Ihr Lächeln von damals.«

»Davon weiß ich nichts mehr …«

Die Fensterläden waren fest vernagelt, klapperten aber so stark, als könnten sich die Nägel jeden Moment lösen. Hashi leerte ein weiteres Glas Shochu. Lallend fuhr er fort.

»Wir haben uns für unser kleines Unternehmen viel Geld geliehen und waren bereit, alles dafür zu geben. Aber ohne etwas zu verkaufen, kann man keine Schulden begleichen. Als wir noch zusammen in dem Restaurant angestellt waren, haben Ihr Vater und ich manchmal darüber geredet, dass sich die Arbeit wie ein endloser Tunnel anfühlt. Wir standen damals auf der alleruntersten Stufe der Karriereleiter. Wir haben uns gefragt, wie lange wir wohl noch so leben müssten. Aber es war die Zeit des Wirtschaftsbooms und die Banken haben jedem Geld geliehen, der nur eine halbwegs gute Idee hatte. Als Ihr Vater und ich den Beschluss gefasst hatten, die ersten Fermiers Japans zu werden und die erste Käserei mit angeschlossenem Restaurant zu gründen, hatten wir das Gefühl, endlich das Licht am Ende des Tunnels zu erblicken. Aber …«

»Aber?«

»Als wir im Licht angekommen waren, wartete eine Realität auf uns, die in vielerlei Hinsicht finsterer als das Dunkel des Tunnels war. Wir wussten nicht mehr, was wir tun sollten, in welche Richtung wir uns wenden könnten.«

»Sie sprechen … von den finanziellen Problemen?«

»Wir gerieten schnell in Geldnot. Unser Käse kam nicht in Umlauf. Nicht einmal die Leute aus der Umgebung wollten ihn kaufen. Als wir dann bankrottgegangen sind, blieb uns nichts anderes übrig, als davonzulaufen. Ich war der Bürge für die Schulden Ihres Vaters und hatte deshalb dieselbe Verantwortung. Aber es war mir vollkommen unmöglich, all das Geld zurückzuzahlen. Deshalb musste ich das Festland verlassen.«

»Ja …«

Ryosuke lauschte dem Regen und nippte an seinem Shochu. Er führte das Glas jedoch nicht aus Gewohnheit an den Mund, sondern um sich Zeit zu verschaffen. Er bereitete sich innerlich auf etwas vor. Er wusste, dass nun der Moment gekommen war, seine Frage zu stellen.

»Herr Hashi.«

»Ja, was möchten Sie denn noch wissen? Mehr kann ich Ihnen nicht …«

»Es tut mir leid …«

Hashi schüttelte schnell den Kopf, als wollte er nicht hören, was Ryosuke zu sagen hatte. Doch der ließ sich nicht beirren.

»Nachdem meine Mutter und ich meinen Vater verloren hatten, sind wir von Ort zu Ort gewandert. Ich habe mich in meine eigene Welt zurückgezogen und mir jeden Tag Geschichten ausgedacht. Was ich jetzt erzähle, ist also möglicherweise nur der Fantasie eines Kindes entsprungen …«

Ryosuke sah Hashi an.

»Vielleicht war der Freund und Arbeitskollege meines Vaters gleichzeitig der Liebhaber meiner Mutter?«

Hashi starrte auf einen Punkt in der Ferne und zeigte keine Regung. Irgendetwas knallte laut gegen den Fensterladen.

»Vielleicht hat mein Vater wirklich sein Leben beendet, weil er auf einem Berg von Schulden saß. Vielleicht gab es aber auch noch einen anderen Grund. Vielleicht wusste er genau, dass meine Mutter ihn nicht liebte. Und wenn dieser bedauernswerte Mann seinen Sohn ansah, fragte er sich jedes Mal, wessen Kind das eigentlich war ...«

»Erzählen Sie keinen Unfug!«, rief Hashi. »Ryosuke, Sie sind der leibliche ...«

»Ich sagte doch, möglicherweise ist das alles nur ein Fantasiegebilde.«

Ryosuke erhob ebenfalls seine Stimme. Tsuyoshi und Hanayo zitterten verängstigt.

»Dieser Freund wiederum zog sich auf eine abgelegene Insel zurück, um vor den Schulden zu fliehen und diese Frau zu vergessen. Nach einer Weile erfuhr er vom Selbstmord seines ehemaligen Freundes. In diesem Augenblick beschloss er, nie wieder einen Fuß auf das Festland zu setzen.«

»Nein, das stimmt nicht, Ryosuke! Nein!« Hashis Stimme klang krächzend. Ryosuke streckte eine Hand aus, um ihn zu unterbrechen.

»Wie schon gesagt, es kann sein, dass das nicht mehr als eine Spinnerei ist. Ich wollte Ihnen nur die Geschichte erzählen, die mir als Kind, wenn ich allein war, immer wieder in den Sinn gekommen ist.«

Hashi schloss die Augen und schlug mit geballter Faust auf den Tisch. Der Knall schreckte die Pinza auf und sie machten beide einen Sprung. Hashi legte die Stirn in Falten und setzte zu sprechen an, ohne Ryosuke dabei anzusehen.

»Was Sie wissen sollten, ist ...«

»Ja?«

»Sie wurden von Anfang an sehr geliebt. Nach Ihrer Geburt hat Ihr Vater Sie auf den Arm genommen und gesagt: ›Eine neue Welt wurde geboren.‹ Sie wurden von ganzem Herzen geliebt. Bitte vergessen Sie das nicht.«

Hashis letzte Worte wurden von seinen Tränen erstickt. Er wischte sich mit der Hand über die Augen. »Entschuldigung«, flüsterte er.

»Das würde ich natürlich auch gern glauben. Mein ganzes Leben lang habe ich versucht, das zu glauben.«

Auch Ryosuke musste schluchzen. Er konnte nicht weitersprechen. Beide starrten sie stumm auf ihre Knie.

Das Geräusch des Regens, der mit Wucht auf das Dach und die Fensterläden schlug, wurde beängstigend laut. Das ganze Haus vibrierte.

Ryosuke sah in die Kerzenflamme und dachte an die Vergangenheit.

Seit er denken konnte, war er mit seiner Mutter immer wieder umgezogen. Von seinem verstorbenen Vater hatte sie nie gut gesprochen. Einmal, als sie betrunken gewesen war, hatte sie zu Ryosuke gesagt: »In deinen Adern fließt das Blut eines Feiglings.«

Ryosuke atmete flach und umklammerte sein Glas.

Hashi war neben dem Tisch zusammengesackt und blickte niedergeschlagen an die Zimmerdecke.

Auch er war die ganze Zeit allein gewesen, dachte Ryosuke.

Spätestens seit keine Briefe mehr von seiner Mutter gekommen waren.

Er sah Hashi eine Zeit lang ins Gesicht, dann flüsterte er: »Herr Hashi, auch ich habe noch etwas zu erledigen.«

Langsam stand Ryosuke auf und holte seinen Rucksack aus dem Zimmer nebenan. Er zog das in ein Plastiktütchen eingewickelte Bündel hervor und legte es auf den Tisch.

Die Tüte beinhaltete ungefähr dreißig Briefumschläge und mehrere Fotos. Sorgfältig hatte seine Mutter all dies in einem Papierkästchen aufbewahrt.

Die Briefe aus Aburi-jima hatten sie ein, zwei Mal im Jahr erreicht. Ihr Absender war stets Soichi Hashida gewesen. Aber ein Brief in diesem Bündel stammte von seiner Mutter. Sie musste ihn kurz vor ihrem Tod verfasst haben. Der Umschlag war verschlossen und der Brief an Hashi adressiert. Seine Mutter war zum Schluss in so schlechter gesundheitlicher Verfassung gewesen, dass sie ihre letzte Kraft aufgebracht haben musste, um diesen Brief zu schreiben. Sie war gestorben, noch bevor sie ihn hatte abschicken können.

Was war es gewesen, das seine Mutter am Ende ihres Lebens niedergeschrieben hatte? Es wäre ein Leichtes gewesen, den Umschlag zu öffnen, doch Ryosuke hatte es nicht getan. Er war auch auf diese Insel gekommen, weil er Soichi Hashida den letzten Brief seiner Mutter hatte überreichen wollen. Zusammen mit einem Foto, das einen freudestrahlenden Hashi Arm in Arm mit Ryosukes junger Mutter zeigte.

So wie er jetzt dalag, wirkte Hashis zerknittertes Gesicht fast schon wie das eines Greises. Nicht nur weil die Sonne seine Haut über die vielen Jahre verbrannt hatte, sondern mehr noch weil aus seinem Gesicht die Einsamkeit hervortrat. Mit der Person auf dem Foto hatte er kaum etwas gemein.

Ryosuke legte Kaorus Brief in den Rucksack und holte aus einer Schublade ein Küchenmesser, das er auch darin verstaute. Dann sah er Hashi stumm an und blickte kurz zu Toshio hinüber. »Danke«, flüsterte er.

Als er auf die Tür zuging, standen Tsuyoshi und Hanayo auf und kamen zu ihm. Er drückte ihre Köpfe fest an sich.

36

Ryosuke wartete ab, bis das Heulen des Windes etwas leiser wurde, und stürzte dann nach draußen.

Sofort wickelte ihn der von unten wehende Wind ein und stieß ihn beinahe um. Er hielt sich am Rahmen der Tür fest, die er gerade geschlossen hatte, und versuchte, sein Gleichgewicht wiederzufinden. Der Wind peitschte ihm mit voller Kraft entgegen und zwang ihn in die Knie. Sand und Regen prasselten auf ihn ein, schlugen gegen sein Gesicht und seine Hände. Er konnte die Augen nicht öffnen. Auf allen vieren kroch er zu Hashis Transporter und kauerte sich in den Windschatten. Das Auto wackelte scheppernd hin und her. Es war einige Meter von dem Ort wegbewegt worden, an dem Hashi es geparkt hatte.

Die Zuckerrohrpflanzen auf den Feldern waren völlig zerstört. Ryosuke öffnete die Tür des Transporters und nahm den Pfeil vom Armaturenbrett. Er hielt ihn fest umklammert und betrat das, was einmal der Feldweg gewesen war.

Gebeugt stolperte Ryosuke den von Schlamm überfluteten Weg bergauf und ging dabei noch weiter in die Knie. Es war unmöglich, aufrecht zu stehen. Wind und Regen kamen von der Seite und warfen ihn beinahe zu Boden. Er orientierte sich mittels des Lichts der Stirnlampe, die er mitgenommen hatte, und bewegte sich auf die Siedlung zu.

Als Ryosuke den schlammüberfluteten Feldweg hinter sich gelassen hatte, traf ihn etwas an der linken Wange. Er wusste nicht, was es war, vielleicht ein Ziegel oder ein Ast. Einen Moment lang kauerte er sich auf die Straße und hielt sich das Gesicht. Große Regentropfen klatschten auf ihn herab und schwemmten das Blut fort, das über seine Hände lief.

Stöhnend stand er auf und lief über die Pfade der Siedlung in Richtung des Hauses des Vorsitzenden.

Mehrmals warf es ihn zu Boden. Der Regen hämmerte unerbittlich auf ihn ein. Halb kriechend ging er immer weiter, bis er das Haus des Vorsitzenden erreicht hatte.

Im Licht der Stirnlampe sah er, dass die Blätter der Sagopalme fortgeweht worden waren und der kahle Baum schwankte, als würde er jeden Moment umfallen. Alle Fensterläden des Hauses waren verschlossen und wegen des Stromausfalls war es überall stockfinster. Das Gebäude war nur als großer Schatten erkennbar, der in kleinen Intervallen nach links und rechts schaukelte.

An diesem Ort hielt sich Frau Yoshikado auf.

Wahrscheinlich nötigte sie der Vorsitzende gerade, mit ihm etwas zu trinken.

»Frau Yoshikado …«, flüsterte Ryosuke und schleuderte den Pfeil mit aller Kraft in Richtung des Hauses. Doch der Wind fing ihn sofort ein und ließ ihn, ohne dass er auf einem der Fensterläden aufgeprallt wäre, lautlos in der Dunkelheit verschwinden.

Ryosuke stampfte im schlammigen Boden auf. Schließlich aber ging er zum Kuhstall, in dem sich jedoch keine Kuh befand. Fleckchen war noch da.

Im Stall war das Tier dem Wind schutzlos ausgeliefert und es lag wie ein Stofflumpen zusammengesackt auf dem Boden.

»Fleckchen!«

Als Ryosuke näher kam, versuchte Fleckchen aufzustehen. Zitternd meckerte es mit leiser Stimme.

Ryosuke nahm das Messer aus dem Rucksack und schnitt das Seil durch, mit dem Fleckchen festgebunden war.

»Fleckchen!«, sagte er wieder und streichelte den Kopf des Tieres. Fleckchen meckerte schwach.

Während Ryosuke das Tier umarmte, blickte er auf das Haus des Vorsitzenden. Er konnte sich nicht vorstellen, dass jemand in diesem Sturm nach draußen gehen würde.

Mit dem Rücken zum Wind öffnete Ryosuke die obere Klappe seines Rucksacks, nahm Fleckchen an den Hinterbeinen und schob die Ziege bis zum Rumpf hinein. Erst sträubte sich Fleckchen, doch das Tier war so geschwächt, dass es schnell aufgab. »Hab keine Angst«, redete Ryosuke ihm gut zu und schulterte den Rucksack, aus dem nur Fleckchens Kopf und Vorderbeine herauslugten.

Sturm und Finsternis drückten schwer auf ihm, doch Ryosuke machte sich auf den Weg in Richtung des Tempels.

Steine und Holz trieben auf dem Wasser, das den Bergpfad herunterschoss. Dort, wo sie den Graben ausgehoben hatten, strömte jetzt ein reißender Fluss. Ryosuke stolperte vorwärts. Mit lautem Getöse wirbelte der Wind durch die Dunkelheit des Waldes. Immer wenn der Wind stärker wurde, fiel Ryosuke samt Fleckchen auf die Knie und musste sich mit beiden Händen im Gras abstützen, um wieder aufstehen zu können. Er erkannte den Weg, der ihm eigentlich so vertraut war, nicht mehr wieder.

Mit großer Mühe stieg Ryosuke weiter empor. Von irgendwoher meinte er plötzlich die Stimme eines Menschen zu hören. Er schaute um sich, in die flatternde Finsternis. Doch selbst als er sich ins strömende Wasser hockte und im Licht der Lampe seinen Blick in alle Richtungen schweifen ließ, sah er niemanden. Überall das gleiche Bild. Bäume im prasselnden Regen. Umherwirbelnde Äste und Blätter. Steinbrocken, die im Schlamm nach unten trieben.

Ryosuke ging weiter. Nachdem er eine Weile gelaufen war, stolperte er über eine Baumwurzel und verlor das Gleichgewicht. Um Fleckchen zu beschützen, ließ er sich auf den Boden fallen. Sein Atem setzte aus. Schmerz durchfuhr seinen Körper und er konnte sich nicht bewegen. Seine Blase entleerte sich. Warme Körperflüssigkeit lief ihm den Oberschenkel herunter. Und der Regen schlug weiter auf ihn ein.

Als Ryosuke sich wieder aufsetzen konnte, berührte er vorsichtig den Kopf des Tieres auf seinem Rücken, das keinen Laut mehr von sich gab. Er betastete die Ziege, die sich warm und lebendig anfühlte.

»Ich bringe dich jetzt zurück«, sagte er zu Fleckchen und stand auf.

Der Wirbelsturm schien die Insel nun voll erreicht zu haben.

Im wilden Wind und Regen bebten die Bäume des Lorbeerwaldes. Der Taifun hatte ihre Luftwurzeln und ihr Geäst nicht verschont. An einer Stelle in der Blätterdecke, die vor nicht allzu langer Zeit noch den Himmel verdeckt hatte, klaffte ein großes Loch. Als Ryosuke nach oben schaute, war der Anblick ein ganz anderer als der, den er kannte.

Dennoch war das hier ein Urwald, in dem die verschlungenen Wurzeln der Bäume schon Hunderte Jahre überdauert hatten.

Ryosuke klammerte sich an einen riesigen Baumstamm, der seinen Körper wie eine Wand vom Wind abschirmte. Als er mit der Stirnlampe auf den Boden leuchtete, sah er an verschiedenen Stellen Vögel kauern. Sie harrten still im Windschutz der Bäume oder hinter Felsvorsprüngen aus.

»Wo sind die anderen, Fleckchen?«

Endlich nahm Ryosuke den Rucksack ab und ließ Fleckchen frei. Das Tier wollte das Wasser aus seinem Fell schütteln, schaffte es aber nicht aufzustehen. Immer wieder klappten Fleckchens Beine unter seinem Gewicht zusammen und es fiel auf den Bauch. Es wirkte vollkommen erschöpft.

Ryosuke zog seine Vorderbeine zu sich heran.

Das Tier versuchte, die Beine zu strecken, doch ihm fehlte die Kraft. Seine goldenen Augen hafteten an Ryosuke. Es waren Augen, die ein Bewusstsein und einen eigenen Willen ausdrückten.

Ryosuke schob Fleckchen erneut in den Rucksack, schulterte ihn und stand auf, um die Pinza-Herde zu suchen.

Wieder hatte er das Gefühl, eine Stimme zu hören. Sie schien ganz nah zu sein. Oder vielleicht doch nicht? Wurde sie von einem weit entfernten Ort zu ihm herübergetragen? Die Stimme drang tief in ihn hinein und hallte wie ein endloses Echo in seinem Inneren wider. Der Klang quälte ihn und Ryosuke blieb, die Hand fest auf die Brust gedrückt, still stehen.

War dort wirklich niemand? Oder wurde er verfolgt?

Ryosuke drehte den Kopf und leuchtete seine Umgebung aus. Aber außer wankenden Bäumen und stürmischem Regen konnte er nichts erkennen. Doch. Da war etwas. Ihm war gar nicht bewusst gewesen, dass er sich ihr näherte, aber er sah sich wieder der Höhle gegenüber, die auch in dieser Nacht ihren schwarzen Schlund öffnete. Als wäre sie ein Fluchtweg.

Ryosuke machte einen Schritt auf die Höhle zu und im selben Augenblick fegte ihm eine so starke Windböe entgegen, dass sie die Bäume zum Ächzen brachte. Es knallte, als wäre hinter ihm ein großer Ast abgebrochen. Hals über Kopf stürzte er in die Höhle hinein, krabbelte auf allen vieren, stieß gegen Felsen und drang immer weiter vor in die Dunkelheit. Aus verschiedenen Richtungen sprudelte Wasser hervor. Ryosuke stand mit den Füßen mitten darin. Ein Dröhnen, das er in der Höhle noch nie vernommen hatte, ließ die Finsternis erbeben. Doch der Wind war schwächer, als es das laute Geräusch vermuten ließ. In der Höhle war er vor dem tosenden Sturm geschützt.

Ryosuke leuchtete die linke Wand ab, die sich langsam krümmte. Von oben und aus der Seite sprudelte Wasser hervor.

Er ging weiter und erreichte die Stelle, an der er vor einer Weile den Käse in die Mulden gelegt hatte. Es war nichts mehr übrig. Überall nur Wasser. Wofür hatte er eigentlich so hart gearbeitet? Ihm war danach, sich einfach hinzusetzen und nie mehr aufzustehen. Aber er hatte keine Zeit, sich der Enttäuschung hinzugeben. Er musste einen sicheren Ort für Fleckchen finden. Also lief Ryosuke weiter.

Der gewundene Weg führte ihn immer tiefer in die Höhle hinein. An manchen Stellen reichte ihm das Wasser bis knapp unter die Knie. Einmal stolperte er und fiel beinahe um. Fleckchen auf seinem Rücken begann zu meckern. Wie als Antwort darauf meinte Ryosuke, in der Ferne die Stimmen anderer Pinza zu hören.

War das nur das Echo? Oder waren die Pinza etwa ...?

Das Dröhnen des Windes vermischte sich mit dem Rauschen des Wassers und es hörte sich fast so an, als spräche jemand.

An einigen Stellen staute sich das Wasser und es entstanden Strudel. Mittlerweile stand er hüfthoch im Strom. Das Wasser floss ins Innere der Höhle hinein und Ryosuke begriff nicht, wie das möglich war. Dieser Weg, den er schon so oft genommen hatte, würde bald ansteigen. Er hatte deshalb immer angenommen, dass er zu den Windlöchern in der Ostklippe oben am Berg führte. Gab es etwa noch einen Ausgang, einen Weg, der das Wasser nach unten leitete? Ryosuke versuchte, mit der Lampe tiefer ins Innere zu leuchten, aber durch die komplizierten Windungen der Höhle war ihm die Sicht versperrt.

Während er sich vorwärtskämpfte, schwappte das Wasser an ihm hoch und er stolperte einige Male.

Seine Vermutung bestätigte sich.

Dort, wo der Weg begann anzusteigen, wurde der Fluss gestaut und es hatte sich ein reißender Strudel gebildet. An dieser Stelle wurde das Wasser abwärtsgezogen. Obwohl

Ryosuke schon unzählige Male hier entlanggegangen war, hatte er nie bemerkt, dass sich die Höhle v-förmig gabelte. Er stand am Scheitelpunkt des Weges. Unter dem Strudel musste ein Pfad zu einem anderen Ausgang liegen, der abwärtsführte.

Ryosuke hielt beim Anblick des Strudels inne. Fleckchen meckerte und wieder kam es Ryosuke so vor, als hörte er eine Antwort aus dem Inneren der Höhle.

Vorsichtig ging er vorwärts und presste sich dabei dicht an die Wand, um nicht vom Strudel erfasst zu werden. Als er auf der anderen Seite ankam, wurde mit einem Mal das Licht seiner Stirnlampe schwächer. Seine Sicht schränkte sich erheblich ein. Er hatte keine Ersatzbatterie und konnte nicht einschätzen, wie lange die Lampe noch halten würde.

Sollte er vielleicht besser auf der Stelle umkehren? Was, wenn er und Fleckchen in dieser Höhle eingesperrt werden würden?

Die Vorstellung machte ihm Angst, aber gleichzeitig ließen ihn die Stimmen der Pinza, die er aus dem Inneren der Höhle vernommen zu haben glaubte, nicht los. Wenn das keine Sinnestäuschung war, musste die Herde irgendwo ganz in der Nähe sein. Er erinnerte sich an den Pinza-Kot, den er bei seinen letzten Aufenthalten hier entdeckt hatte. Einige Pinza mussten diesen Weg also schon vorher einmal genommen haben.

Offenbar hielt sich die Herde tief im Inneren auf und versteckte sich vor dem Sturm, ungeachtet der Dunkelheit.

Das Licht wurde schwächer, doch Ryosuke begann wieder zu hoffen. Wenn er Fleckchen der Herde zurückgeben könnte, hätte er seine Pflicht erfüllt. Selbst wenn er dann in dieser Höhle sterben sollte, hätte er am Ende seines Lebens nicht versagt.

Ryosuke dachte nicht mehr daran umzukehren und drang weiter und weiter in die Höhle ein.

Seit er den Strudel passiert hatte, war jedoch auf Fleckchens Meckern hin keine Antwort mehr zu vernehmen.

Sein Licht wurde so schwach, dass an eine Umkehr nicht mehr zu denken war.

Hinter einer Biegung verbreiterte sich auf einmal die Höhle.

Er blieb stehen.

Anfangs wusste er nicht, was er vor sich hatte. Im fast erloschenen Licht der Stirnlampe sah er undeutlich einige Erhebungen auf dem Boden. Dort lag etwas. Es sah wie ein Stoffbündel aus.

Er kniff die Augen zusammen, trat einen Schritt vor und hob einen der rätselhaften Gegenstände auf.

Sofort wusste er, was es war. Ein Tierschädel.

Mit angehaltenem Atem sah sich Ryosuke um.

Überall lagen Tierknochen und die Überreste toter Lebewesen herum.

Er legte den Schädel vorsichtig zurück auf den Boden. An manchen Skeletten klebte noch Fell und es war zu erahnen, wie die Tiere zu Lebzeiten ausgesehen hatten.

Alle Pinza waren tot.

Ryosuke atmete tief aus und schloss die Augen. Er ging in die Knie und schlug mit geballter Faust auf den Höhlenboden ein. Dann sprang er auf, machte eine Kehrtwendung und rannte den Weg zurück, den er gekommen war.

Sein Licht war nur noch ganz schwach. Er stolperte über

einen Felsen, fiel hin und konnte für einen Moment nicht mehr atmen. Als er wieder aufstehen wollte, versagten seine Arme und Beine.

Und dann erlosch lautlos das Licht. Tiefste Finsternis hüllte ihn ein.

Angestrengt versuchte Ryosuke, sich an die Richtung zu halten, in die er gehen musste, aber sie entglitt ihm immer wieder. Er zwang sich dazu, vorwärtszuwandern, und stolperte erneut über einen Stein. Das reichte aus, um ihm sämtliche Orientierung zu nehmen. Die Finsternis hatte weder ein Zentrum noch einen Rand und bald wusste er überhaupt nicht mehr, wo er sich befand. Ob er die Augen öffnete oder schloss, machte keinen Unterschied. Nur Fleckchens gelegentliches Meckern und das Geräusch des Windes und des Wassers kreuzten die Finsternis.

37

Ryosuke kroch über Felsen und durch Schlamm und versuchte, zu der Stelle zurückzukehren, an der sich das Wasser in einen Strudel verwandelt hatte. Währenddessen schweiften seine Gedanken in die verschiedensten Richtungen ab.

Wenn er sich nicht alles eingebildet hatte, hatte er, kurz bevor das Licht der Stirnlampe erloschen war, die Grabstätte der Pinza gesehen. In der Höhle der Geflüchteten waren alte Menschen zum Sterben ausgesetzt worden. Diese Höhle wurde anscheinend von todgeweihten Pinza durchschritten, die in der Finsternis ihr Leben beschlossen.

Ryosuke und Fleckchen hatten die Ruhe dieser Grabstätte gestört und dann war das Licht erloschen. Ryosuke hatte Fleckchen zurückerobert, um endlich einen Schlussstrich unter sein Leben als Versager zu ziehen. Das erloschene Licht kam ihm nun wie ein Vorbote des unmittelbar bevorstehenden Endes seines gesamten Daseins vor.

Beruhige dich. Bleib einfach sitzen, lass die Dinge ihren Lauf nehmen, flüsterte eine Stimme in Ryosukes Kopf. Nein, nicht jetzt. In dieser Dunkelheit kannst du nicht bleiben und sterben, widersprach eine andere Stimme.

Immer wieder stieß sein Körper irgendwo an. Mit den

Fingerspitzen versuchte Ryosuke, die Stromrichtung des Wassers zu erfühlen. Er hatte die Orientierung verloren, versuchte aber sie irgendwie wiederzufinden.

Wie lange er sich wohl schon so vorkämpfte? Sogar sein Gefühl für die Zeit schien in der Dunkelheit zu verschwinden. Ryosuke hätte nicht mehr sagen können, ob er nur einige Stunden oder bereits einen halben Tag lang in dieser Höhle umherirrte.

Fleckchen lebte noch. Wenn Ryosuke seinen Namen sagte und seinen Kopf streichelte, meckerte die Ziege leise.

Nachdem er eine Weile so weitergelaufen war, stand Ryosuke irgendwann erneut bis zur Hüfte im Wasser. Er hörte und spürte deutlich die Strömung.

War er an der Stelle mit dem tiefen Wasser und dem Strudel angelangt? Ihn überkam ein Schwindelgefühl, doch er versuchte sich den Ort in Erinnerung zu rufen, so wie er ihn vorher im Licht seiner Stirnlampe gesehen hatte.

In welche Richtung musste er gehen?

Mit jedem Schritt wurde das Wasser tiefer. Auch das Rauschen wurde lauter. Die Strömung schlug hart gegen seinen Körper. Sie war viel stärker als vorher.

Plötzlich merkte Ryosuke, wie der Strudel ihn mitzureißen drohte.

Schnell trat er einen Schritt zurück und rutschte aus. Er fühlte bodenlose Tiefe.

Ryosuke stieß einen lauten Schrei aus. Binnen Sekunden war er komplett unter Wasser. Er griff nach seinem Rucksack und nach Fleckchen. Das Tier strampelte wild und versuchte, an die Oberfläche zu gelangen. Doch es war vergeblich. Das dunkle Wasser verschluckte sie. Ryosukes

Knie stieß an einen Felsen. Er wurde nach unten gesogen. Er fiel. Nur das nahm er deutlich wahr.

Das Geräusch von Wasser, das ganz in der Nähe rauschte.

Seine Fingerspitzen berührten etwas Hartes.

Er schien auf der Seite zu liegen.

Lange wusste Ryosuke nicht, wo er war.

Er dachte, er hätte die Augen geöffnet, doch eine Finsternis löste die nächste ab.

Nach und nach kamen die Erinnerungen zurück.

Das Licht der Lampe war erloschen. Er hatte die Knochen der Pinza gesehen.

»Fleckchen?«

Ryosuke bewegte die Lippen. Flüsterte den Namen des Tieres.

Langsam hob er die linke Hand. Führte sie an seinen Rücken. Nichts. Der Rucksack war verschwunden.

Ryosuke blieb still liegen.

Noch immer das Geräusch von Wasser.

Er wollte sich bewegen, fürchtete sich aber gleichzeitig davor.

Zehenspitzen aufstellen.

Sein Kopf gab den Befehl, doch sein Körper schien nicht mehr zu wissen, wo sich die Füße befanden.

Ryosuke wusste nicht, was mit seinen Füßen geschehen war.

Etwas Schweres legte sich auf seinen Bauch.

Er verlor wieder das Bewusstsein.

Wieder dieses Geräusch.

Er öffnete die Augen. Nichts. Eins mit der Dunkelheit.

Ryosuke hob die linke Hand. Berührte den Fels. Kalt. Es fühlte sich an, als striche er über Wasser. Er wollte die rechte Hand auch ausstrecken und merkte, dass sein Oberkörper seltsam gekrümmt war.

Er versuchte, sich aufzurichten, fasste mit beiden Händen auf den Boden.

Sein Körper lag ganz verbogen. Und es kam ihm vor, als tropfte etwas über seinen Hals und seine Schultern.

Ja, er spürte das Wasser, das jetzt immer lauter rauschte. Oder hörte er wieder besser?

Überall brennender Schmerz. Er musste sich einige Verletzungen zugezogen haben.

Ryosuke streckte seine rechte Hand aus und betastete die Knie und Füße. Er spürte beides noch. Auch in die Beine kehrte das Gefühl zurück.

»Fleckchen«, flüsterte Ryosuke, dann schrie er.

»Fleckchen!«

Seine Stimme hallte in der Dunkelheit wider. Er lauschte angestrengt, ob nicht wenigstens ein leises Meckern zurückkommen würde. Aber nur das Rauschen des Wassers, sonst nichts.

Neben ihm an der Felswand fiel der Strom von oben wie ein Wasserfall herab. Das konnte er auch in der Finsternis erkennen.

Trotz der stechenden Schmerzen in seinen Knien richtete sich Ryosuke mühsam auf und stieß sich sogleich an der Felswand. Er tastete sie ab, um eine Idee von der Umgebung zu bekommen, konnte sich aber keine Vorstellung machen. Dort, wo er sich befand, sammelte sich das Wasser. Nach wenigen Schritten stolperte er.

»Ist hier irgendjemand?«, schrie Ryosuke, so laut er konnte. Doch nur das Echo seiner Stimme kam aus der Dunkelheit zurück.

Seine Stimme klang wie die eines Fremden. Fast so, als versteckte sich noch jemand in der Dunkelheit.

Sein Herz pochte schneller.

Ihm brach der Angstschweiß aus.

Auf allen vieren tastete Ryosuke den Boden ab. Er berührte etwas, das sich wie Stoff anfühlte. Er streckte die Hand danach aus, strich darüber, vergewisserte sich mit allen fünf Fingern.

Es war sein Rucksack.

»Fleckchen!«, rief er noch einmal. Seine Brust zitterte.

Er hatte dem Lebewesen, das er hatte beschützen wollen, etwas Furchtbares angetan.

Wahrscheinlich war Fleckchen jetzt schon …

»Fleckchen!«

Ryosuke tastete die Umgebung ab. Weit und breit nichts Weiches. Überall nur Fels. Er gab nicht auf.

Vielleicht lag Fleckchen irgendwo und konnte nicht einmal mehr meckern. Vielleicht atmete das Tier noch ganz schwach. Dann musste er es finden.

»Fleckchen!«

Auf einmal spürte er die Nähe eines anderen Lebewesens. Etwas atmete hinter ihm. Er drehte sich um, streckte behutsam die Hand aus.

Sie berührte etwas Weiches. Fell.

Ryosuke roch den Atem des Tieres.

Es leckte ihn ab.

»Fleckchen …«

Die Pinza legte ihren Hals an Ryosukes Schulter und er spürte ihre harten Hörner.

»Da bist du ja …!«

Er zog Fleckchen zu sich heran und umarmte das Tier für eine Ewigkeit.

Sie hatten sich wiedergefunden und liefen nun gemeinsam die Strömung entlang. Wie lange sie so dahinschritten, wusste Ryosuke nicht.

Hin und wieder stieß er sich an einem Felsen oder stolperte über unwegsame Stellen, doch er zweifelte keinen Augenblick daran, dass der Weg, den Fleckchen einschlug, der richtige war.

Pinza konnten an Steilwänden entlanggehen und sogar in einer Umgebung ohne Wasser leben. Ihre Zähigkeit sei ihre größte Stärke, hatte Hashi einmal gesagt. Und daran musste Ryosuke jetzt denken, während er Fleckchen durch die Finsternis folgte.

Sie waren schon lange so im Dunkel umhergewandert, als Ryosuke es hörte.

Er ruhte sich gerade mit dem Rucksack als Kissen an einem Felsen aus, als auf einmal neben dem Rauschen des Wassers noch ein weiteres Geräusch erklang. Wie weit entfernt es war, konnte er nicht sagen, also stand er auf und horchte genau hin.

Er berührte Fleckchens Rücken und die beiden setzten sich wieder in Bewegung. Während Ryosuke sich vortastete und über Felsen kletterte, passte er auf, dass sie sich nicht zu weit von der Strömung entfernten.

Plötzlich trat ganz schwach etwas aus der Finsternis hervor, waberte schemenhaft durch den Raum.

Zuerst dachte Ryosuke, er würde halluzinieren, aber es verschwand nicht, egal, wie oft er die Augen zusammenkniff. Da war zweifellos irgendetwas.

Bis er begriff, dass es sich um ein schwaches Licht handelte, dauerte es eine Weile. Er stolperte vorwärts und konnte die Umrisse der Felswand erkennen. Er sah mehrere Silhouetten vor sich.

Steinbuddhas.

Daneben noch etwas, das er gut kannte.

Das Holzboot.

Als er die Höhle von der Küste aus betreten hatte, war es an dieser Stelle stockfinster gewesen. Ohne das Licht der Stirnlampe hatte er nichts erkennen können. Doch jetzt, da sich seine Augen an die Finsternis gewöhnt hatten, konnte er die Form der Dinge ausmachen.

»Fleckchen.«

Ryosuke hielt sich am Rand des Bootes fest und ging in die Hocke.

Tränen der Erleichterung liefen ihm die Wangen herunter. Fleckchen meckerte, es klang rissig und trocken.

Ryosuke ließ die Tränen fließen, richtete sich auf und ging wieder weiter.

Immer deutlicher traten die Felswand und die Steinbuddhas aus der Dunkelheit hervor. Das Rauschen der Wellen übertönte jetzt das des Wassers aus der Höhle.

Nach einer Biegung strahlte ihn das Licht direkt an und brannte so sehr in seinen Augen, dass er sich die Hand vor das Gesicht halten musste. Er war gezwungen, eine Weile so stehen zu bleiben, so hell war der Sonnenschein, der in die Höhle fiel.

Fleckchen hielt einige Meter vor Ryosuke an. Eine durch und durch schmutzige Pinza, der das Fell am Körper klebte und die kaum mehr wiederzuerkennen war. Nur die Hörner standen wie immer frech vom Kopf ab.

»Fleckchen, jetzt bekommst du etwas zu fressen!«

Ryosuke hielt sich noch immer die Augen zu. Mit einer Hand streichelte er Fleckchen.

Sie schleppten sich auf den Höhlenausgang zu und erreichten eine Stelle, von der aus sie das Meer sehen konnten. Ryosuke wurde schwindelig und er musste sich neben die Steinbuddhas setzen. Währenddessen trottete Fleckchen weiter auf das Licht zu. Sein Fell war von Schlamm und Blut fast schwarz.

Ryosuke verharrte lange dort und blickte, umringt von den Buddhastatuen, auf das Meer hinter dem Höhlenausgang.

Der Taifun war vorübergezogen.

Wellen spritzten an die Küste. Der Himmel war strahlend blau und das weite Meer war wie sein Spiegelbild.

Ryosuke befand sich ganz in der Nähe der Felsenküste, machte aber keine Anstalten, nach draußen zu treten.

Hunger verspürte er schon lange nicht mehr, er war völlig entkräftet. In dem Augenblick, als er erkannte, dass der Höhlenausgang erreicht war, hatte ihn die Erschöpfung übermannt. Es gab aber noch einen anderen Grund, warum er die Höhle nicht verlassen wollte. Ihn hielt die Vorstellung zurück, sich den Inselbewohnern erklären zu müssen. Die Sonne bedeutete, dass wieder Alltag auf der

Insel herrschte. Wenn er dorthin zurückkehrte, würde er wohl bestraft werden und Fleckchen zurückgeben müssen.

Was sollte er tun? Ryosuke wusste es nicht.

Wie die Buddhastatuen blieb er reglos sitzen, und während er das Meer betrachtete, fiel er vor Erschöpfung in Ohnmacht.

38

Als Ryosuke wieder zu Bewusstsein kam, war das Erste, was er sah, wie hinter dem Ausgang die Wellen kupferfarben schimmerten. Es musste kurz vor Sonnenuntergang sein.

Ryosuke wusch sich im Wasser der Höhle das Gesicht und trank einen Schluck, bevor er, schwankend und auf die Steinbuddhas gestützt, auf den Ausgang zuging.

Sein Körper tauchte in das sanfte Licht ein.

Fleckchen, das sich satt gefressen zu haben schien und bereits viel munterer wirkte, kam auf ihn zu.

»Es freut mich, dass es dir besser geht, Fleckchen.«

Ryosuke setzte sich draußen zwischen die Steinbuddhas, legte sich dann auf den Rücken und betrachtete die ineinanderlaufenden Farben des Himmels kurz vor Sonnenuntergang, während er der Brandung lauschte. Plötzlich überkam ihn ein beißender Hunger.

Fleckchen stupste ihn kurz an und graste dann aber weiter zu seinen Füßen. Das Tier kaute genüsslich. Ryosuke setzte sich auf, umfasste seine Knie und überlegte, wo er etwas Essbares finden könnte. Es traf ihn wie ein Blitz. Warum hatte er nicht sofort daran gedacht? Alle Organe in seinem Körper zogen sich zusammen.

In der Höhle befand sich das Boot, das Totenschiff, das die Seelen der Verstorbenen ins Meer geleitete. Und wenn nach der Besprechung im Versammlungshaus niemand mehr die Höhle betreten hatte, lagen darin noch immer die Käselaibe, die Ryosuke auf der Sitzplanke aufgereiht hatte.

Mit zitternden Beinen lief er zurück, immer weiter ins Innere der Höhle hinein. Da die Sonne beinahe untergegangen war, wurde es nach der Biegung wieder stockfinster, Ryosuke hatte jedoch ein Gespür für die Dunkelheit entwickelt.

Die Hände vor dem Körper ausgestreckt, ging er langsam in die Richtung, in der er das Boot vermutete. Er hoffte mit jedem Schritt, er würde etwas anderes als Fels zu fassen bekommen.

Sein Oberschenkel stieß zuerst an das Boot an. Er ließ die Hände über den Rand gleiten, und als seine Finger das Seil zu fassen bekamen, an dem das Ruder festgebunden war, wusste Ryosuke, an welcher Seite des Bootes er sich befand.

Bei dem Gedanken, gleich schon etwas essen zu können, begann sein Mund vor Vorfreude regelrecht zu schmerzen. Prickelnde Hitze stieg vom Magen aus in seinem ganzen Körper auf.

Ryosuke hatte den Käse auf einer Schicht Aluminiumfolie auf die Sitzplanke in der Nähe des Hecks gelegt. Er fasste dorthin, wo der Käse liegen musste, und seine Finger berührten die Sitzplanke. Er streckte die Hand noch weiter aus und tastete hastig das Brett ab. Der Käse war nicht da. Nicht einmal die Aluminiumfolie fand er.

Ryosukes Enttäuschung war groß. Es war nicht leicht, seinen Körper, der sich schon auf die Nahrung eingestellt hatte, wieder zu zügeln.

Bestimmt hatten die Ratten den Käse gefressen, dachte er. Oder jemand von der Insel war zum Saubermachen in die Höhle gekommen und hatte ihn weggeworfen.

An den Rand des Bootes geklammert harrte er eine Weile regungslos aus. Immer wieder wurde sein Bewusstsein trübe und er war kurz davor, erneut ohnmächtig zu werden.

Doch Ryosuke nahm all seine Kraft zusammen. Er tastete sich zur Rückseite des Totenschiffes vor, ging in die Hocke und schob das Boot mit einer Schulter an. Es knarrte und bewegte sich mehrere Zentimeter vorwärts. Diese Anstrengung ließ Ryosuke bereits schwer atmen, er hockte sich aber gleich wieder hin und drückte mit den Schultern und Händen gegen das Boot. Ein Felsen schien im Weg zu liegen, also kroch Ryosuke zum Bug vor und schleuderte den Stein, der das Boot blockierte, in den Strom in der Mitte der Höhle. Sich am Rand des Bootes abstützend ging er zurück zum Heck und schob es wieder und wieder an. Manchmal bewegte sich das Boot gleich ein beträchtliches Stück vorwärts, manchmal blieb es nach wenigen Zentimetern stecken. Immer wieder musste sich Ryosuke zum Luftholen auf den Boden setzen. Das Totenschiff war größer und schwerer als ein normales Ruderboot. Selbst wenn er bei Kräften gewesen wäre, wäre ihm diese Arbeit nicht leichtgefallen, doch Ryosuke machte beharrlich weiter, bis das Boot endlich den Fluss in der Höhle erreichte. Sogleich wurde es viel einfacher, es zu bewegen. Mitunter glitt es sogar ohne Ryosukes Zutun mit der Strömung ein Stückchen vorwärts.

Als er um die Kurve bog, fiel durch den Höhlenausgang ein blauweißes Licht. Der Tag war im Begriff, zur Nacht zu werden.

Nun bewegte sich das Boot ganz von allein und Ryosuke musste es nur noch festhalten.

Alles, was Ryosuke hinter dem Höhlenausgang sah, glitzerte im Abendlicht. Die unzähligen Steinbuddhas, die an die Felsenküste brandenden Wellen, das Wasser an Land und das Meer mit seinen vielen Wogen hießen das Boot mit einem flimmernden Glanz willkommen. Auch das Boot selbst wurde in ein sanftes Licht getaucht, sodass Ryosuke es zum ersten Mal richtig sehen konnte.

In diesem Licht schien es schneeweiß und auf seinem Boden lagen mehrere Laibe Chèvre.

Ryosuke versuchte das treibende Boot festzuhalten, konnte es aber nicht stoppen und wurde immer weiter den Weg hinabgezogen.

Kurz vor dem Ausgang blieb das Boot an einem Felsvorsprung hängen und hielt an.

Der Vollmond war gerade erst aufgegangen und brachte die Welt zum Funkeln. Ryosuke, das Boot und der darin verstreut liegende Chèvre waren in seinen Schein gehüllt.

Taumelnd griff Ryosuke auf den Boden des weißen Bootes, von dem sich der Chèvre deutlich absetzte. Jeder der Käselaibe hatte eine leicht grünliche Färbung. Ryosuke legte einen Chèvre auf seine Handfläche und führte ihn ganz nah an sein Gesicht.

Sogar in diesem schwachen Licht sah er sofort, dass ein zarter Schimmel auf dem Käse gewachsen war.

Er blinzelte mehrmals und atmete tief ein, schaffte es jedoch nicht, sein pochendes Herz zu beruhigen.

Dieser Chèvre war anders als seine vielen misslungenen Vorgänger. Er war zu einem richtigen Käse herangereift. Hanayos Milch hatte in der Höhle der Geflüchteten geruht und sich entfaltet und lag jetzt als Persillé de Chèvre, als wahrer Edelkäse, vor Ryosuke.

Mit flattriger Hand brach er den Käse entzwei.

Tatsächlich. Wie bei einem Roquefort war das Innere mit feinem Schimmel durchzogen.

Zitternd vor Aufregung führte Ryosuke ein Stück an den Mund und legte es auf die Zunge, die er vorhin nur kurz mit dem Wasser der Höhle befeuchtet hatte. Ganz langsam kaute er und das Aroma begann aufzublühen. Es duftete nach der Sonne der Insel und des Waldes. Der zarte Geschmack sprang auf seine Zunge, seinen Hals und seinen Gaumen über und entfaltete sich auf eine Art, wie Ryosuke es noch nie erlebt hatte. Als das Aroma in voller Blüte stand, entwich es flink durch seine Nase.

Ryosuke sah Hanayo vor sich. Punos zappelnde Sprünge kamen ihm in den Sinn. Frau Yoshikados feuchte Augen, Toshios Posttasche, die Gesichter von Hashi, Tachikawa und Kaoru. Worte erschienen vor ihm und verschwanden wieder. Die vielen Umzüge mit seiner Mutter. Die verschwommene Erinnerung an das Lächeln seines Vaters.

Ryosuke schloss die Augen und wischte sich mit der Hand über das Gesicht.

Erst jetzt merkte er, dass er weinte.

Lautlos kam Fleckchen näher und schmiegte sich an ihn.
Ryosuke umarmte das Tier fest.

Als der Mond hoch oben am Himmel stand, beendete Ryosuke seine Vorbereitungen.

Der Taifun musste den Persillé von der Sitzplanke geweht haben, denn auf dem Boden des Bootes lagen noch viele weitere Käselaibe. Ryosuke befeuchtete seine Kehle immer wieder mit dem Wasser aus der Höhle und genoss jeden Bissen.

Der Mond war beinahe so hell wie die Mittagssonne, sodass Ryosuke sich mühelos orientieren konnte. Er sammelte zehn leere Plastikflaschen ein, die an die Küste gespült worden waren, und füllte sie mit Wasser. Außerdem fand er eine große Plastikplane, die er als Schutz vor der Sonne verwenden konnte, und verstaute sie zusammen mit seinem Rucksack im Boot. Dann riss er an der Küste so viel Gras aus, dass Fleckchen, wenn es darauf ankommen sollte, für zwei, drei Tage genug zu fressen hätte. All dies schob er unter die Sitzplanke.

Der Wind und die Wellen wurden schwächer und das glitzernde nächtliche Meer kam zur Ruhe. Ryosuke nahm Fleckchen auf den Arm und setzte es in die Mitte des Bootes. Dann stemmte er sich gegen das Schiff, löste es von dem Felsvorsprung und schob es in die Strömung.

Geräuschvoll rumpelte es über Steine und Felsen, als es sich in Bewegung setzte. Fleckchen meckerte, machte aber keine Anstalten, aus dem Boot zu springen, das Ryosuke auf das Meer schob.

Zwei Mal traf eine große Welle das Boot und das Innere wurde mit Wasser bespritzt. Als der Bug das Meer erreichte, sprang Ryosuke von hinten in das Boot. Fleckchen spannte die Beine an, gab aber keinen Laut von sich. Ryosuke ließ sich auf der Sitzplanke nieder und stach mit den Rudern ins Wasser.

Konzentriert ruderte er von der Küste weg, wobei das Totenschiff nach links und rechts schwankte. Der steinerne Landungssteg wurde schnell kleiner, aber im Mondschein sah er die Buddhastatuen an der Küste noch sehr deutlich. Vielleicht verabschiedeten sie ihn. Vielleicht gaben die Verstorbenen den Lebenden auf dem Totenschiff das Geleit.

Ryosuke konnte sich solchen Gedanken jetzt allerdings nicht hingeben, denn wenn er auf das Riff auflaufen würde, wäre alles vorbei. Er ruderte mit dem Rücken zum Bug und jedes Mal, wenn er die Ruder ins Meer gleiten ließ, drehte er sich um, um zu sehen, was sich hinter ihm befand.

»Wenn du nicht stirbst, lebst du«, sagte Ryosuke mit fester Stimme zu seinem Gefährten.

Und er ruderte weiter. Ruderte weiter. Ruderte immer weiter.

Als er am letzten Felsen vorbeigeglitten war und keine Sorge mehr haben musste, auf dem Riff aufzulaufen, wurde das Boot von einer südlichen Strömung erfasst. Dort, wo die Ruder ins Wasser stachen, entstand eine leuchtende Spur. Unzählige Meeresleuchttierchen begleiteten sie auf ihrer Fahrt.

Ryosuke atmete ruhig und ruderte langsam weiter.

Vor ihm erhob sich die Klippe deutlich sichtbar unter

dem Sternenhimmel. Das Mondlicht fiel auf die Felsen und Bäume und erhellte sie sanft.

Auch ohne dass er ruderte, trieb das Boot auf der Strömung langsam von der Insel weg.

Bald würde er die Richtung ändern müssen, dachte Ryosuke. Er hatte vor, die Strömung zu verlassen und die Insel halb zu umrunden, damit er weiter nach Nordwesten rudern konnte. In dieser Richtung befand sich Koigaki-jima.

Fleckchen drückte seinen Kopf gegen Ryosuke.

Er nahm eine Hand vom Ruder und streichelte den Rücken des Tieres, das ihn mit der Nasenspitze anstupste.

»Wenn du doch bloß verstehen würdest, was ich sage …«, meinte Ryosuke. Was für ein Unsinn, dachte er sogleich, Fleckchen verstand alles.

Ein Schwarm kleiner Fische schwamm mit ihnen. Er schien von größeren Fischen weiter unten im Meer gejagt zu werden. Wenn die Fische hochsprangen, spritzte das Wasser und es plätscherte. Dabei hinterließen sie eine Spur aus blauweißem Licht.

Während Ryosuke dieses Spektakel beobachtete, kam es ihm wieder so vor, als hörte er eine Stimme. Dieselbe Stimme, die er im Sturm auf dem Aburidake vernommen hatte.

Doch es waren keine Wörter. Der Klang verband sich mit den Erinnerungen an seinen Vater. Vielleicht war es aber auch die Stimme des Windes, der alles Neue auf dieser Welt willkommen hieß.

Ohne Eile ruderte Ryosuke weiter.

Er sah unter dem Sternenhimmel die gesamte Insel vor sich. Anscheinend hatte er sich schon ziemlich weit entfernt.

Ryosuke wiederholte die Worte, von denen Hashi ihm erzählt hatte. Die Worte, die sein Vater bei seiner Geburt gesagt haben sollte.

»Eine neue Welt wurde geboren.«

Kurz hielt Ryosuke inne, dann zog er einen Persillé unter der Sitzplanke hervor und aß ihn. Erneut breitete sich das Aroma des Waldes der Insel in seinem Mund aus.

Fleckchen legte sich auf den Boden und schien die kleiner werdende Insel zu beobachten.

Am Himmel stand der Vollmond und trotz seines hellen Lichtes war die Milchstraße schwach zu erkennen.

Ryosuke musste allmählich den Kurs ändern.

Er griff zu den Rudern und jedes Mal, wenn sie ins Wasser stachen, funkelte das Meer vor Leuchttierchen. Die Lichter unzähliger Leben folgten dem Boot als schimmernde Spur.

Kleines Fischlexikon

Aori-Ika

Dieser Tintenfisch aus der Familie der gemeinen Kalmare kommt in gemäßigten und tropischen Zonen des pazifischen Ozeans vor. Er hält sich hauptsächlich in der Nähe von Riffen auf. Als Delikatesse geschätzt, wird er in ganz Japan gern roh in Form von Sushi oder auch frittiert verspeist.

Bonito

Der Bonito gehört zur Familie der Makrelen und Thunfische und tritt in tropischen und subtropischen Meeren auf. Aus getrockneten Bonitoflocken hergestellte Fischbrühe ist eine wichtige Grundlage der japanischen Küche. Auch als Sashimi, das heißt als Rohspeise, ist der Fisch sehr beliebt.

Große Bernsteinmakrele (auch Bernstein-Stachelmakrele)

Dieser bis zu 1,90 Meter lange und bis zu achtzig Kilo schwere Meeresfisch aus der Familie der Stachelmakrelen ist überall auf der Welt in warmen Gewässern zu Hause. Der Fisch ist aufgrund seiner Größe ein beliebtes Ziel für Sportangler. In Japan werden Große Bernsteinmakrelen als Sashimi, in Suppen oder auch gebraten verspeist.

Große Goldmakrele
Sie kommt in Küstengewässern in tropischen und subtropischen Meeren vor. In Japan wird die Große Goldmakrele nur selten verspeist, gilt anderenorts aber als Delikatesse.

Japanische Languste
Die Japanische Languste lebt in seichten Gewässern in der Nähe von Riffen rund um Japan, Korea und Taiwan. Sie wird für gewöhnlich zwanzig bis dreißig Zentimeter lang und gilt in Japan als sehr wertvoll. Traditionell wird die Japanische Languste gekocht oder gebraten serviert.

Japanischer Seebarsch
Den Japanischen Seebarsch kann man in felsigen Küstenregionen im westlichen Pazifik finden. Er gilt als schwer zu fangen. In Japan wird er gern roh oder in Butter gebraten verzehrt.

Kaiserbrasse
Die Kaiserbrasse kommt in warmen Gewässern des pazifischen und indischen Ozeans vor. Sie lebt nahe dem Meeresgrund in Korallenriffen oder zwischen Wasserpflanzen. In Japan wird der Fisch roh, gebraten oder auch als Einlage in Suppen serviert.

Meerbrasse
Die beliebteste Meerbrasse in Japan ist der Maidai. Er ist selten und daher sehr begehrt. Traditionell wird er zu Neujahr und an Festtagen verspeist, da der Fisch Glück bringen soll.

Regenbogenmakrele

Regenbogenmakrelen gehören zu der Familie der Stachelmakrelen und kommen in warmen Meeresgewässern überall auf der Welt vor. Sie werden hauptsächlich im Süden Japans als Sashimi oder gekocht verzehrt. In Tokio und Umgebung ist dieser Fisch weitestgehend unbekannt, obwohl er als äußerst schmackhaft gilt.

Sawara

Der Sawara ist ein Fisch aus der Familie der Makrelen und Thunfische, der in vielen Küstengewässern rund um Japan zu finden ist. In der japanischen Küche wird er in der Regel gebraten und mit Salz oder Miso-Paste gewürzt verspeist.

Shirodai

Der Shirodai gehört zur Familie der Barsche und tritt in tropischen Gewässern im westlichen pazifischen Ozean auf. Auf den Inseln Okinawas wird er gern als Sashimi oder auch gekocht verspeist.

Stacheliger Felsenbarsch (auch: Marmorierter Drachenkopf)

Dieser Fisch aus der Familie der Stachelköpfe tummelt sich in warmen Gewässern im westlichen Pazifik in der Nähe von Riffen. Er ist rötlich braun gesprenkelt und weist Stacheln am Kopf auf. Der Fisch wird in Japan als Delikatesse geschätzt und oft im ganzen Stück, gekocht oder gebraten, serviert.

Stachelmakrele
Sie kommt in warmen Küstengewässern des Pazifiks rund um Japan vor, aber auch an der Westküste Australiens und im Norden von Hawaii. Die Stachelmakrele wird in Japan häufig getrocknet weiterverarbeitet oder zu Fischflocken gemahlen. Frisch zubereitet und verspeist wird sie fast nur in den Regionen, die direkt an die Fanggebiete angrenzen.

Die japanische Originalausgabe erschien 2014 unter dem Titel ›Pinza no Shima‹ bei Poplar Publishing Co. Ltd., Tokio.

Erste Auflage 2017

Übersetzung: Luise Steggewentz
Umschlaggestaltung: Lübbeke Naumann Thoben, Köln
Satz: Angelika Kudella, Köln
Gesetzt aus der Scala
Druck und Verarbeitung: CPI books GmbH, Leck
Gedruckt auf säurefreiem und chlorfrei gebleichtem Papier
Printed in Germany
ISBN 978-3-8321-9861-9

www.dumont-buchverlag.de